A
INTRUSA

Obras da autora publicadas pela Editora Record

O acidente
A contadora
A professora
A intrusa
O namorado
Nunca minta

FREIDA McFADDEN

A INTRUSA

Tradução de
Irinêo Baptista Netto

1ª edição

EDITORA RECORD
RIO DE JANEIRO • SÃO PAULO
2025

CIP-BRASIL. CATALOGAÇÃO NA PUBLICAÇÃO
SINDICATO NACIONAL DOS EDITORES DE LIVROS, RJ

M429i McFadden, Freida, 1980-
A intrusa / Freida McFadden; tradução Irinêo Baptista Netto. – 1. ed. – Rio de Janeiro: Record, 2025.

Tradução de: The intruder
ISBN 978-85-01-92558-9

1. Ficção americana. I. Netto, Irinêo Baptista. II. Título.

CDD: 813
25-100600.0 CDU: 82-3(73)

Carla Rosa Martins Gonçalves – Bibliotecária – CRB-7/4782

Título original em inglês:
The Intruder

Imagens de capa © Benjamin Harte/Arcangel, YARUNIV Studio/Shutterstock
Diagramação: Abreu's System

Texto revisado segundo o Acordo Ortográfico da Língua Portuguesa de 1990.

Impresso no Brasil

ISBN 978-85-01-92558-9

Para os meus filhos,
que são muito mais descolados do que eu jamais fui ou serei

NOTA DA AUTORA

Apesar de meus livros serem thrillers, um gênero conhecido por abordar temas sombrios, faço o possível para que as histórias possam ser lidas pela família inteira. Você não vai encontrar neles cenas gráficas de violência nem de S-E-X-O. (Sobretudo porque sei que meus familiares também vão ler!)

No entanto, as pessoas reagem a gatilhos emocionais diferentes e alguns dos meus livros abordam questões mais controversas. Por esse motivo, criei uma lista com alertas de conteúdo de todos os meus thrillers, disponível no site:

freidamcfadden.com

Essa lista é uma referência para leitores que precisam cuidar de sua saúde mental e também para adultos que têm filhos que leem os meus livros. Só tenha em mente que, em alguns casos, os alertas de conteúdo funcionam como spoilers, porque revelam pontos importantes da trama.

Sabendo disso, espero que você aproveite com segurança essa viagem pela minha imaginação!

CAPÍTULO 1

AGORA

CASEY

Há pelo menos cinquenta por cento de chance de, nas próximas vinte e quatro horas, o teto da cabana que eu alugo despencar na minha cabeça e me matar.

O que é uma boa metáfora para descrever o restante da minha vida.

Não tenho muito o que fazer com a minha vida, que anda em frangalhos, mas esse problema é algo que dá para resolver. Faz um mês que estou tentando falar com Rudy, o proprietário, para que ele conserte o telhado. Todos os dias, encontro telhas caídas no chão ao redor da cabana e tenho certeza de que não vai demorar muito para eu me sentar no sofá da sala, olhar para cima e conseguir ver a lua.

E minhas ligações ficaram mais insistentes alguns dias atrás. A previsão do tempo diz que tem uma tempestade se aproximando e, se o telhado não for consertado o mais rápido possível, corro o risco de *morrer*. Então, eu disse para Rudy que ele precisava levantar a bunda do sofá e vir até aqui — naquele instante. Sei que não fui legal, mas falei o que tinha de falar.

Agora, depois de dezenas de mensagens, Rudy finalmente resolveu dar as caras.

Estamos do lado de fora da cabana e Rudy analisa o telhado, semicerrando os olhos azuis de pálpebras caídas. Ele é um homem esquelético de quase 60 anos que parece comer apenas uma ou duas refeições sólidas por dia. Ele coça a barba rala e grisalha do queixo e mexe no velho boné de beisebol cinza que não tira da cabeça nunca. Como sempre, ele fede a fumaça de cigarro. O cheiro era insuportável quando me mudei para a cabana e levou uma semana para se dissipar. Meses depois, ainda dá para sentir o cheiro em alguns dos móveis.

— Não tem nada de errado com o telhado, Casey — diz ele.

Cerro os punhos e mal consigo disfarçar minha raiva.

— O quê? Como é que não tem nada de errado? Tem telhas por todo canto!

Na verdade, juntei as telhas finas e retangulares e fiz um montinho para o qual aponto agora, furiosa. Não sei muito bem como se constrói um telhado, mas sei que as telhas são uma parte fundamental da coisa toda. O fato de que estão caindo não é um bom sinal.

Pelo menos a previsão é só de chuva forte. Mas e quando começar a nevar daqui a mais ou menos um mês? Sem chance. Vou acabar acordando soterrada por um monte de neve.

Queria ter dinheiro para alugar uma cabana *decente* no meio do mato.

— Isso está perigoso — insisto.

— Casey, você se preocupa demais. — Rudy pega um cigarro do maço guardado no bolso de trás da calça e, antes que eu consiga falar alguma coisa, acende e dá uma longa tragada. Nunca vi Rudy ficar mais de dois minutos sem fumar. — Você tem que aprender a relaxar um pouco.

Você tem que aprender a relaxar um pouco. Esse era o meu objetivo quando me mudei para esta cabana no Meio do Nada, em New Hampshire. Queria paz e tranquilidade, e foi exatamente isso que consegui. Mesmo com o canto de todos os pássaros, os grilos e os pica-paus, esse lugar é tão calmo que nada me distrai do fato de que transformei minha vida em um caos.

Vim para cá depois de ser demitida do meu emprego de professora. Tinha pensado em viver isolada por um tempo, mas aí descobri o que viver "isolada" implicava. Por mais que curta passar por um aperto ou outro, não estou a fim de construir minha própria fossa séptica. Então aqui estou, vivendo *sem* estar isolada — tenho energia elétrica, água quente encanada e uma linha de telefone fixo que funciona —, mas não tenho televisão e abomino a época em que vivia com o celular grudado na mão direita. Vendi o aparelho antes de vir para cá.

Viver isolada é ótimo. Desde que você tenha um banheiro para usar. Ah, e você sem dúvida precisa de um teto.

Cerro os dentes.

— Quero que conserte meu telhado, Rudy.

Gostaria de estar bem longe daqui. Para ser específica, gostaria de voltar para Boston e de retomar minhas aulas. Sinto falta dos meus alunos. Faria qualquer coisa por aquelas crianças.

E foi por isso que me meti em confusão.

— Dá uma segurada, mocinha — diz ele. — Não tenho como arrumar o telhado agora. Vai cair um temporal.

Cerro os punhos. Eu *sei* que vai ter uma tempestade hoje à noite. Com muita chuva e vento forte, e isso deve fazer a luz cair. Falei da tempestade todas as vezes que entrei em contato com Rudy.

— Sim — digo, de maneira ríspida. — É por isso mesmo que estou pedindo que você conserte o telhado.

— Tá, mas eu não trouxe minhas ferramentas — observa ele. — Nem minha escada.

— Ué, por que não? Eu disse que você precisava arrumar o telhado.

— Eu tinha que dar uma olhada antes, né? — Rudy dá uma tragada no cigarro mais uma vez. — Vou consertar depois da tempestade, tá bem? Na semana que vem.

Ele não combina um dia nem uma hora específica, o que era de se esperar. Muito provavelmente, vai me ligar uma hora antes de vir e, se eu estiver fora, meu telhado vai continuar do jeito que está. Vou ter de insistir e encher o saco até ele resolver o problema.

— E mais uma coisa... — acrescento.

Rudy resmunga, impaciente.

— *Mais* uma?

Não escondo minha irritação. Se tivesse de avaliá-lo, Rudy ganharia nota dois como senhorio. Além de nunca responder às minhas mensagens, ele se recusa a acreditar que as coisas dão problema. Meses atrás, quando a geladeira parou de funcionar de repente, ele me respondeu: *Bom, ela estava funcionando quando você se mudou*.

— Estou preocupada com aquela árvore — digo.

Rudy vira a cabeça na direção que estou apontando e olha para a árvore do outro lado do terreno. Não sei que tipo de árvore é, mas o tronco parece três vezes mais grosso do que o meu corpo e ela é muito mais alta do que a cabana.

— E *por que* você está preocupada com a árvore? — pergunta ele, fazendo pouco-caso da preocupação dela.

Saio marchando na direção da causa do problema usando minhas botas impermeáveis e empurro o tronco com a palma da mão. A árvore faz um barulho ameaçador e verga uns cinco centímetros.

Rudy franze a testa.

— E qual é o problema?

— Não é normal uma árvore se mexer assim.

— É normal, às vezes.

— Não, Rudy. Elas deviam ficar paradas.

Ele dá uma longa tragada no cigarro e solta uma nuvem gigante de fumaça.

— Tá bom. Vou chamar alguém para dar uma olhada na árvore. Satisfeita?

Não. Só vou ficar satisfeita quando cortarem a árvore. Passei o último mês inteiro estressada com ela e agora, com a tempestade, estou *muito* preocupada.

Olho para o telhado da minha casa. Acho que ele aguenta. E acho que a árvore não vai cair. Provavelmente não vou morrer hoje à noite.

E, se eu morrer, a boa notícia é que ninguém vai sentir a minha falta.

CAPÍTULO 2

Rudy acha que nossa conversa acabou.

Como se, ao vir até aqui e me tranquilizar sobre o telhado, ele já tivesse cumprido com sua obrigação. Quero dar um bico na canela dele, mas isso não resolveria nada. Eu deveria ter resolvido o problema sozinha quando percebi que ele estava me enrolando, mas consertar o telhado não é fácil. Deve ter algum vídeo no YouTube ensinando como fazer, mas, sem internet, estou perdida.

Não sei se é minha cara de preocupação ou se são os meus punhos fechados, mas Rudy emenda:

— A cabana aguenta. Eu nunca deixaria você correr esse tipo de risco, Casey.

Olho para ele, incrédula.

— Nunca — insiste ele. — Você tem noção do processo que eu tomaria se você morresse por causa de um teto que desabou?

— Puxa, obrigada pela parte que me toca.

Mal sabe ele que, se isso acontecesse, não haveria ninguém para processá-lo.

— Confie em mim — diz ele —, esse telhado aguenta uma tempestade. E aquela árvore velha não vai cair.

— Fico feliz que você pense assim.

Infelizmente, a essa altura, não dá mais para resolver o problema. A tempestade está prevista para *hoje à noite*. Achei que ele podia arrumar uma solução temporária só para que o telhado aguentasse os ventos fortes, mas a rajada de ar que sinto através do casaco me diz que já não temos mais tempo para mexer no telhado.

— Querida, vamos fazer o seguinte. — Rudy sopra um anel de fumaça na minha cara. — Que tal a gente sair para tomar um drinque na semana que vem e, depois disso, vejo o que posso fazer com o telhado?

Tem *tanta* coisa errada com esse convite que nem sei por onde começar. Para início de conversa, quem é idiota a ponto de beber *antes* de subir em um telhado? Além disso, não vou sair com Rudy — ele tem idade para ser meu pai, e me dá ânsia de vômito só de imaginar a mão dele roçando na minha coxa debaixo da mesa de um boteco xexelento.

O que aconteceu com a minha vida?

— E que tal você consertar a porcaria do telhado como manda o contrato de aluguel? — digo.

Ele sorri com os dentes amarelados. Quer dizer, a maioria dos dentes é amarelada; um dos incisivos está preto.

— Minha ideia é mais divertida.

Fico constrangida com a forma como ele fica olhando para o meu corpo, apesar de o casaco e a calça que estou usando não revelarem nada. Quando li o contrato de aluguel, dentro desta mesma cabana, ele se inclinou na minha direção para mostrar onde eu deveria assinar e senti seu hálito quente na minha nuca. Chega uma hora em que não dá mais para fingir que você está esbarrando sem querer nos seios de uma mulher.

Eu devia ter rasgado o contrato naquele instante. Mas estava desesperada para encontrar um lugar para morar, e o preço era justo. E você não tem muitas opções quando sua faixa de renda é de zero dólar.

— Não, obrigada — respondo, o mais tranquila possível.

O tom frio da minha voz não tira o sorriso lascivo do rosto dele. Faz sete meses que moro aqui e não tive uma única conversa com Rudy em que ele não tenha tentado dar em cima de mim. Felizmente, a gente se vê pouco. Se esta cabana não fosse tão barata, eu já teria me mudado para outro lugar.

— Escuta… — Ele volta a sorrir e me devora com os olhos. — Se você está tão preocupada assim com o telhado, fique à vontade para ficar na minha casa, lá na cidade.

Até parece. Não quero passar uma noite com Rudy me agarrando. Prefiro ser levada por um furacão.

— Dispenso.

— Deixa disso, Casey. — Só o jeito como ele olha para mim já me dá calafrios, mesmo que eu esteja usando um casaco grosso. — Aposto que você nem tem suprimentos para enfrentar uma tempestade.

Tenho tudo de que preciso. Mesmo quando não há previsão de tempestade, tenho uma despensa cheia de comida enlatada, um kit de primeiros socorros, galões de água, dezenas de velas e uma lanterna tão potente que causaria um estrago permanente à visão de alguém que olhasse direto para ela. Estou sempre pronta para encarar imprevistos.

— Estou preparada — digo, com firmeza.

— Ainda assim. — Ele fica ali, imóvel. Não conserta a cabana nem vai embora, e isso me incomoda. — Você vai ficar mais segura comigo. E se acabar a luz… — Ele pisca para mim. — A gente pode se aquecer.

Minha vontade é dizer que prefiro que o telhado caia na minha cabeça, mas, a essa altura, só quero que ele vá embora.

Se não vai consertar o telhado, ele só está aqui para me incomodar.

— Deixa disso, Casey. — Ele me envolve com o braço direito de um jeito íntimo demais para um senhorio que não vale nada. — Não aceito um não como resposta.

Antes de eu ir para a universidade, meu pai fez questão de me ensinar técnicas de autodefesa que tinha aprendido para uma disciplina que ele estava lecionando. Uma delas era exatamente para essa situação, e ainda me lembro do que ele disse: *Se um cara qualquer chegar abraçando você, é fácil se livrar dele.*

O conselho do meu pai? *Em vez de empurrar o cara, você usa o movimento dele contra ele.*

Com meu braço esquerdo, empurro com força seu ombro esquerdo. Depois agarro seu antebraço direito com minha mão direita e torço o braço até ele ficar de costas para mim. Em seguida, acerto um chute na parte de trás de seu joelho e ele cai no chão, com um ganido de dor. O cigarro sai voando.

Meu pai disse que, numa situação dessas, a melhor coisa a fazer em seguida é largar o cara e sair correndo. Mas vou correr para onde? Estou na *minha* casa.

Em vez disso, subo em cima dele, segurando seu braço preso nas costas. Pressiono meu joelho na altura da lombar e o rosto dele afunda na lama. Aumento a pressão no braço direito, forçando seu ombro.

— Que merda é essa, Casey? — reclama Rudy, provavelmente enchendo a boca de terra. — Você está louca?

Torço seu braço mais um pouquinho e, dessa vez, ele berra de dor.

— Você vai quebrar o meu braço! — grita ele.

Chego perto de sua orelha para que ele possa sentir o *meu* hálito, embora não seja ruim como o dele.

— Nunca mais encoste o dedo em mim. *Nunca mais*. Está me entendendo?

— Meu Deus, por que você ficou tão brava?

Torço o braço dele com mais força, fazendo pressão nos tendões, que estão quase rompendo.

— Está me entendendo?

— Sim! — Dessa vez, ao gritar, seu rosto fica bem vermelho e seu cabelo fino está sujo de lama. — Sim! Pelo amor de Deus! Me solta!

— E você vai consertar o telhado — digo. — Assim que a tempestade passar, a primeira coisa que você vai fazer é voltar aqui e consertar o telhado. — Como ele não me responde, torço seu braço mais uma vez. — *Não é?*

— É! Faço tudo o que você mandar!

Espero um pouco antes de soltá-lo, fazendo pressão em seu ombro para ele continuar com o rosto no chão. Então me dou conta de que, se quebrar o braço dele, Rudy não vai ter como consertar o telhado. Além disso, acabei de sentir uma gota de chuva. Dou um suspiro, solto o braço e saio de cima de suas costas.

Ele leva um segundo para recuperar o fôlego e então se levanta, com todo o cuidado. Ele me encara com os olhos lacrimejando e esfrega o ombro dolorido.

— Qual é o seu problema, sua vagabunda?

Imagino que essa seja uma pergunta retórica.

— A gente se vê daqui a dois dias, quando você vier arrumar o telhado — digo, com firmeza.

Fico esperando para ver se ele vai reclamar. Ou me atacar de novo, o que seria divertido, porque tenho quase certeza de que dou conta dele. Rudy é vinte anos mais velho do que eu, só uns cinco centímetros mais alto, com músculos atrofiados e, agora, um ombro machucado. *Pode vir.*

Mas ele deve ver algo nos meus olhos, porque abaixa o olhar e assente com a cabeça.

— Tá bom. Eu volto depois da tempestade. — E emenda: — Se você sobreviver.

Não sei dizer se isso é uma ameaça ou se ele está só atestando o fato de que vou passar a noite enfrentando ventos fortes em uma cabaninha com o telhado caindo aos pedaços. Analiso a expressão cansada de Rudy e me pergunto se, em algum momento, ele vai querer me dar o troco por ter esfregado seu rosto no chão. Ele parece ser do tipo rancoroso.

Bom, é para isso que serve a minha arma.

CAPÍTULO 3

Ao entrar na cabana, ligo o rádio. Notícias sobre a tempestade dominam o noticiário local.

Raios e trovões. Ventos de quase cem quilômetros por hora. Só use as estradas em caso de emergência.

De alguma maneira, eu torcia para que as coisas tivessem tomado outro rumo. Talvez a tempestade tivesse mudado de direção ou perdido a força. Isso acontece às vezes — você acha que vai ser uma tragédia, mas no fim acaba sendo só uma chuvinha. Porém, a julgar pelo tom urgente usado pelo locutor da rádio, essa tempestade vai ser das grandes.

Dou uma olhada pela janela. A caminhonete de Rudy não está mais na frente da minha casa, então ele deve ter ido embora. Saio para ver o céu e para conferir se está tudo certo do lado de fora da cabana.

As nuvens estão mais escuras e eliminaram qualquer resquício do sol que estava brilhando forte hoje de manhã. A nuvem logo acima da minha cabeça é grande e parece uma criatura sombria e perigosa que olha feio para mim.

Uma rajada súbita de vento me atinge. Ela faz meu cabelo castanho, que está preso em um rabo de cavalo, voar e parece atravessar meu casaco de inverno como se ele não fosse nada. Um calafrio percorre meu corpo. A qualquer momento, aquelas nuvens assustadoras vão desabar e a chuva deve vir com tudo.

Felizmente, não preciso fazer muito mais. Encontro alguns galhos no chão que podem ser um risco e também o cortador de grama que comprei por uma merreca quando me mudei para cá. Pego os objetos perigosos e levo tudo para o depósito no quintal, que fica no fundo do meu terreno.

Quase não uso esse depósito. Ele estaria praticamente vazio se não fosse por um ancinho velho e enferrujado que alguém deixou em um canto. O telhado daqui consegue ser pior do que o da cabana, então o melhor é ficar longe desse lugar. Mas, pelo menos, ele serve para evitar que o cortador de grama saia voando, atravesse a janela da cozinha e decepe a minha cabeça. (Assim espero.)

Dentro do depósito é escuro porque a luz não está funcionando e só tem uma janelinha. Deixo os galhos e o cortador de grama lá. Antes de fechar a porta, vejo uma coisa brilhar do outro lado do espaço, talvez seja alguma ferramenta velha de jardinagem. Depois da tempestade, preciso ver melhor tudo o que está guardado aqui, mas não agora. Tento fechar bem a porta, sabendo que tem muita chance de os ventos de cem quilômetros por hora a arrancarem das dobradiças.

Ao voltar para a cabana, dou mais uma olhada no telhado. Avalio a probabilidade de que seja destruído em algum momento da noite. Ele parece resistente, mas a cabana é muito velha e está caindo aos pedaços. As maçanetas vivem saindo na minha mão, o que não me deixa muito otimista sobre a situação do telhado.

Quando olho para cima, uma gota gelada acerta minha testa. Outra rajada repentina de vento atinge meu rosto, fazendo meus olhos arderem e lacrimejarem. Bem, é tarde demais para fazer qualquer coisa — a tempestade já está aí e não há a menor chance de Rudy arrumar o telhado a tempo. Só me resta torcer para que tudo fique bem. Fiz o que podia.

Dentro da cabana, a primeira coisa que faço é trancar a porta, como se a trava de segurança que eu mesma instalei pudesse me proteger da tempestade. Tenho apenas um vizinho e ele não invadiria a minha casa, mas, no que diz respeito à segurança, prefiro não me arriscar.

Acho um rolo de fita adesiva silver tape na minha despensa e colo um X em todas as janelas, na esperança de que isso baste para reforçá-las. O certo seria ter uma proteção mais adequada contra tempestades, mas não tenho como conseguir isso agora, então torço para que a fita segure as pontas. Meu pai dizia que dá para consertar qualquer coisa com fita adesiva, e hoje vamos testar essa teoria.

Depois de reforçar as janelas, pego a caixa dentro do meu armário onde guardo um monte de velas diferentes. Eu tenho mais velas em casa do que uma loja especializada nelas. Comprei algumas grandes pouco depois de me mudar para cá, sabendo que poderia ficar sem energia em caso de tempestade. Tenho velas suficientes para iluminar a cabana inteira.

Pego uma dentro da caixa. Tem cheiro de cedro — meu aroma preferido.

Percorro a cabana colocando as velas em lugares estratégicos, uma vez que provavelmente não vou mexer nelas depois que ficar sem luz. Deixo algumas na cozinha, várias na sala de estar e uma grandona no banheiro. E levo três para o meu quarto.

Meu quarto é pequeno e o espaço é ocupado por uma cama queen, uma mesa de cabeceira e uma cômoda modesta onde guardo minhas roupas. Como tudo na minha vida, meu guarda-roupa tem apenas o necessário. E é assim que eu gosto.

Faz sete meses que moro aqui e, nesse tempo todo, mais ninguém entrou no meu quarto. Quer dizer, Rudy entrou aqui para consertar o bocal da lâmpada que estava soltando faíscas, mas só. A única pessoa que dormiu na minha cama fui eu.

Se eu quisesse companhia, há alguns candidatos interessados. Rudy, por exemplo, mas ele talvez não esteja mais tão a fim depois que quase quebrei seu braço. Na semana passada, um cara na fila do supermercado pediu meu número de telefone e, no último segundo, escolhi dar o número trocando os dois dígitos finais. E existe mais uma pessoa que acho que ficaria feliz de passar a noite na minha cama.

Mas não estou interessada. Amo dormir sozinha — sempre amei. Adoro me esparramar na cama e monopolizar o colchão. Não quero ninguém roubando as cobertas e roncando. Sinto pena das pobres coitadas que têm de compartilhar a cama todas as noites.

Paro para escolher quais seriam os melhores lugares para as velas. Por fim, deixo uma em cima da cômoda e outra sobre a mesa de cabeceira. Decido deixar a terceira e última vela no peitoril da janela. Mas, quando estou prestes a colocar a vela no canto direito do parapeito, algo me chama a atenção.

Um rosto pálido me encara do lado de fora da cabana.

CAPÍTULO 4

ANTES

ELLA

Nem bem passamos da metade do ano letivo e essa já é a sexta vez que me mandam para a diretoria.

O diretor Garber não parece muito feliz comigo. Justo. Ele é responsável por muitos alunos — pela droga de uma escola inteira de ensino fundamental —, então é um saco quando tem que lidar com alunos rebeldes. Mas também não é como se eu quisesse estar aqui. Não foi *de propósito*. Eu não comecei meu dia dizendo: *Ah, vou dar um jeito de ser mandada para a diretoria só para poder ficar sentada naquela cadeirinha de plástico ridícula na frente da mesa do diretor*.

Só que fui pega. De novo.

— Ella — diz ele, em um tom severo. — Você está passando dos limites.

À medida que ele fala, uma mecha comprida do cabelo penteado para disfarçar a calvície escorrega devagar sobre a testa suada. É hipnotizante.

Tento me ajeitar na cadeirinha de criança, que não tem estofamento e meio que machuca minha bunda, que também não é estofada.

— Desculpa — digo, sendo o mais sincera possível.

Ele parece indiferente às minhas desculpas.

— Essa não é a primeira vez que pegam você roubando de outro estudante — observa o diretor, como se eu tivesse esquecido todas as outras.

— Eu não estava roubando — digo. — Só me confundi. Foi um mal-entendido.

Vim parar no inferno da diretoria porque roubei comida de um menino. Quando fui pega, dei a desculpa de que achava que o almoço era meu. Eu me confundi. Só que não. Eu sabia que a comida não era minha, porque eu não trouxe nada para comer hoje. Quase nunca trago. Mas Garber não sabe disso.

Ele olha para mim franzindo a testa, como se não soubesse o que fazer comigo. Como não tenho pai, não sei lidar com homens adultos que ficam decepcionados comigo. Quer dizer, é *óbvio* que tenho pai, só que a gente nunca se conheceu, então ele nunca teve a chance de ficar decepcionado comigo.

Enquanto Garber olha para mim, percebo que ele tem uma migalha de pão ou de bolo no canto da boca. Deve ser da última refeição que fez. Essa migalha está me deixando com fome. Quer dizer, com *mais* fome. Você tem que estar bem desesperada para roubar um sanduíche de pasta de amendoim com geleia embalado em um saco de papel.

— Sabe — diz ele —, o refeitório serve almoço todo santo dia.

Engulo o comentário sarcástico que ia fazer, depois de ouvir a informação mais óbvia da face da Terra.

— Você pode se cadastrar para pegar a comida de graça ou com um desconto — acrescenta ele.

Tá bom. Minha mãe jamais deixaria eu fazer uma coisa dessas. Por ela, seria melhor eu nunca mais comer nada na vida e virar um esqueleto ambulante a me cadastrar em um programa que contempla estudantes pobres. *A gente tem muita comida em casa.*

— Eu sei — digo. — Mas eu trouxe meu almoço, então...

Garber cofia a barba rala. Aquela migalha continua no canto de sua boca.

— Você tem comida em casa, Ella?

— Tenho, claro. — Cruzo os braços. Várias meninas da minha sala têm seios, mas eu ainda não. Só tenho uns negocinhos de nada. — Minha geladeira está cheia. Mal tem espaço para guardar comida.

É a primeira vez que falo a verdade desde que entrei nesta sala. Se Garber fosse à minha casa e abrisse a geladeira, entenderia o que quero dizer.

— Foi um mal-entendido — digo mais uma vez. — De verdade.

Garber me encara por um tempo enquanto tento me ajeitar na cadeira. Se fosse outro estudante, talvez ele deixasse para lá. Quer dizer, é só um sanduíche de pasta de amendoim com geleia, que não vale quase nada. Mas ele já teve que lidar comigo muitas vezes. Virei uma aluna "problemática". Sabe-se lá o que isso significa.

Enquanto espero o veredito, mantenho os braços cruzados e tento não tremer. E não porque estou com medo nem nada disso. Na verdade, só estou com frio. A sala da diretoria é muito gelada. Não sei por quê. Será que o diretor não pode pagar a conta se ficar com o aquecedor ligado?

Por fim, ele toma uma decisão.

— Uma semana de detenção, Ella.

Que ótimo, vou passar uma semana na cadeia dos pivetes. Mas tudo bem. Eu não tenho nada melhor para fazer depois da escola mesmo. E eles costumam dar lanches na detenção.

Quando saio da sala do diretor, encontro um menino sentado na sala de espera. É Anton Peterson, que também está no oitavo ano. Anton pinta o cabelo de verde e o usa todo espetado — sem dúvida, ele mesmo pintou em casa com tinta comprada na farmácia, o que dá para notar pelo verde escorrendo pela nuca —, e está cutucando um buraco enorme da calça jeans na altura do joelho. Ele não parece nervoso porque, de todos os alunos da escola, Anton é o único que foi mandado para a diretoria mais vezes do que eu. Talvez tenha sido até duas vezes mais, só neste ano.

Não sou uma pessoa difícil, apesar do que todo mundo pensa. Porém, com Anton, a história é outra. Todo mundo sabe que ele não presta.

— Por que você está aqui? — pergunto.

Anton me encara com os olhos castanhos.

— Não é da sua conta.

Agora que ele ergueu a cabeça, percebo que sua bochecha direita está vermelho-escura. Isso responde a minha pergunta: foi uma briga. Embora o garoto com quem ele brigou não esteja aqui. Anton está sozinho.

— Foi uma briga — digo.

Ele faz uma careta de desdém.

— Por que você está aqui? Não sabia que dava para ser mandado para a diretoria só por ser feia demais.

É um desafio mostrar o dedo para Anton Peterson sem que a secretária do diretor veja, mas dou um jeito. Tenho minhas táticas. Anton, que também conhece o esquema, faz o mesmo gesto para mim.

Tenho só dois minutos antes da minha próxima aula, então tenho que ir logo se não quiser chegar atrasada. Odeio entrar na sala quando a aula já começou, porque fica óbvio para todo mundo que eu estava na diretoria. Apesar de que as fofocas já devem estar circulando. Não sei por que tanto drama por causa da porcaria de um sanduíche de pasta de amendoim com geleia, *que nem cheguei a comer*, porque a Sra. Kahill conseguiu arrancar das minhas mãos antes.

Ao sair, quase trombo com uma pessoa que raramente vejo na diretoria. Brittany Carter.

Se pudesse trocar de vida com qualquer pessoa na escola, seria com Brittany Carter. Ela tem muitos amigos, é superbonita e todos os professores gostam dela. Além disso, ela vive tirando notas altas sem ser nerd demais. Em outras palavras, Brittany é perfeita.

— Oi — digo para Brittany.

Ela joga uma mecha do cabelo preto e brilhoso por cima do ombro. O cabelo escuro contrasta com os olhos azul-claros e a pele branca, e os lábios estão sempre perfeitamente vermelhos, mesmo quando ela não está usando gloss labial. É como se Brittany fosse a versão em carne e osso da Branca de Neve.

— Oi, Ella.

Apesar de estudarmos juntas desde o jardim de infância, sempre me surpreendo quando ela me reconhece. É mais ou menos como se uma celebridade soubesse meu nome. Ela não costuma me cumprimentar. Brittany pode ser popular, mas ela não é malvada como Anton. Quer dizer, a não ser aquela vez no quarto ano quando ela convidou a turma inteira para o aniversário dela, menos eu. Essa doeu.

— Por que você está aqui? — pergunto. Estou louca para saber o que a Senhorita Perfeitinha aprontou para ser mandada para a diretoria. — Não acredito que mandaram *você* vir falar com o diretor.

— *Não* mandaram — responde Brittany. — Minha mãe vem me buscar mais cedo porque tenho dentista.

Ah. Acho que faz sentido. Afinal de contas, por que um professor mandaria Brittany para a diretoria? Eles amam a Brittany.

Desvio o olhar e percebo que Anton estava observando a gente. Por uma fração de segundo, nossos olhares se cruzam, mas em seguida ele passa a mão na bochecha machucada e vira o rosto. Pelo menos não sou a única que causa problemas aqui.

CAPÍTULO 5

AGORA

CASEY

Grito.

Claro que grito. Quem não gritaria? Modéstia à parte, dou um senhor grito de gelar o sangue. Dou vários passos para trás e quase tropeço na minha cama. A vela cai da minha mão e rola pelo chão. Olho para a cômoda onde guardo minha arma e, quando me viro lá para fora de novo…

O rosto sumiu.

Corro até a janela, com o coração na boca. Está anoitecendo e observo o bosque à procura da pessoa que estava me vigiando. Mas não vejo ninguém. Nenhum rosto — nenhum movimento.

Nada.

Fico na janela observando as árvores a distância. O bosque parece assustador à noite — não saio para caminhar depois que anoitece, apesar de, muito provavelmente, ser seguro. Afinal, fora um único vizinho a mais ou menos cinco minutos de distância, sou a única pessoa que mora neste fim de mundo.

Mas então quem estava espiando pela minha janela?

Será que era Rudy? Essa é a primeira coisa que passa pela minha cabeça, claro. Além de eu ter machucado o ombro dele, foi humilhante tê-lo derrubado de cara no chão. Por mais prazerosa que a experiência tenha sido para mim, foi um erro. Rudy é o tipo de cara que guardaria rancor.

Por outro lado, Rudy não é burro. Mesmo que me odeie, ele não arriscaria a vida numa tempestade perigosa só para me atormentar.

Arriscaria?

Não, acho difícil. Posso até apostar que Rudy está em casa com as pernas esticadas sobre a mesinha de centro e o dedão do pé saindo por um buraco na meia. (Não tenho provas disso, mas desconfio de que todas as meias dele têm pelo menos um buraco.) Poderia ter sido uma certa pessoa, mas duvido que ele estivesse espreitando minha cabana.

Talvez tenha sido minha imaginação.

Definitivamente, parecia real quando olhei pela janela, mas admito que estava concentrada nas velas. E, agora, está ficando bem escuro e difícil de enxergar qualquer coisa. A chuva ainda não começou para valer, mas está caindo uma garoa insistente. Será que isso criaria a ilusão de um rosto pálido visto pela janela?

Respiro fundo, me sentindo insegura. Quanto mais penso no assunto, maior é a certeza de que imaginei tudo isso. Vivo no meio do nada e está prestes a cair um temporal. Por que um estranho ficaria espreitando minha cabana justo hoje à noite? Não faz sentido. É mais provável que a lua tenha refletido na janela de um jeito esquisito, dando a impressão de que era um rosto, apesar de não ter ninguém lá fora. Dizem que algumas pessoas ficam meio doidas na lua cheia, não?

Essa maldita tempestade está me deixando louca.

Eu me agacho para tentar pegar a vela que rolou para debaixo da cama. Depois de apalpar o espaço por alguns instantes, meus dedos encontram um objeto cilíndrico. Consigo pegar a vela e também alguns tufos de poeira. Assopro e limpo a poeira do jeito que dá e coloco a vela no parapeito da janela.

É isso. Estou pronta.

Agora, só me resta esperar por essa suposta terrível tempestade. Vou fazer o que faço todas as noites, que é ler um dos vários livros que tenho aqui. Minha estante está cheia, mas a cada duas ou três semanas eu pego o carro e vou até a biblioteca que fica em frente ao mercadinho da cidade, devolvo os livros que estavam comigo e pego emprestado mais uns dez ou doze. Levo dois dias para ler um livro. Na época em que via televisão, acabei esquecendo que eu amava ler. Essa é uma das muitas vantagens do meu isolamento voluntário.

Sirvo um copo de água gelada do filtro da minha geladeira. (Não confio na água desta região e é por isso também que não posso viver completamente isolada.) Estou me organizando para ir até a sala pegar meu livro quando uma coisa chama minha atenção.

Algo se move do lado de fora da minha casa.

O medo que consegui abafar quando estava no quarto volta com força total. Mas me seguro para não entrar em pânico. Afinal, estou no meio do *mato*. É normal ver outras formas de vida circulando pelo terreno onde fica minha cabana. Animal é o que não falta neste lugar. Há vários cervos e coelhos. Teve uma vez que vi um coelho *esfregando o focinho* em um cervo e, sem pensar duas vezes, chamei os dois de Bambi e Tambor. Infelizmente, não consegui tirar uma foto porque eles rapidamente saíram correndo. Tudo isso para dizer que existem muitos animais nesta área e, em tese, não tenho motivo para ficar assustada só porque vi alguma coisa se mexendo do lado de fora.

O movimento ocorreu perto do depósito do quintal. Apesar de ter visto muitos coelhos circulando por ali, tenho certeza de que não era um coelho, muito menos um cervo. Sou capaz de jurar que era um ser humano. E o fato de ter visto o que parecia ser um rosto na janela do meu quarto me deixa ainda mais preocupada.

O que está acontecendo no depósito? Será possível que... *uma pessoa* esteja escondida lá?

Sinto um calafrio percorrer minha coluna e arrepiar minha nuca. Chego mais perto da janela para observar o jardim escuro. É difícil enxergar qualquer coisa por conta do meu reflexo na janela, mas, quando bloqueio a luz fazendo uma concha com as mãos, consigo ver o depósito perfeitamente.

Bem a tempo de ver a porta dele se fechar.

No susto, agarro a pia da cozinha e me afasto da janela. Tem alguém lá fora. Tem um intruso escondido no depósito, esperando para entrar na minha casa assim que eu me deitar na cama e pegar no sono.

Sinto meu coração acelerado ao olhar lá para fora mais uma vez. Da única janela da cozinha, consigo ver o depósito, mas não enxergo nenhum movimento vindo de dentro dele. A porta não está fechada nem aberta, balançando com o vento cada vez mais forte.

Só pode ser minha imaginação. Talvez tenha sido um punhado de folhas que, por coincidência, formou o vulto de uma pessoa. E aquele rosto foi só o reflexo da lua — com certeza. Quanto à porta do depósito, é de se esperar que ela abra e feche por causa da força do vento.

Não tem ninguém lá fora. Não pode ter. Seria quase como pedir para morrer.

Bem quando estou começando a me acalmar, um estrondo repentino quase me mata de susto. Fiquei em dúvida quando vi o movimento perto do depósito, mas esse som, com certeza, é real e humano. Tem alguém aqui.

E esse alguém está batendo à minha porta.

CAPÍTULO 6

Eu me viro tão rápido que acabo derrubando o copo de água da beira da pia. Ele cai no chão e, claro, quebra em mil pedacinhos, que é exatamente o tipo de coisa que você quer que aconteça quando está prestes a ficar sem luz, não é mesmo? Ainda bem que não tirei minhas botas.

Solto um palavrão baixinho e disparo na direção da porta. Seria normal pensar que, morando no meio do nada, você receberia visitas muito de vez em quando. E foi assim nos primeiros meses em que vivi isolada de tudo e de todos. Mas, quando abro a porta, sei exatamente quem vou encontrar ali.

— Oi, Lee — digo.

Lee Traynor é o meu vizinho mais próximo. Ele se mudou para a cabana perto da minha há mais ou menos seis meses e, considerando o denso matagal que precisa atravessar para chegar até aqui, ele vem me ver muito mais do que eu esperaria que viesse. Pelo menos uma vez por semana, ele consegue arranjar alguma desculpa para aparecer na minha porta. E se finjo não estar em casa, ele volta mais tarde no mesmo dia.

— Oi, Casey. — Ele tira o boné meio molhado e revela um cabelo castanho bagunçado. Com a mão que não está agarrando o boné, ele segura uma lanterna. — Só queria ver como você estava antes de a tempestade chegar.

Meu corpo fica tenso quando dou um passo para trás e deixo Lee entrar na minha cabana.

— Você não precisava se preocupar.

Lee entra na sala de estar, mas não tira o casaco *puffer* impermeável, apenas abre o zíper até a metade.

— Essa vai ser das grandes. — Os olhos azuis se concentram no meu rosto com sua típica expressão preocupada, criando um vinco profundo entre as sobrancelhas. — Tem certeza de que você não precisa de nada?

Estou cansada de ser tratada como uma mulher indefesa. Como se eu não fosse capaz de providenciar os suprimentos necessários para encarar uma tempestade violenta. Lee, mais do que ninguém, parece que está sempre *preocupado* comigo, apesar de sermos praticamente estranhos um para o outro e de eu não fazer ideia de por que ele se importa tanto.

— Está tudo certo — afirmo. — Não preciso de nada.

Tenho a sensação de que vai perguntar sobre o que tenho estocado, mas ele se segura. O que é bom, porque ainda estou pilhada por ter enfiado a cara de Rudy no chão. Não é um bom momento para me encher o saco.

Ele analisa as velas que espalhei pela casa, prontas para serem acesas.

— Você devia acender as velas logo. Como o vento está ficando mais forte, a luz deve cair em menos de uma hora.

— Pode deixar, Lee. Não se preocupe comigo.

Eu me sinto um pouco ofendida por ele achar que precisa ver como estou. Quando ele se mudou para cá, eu já morava aqui havia um mês e estava muito bem, obrigada. Na verdade, teve aquele incidente em que a privada começou a jorrar água marrom no banheiro todo e acabei perdendo a cabeça, mas, fora isso, sempre esteve tudo bem.

Faz tempo que não tenho ninguém que cuide de mim — desde que meu pai morreu — e, a princípio, achei fofo Lee se preocupar tanto. Ele parecia ser um cara legal. Não tem mulher nem filhos; acho que se sentia solitário. Também não é de se jogar fora, com todo aquele cabelo castanho, um sorriso espontâneo e um nariz que parece ter sido quebrado em algum momento, mas que combina com ele.

Porém comecei a pensar no assunto. Por que um cara de 30 e poucos anos e com aparência normal resolve, de repente, se mudar para uma cabana no meio do nada? Quando perguntei, ele desconversou, resmungando alguma coisa sobre querer mais contato com a natureza. Era uma mentira descarada, dava para ver em seu rosto. Agora, toda vez que ele aparece na minha casa, fico pensando.

Por que você insiste em vir até aqui? O que você quer de mim?

Lee passa os olhos pela sala e para em uma das janelas.

— Você pôs silver tape nas janelas?

Aceno com a cabeça, orgulhosa.

— Para evitar que quebrem.

— Não. — O tom de sua voz é enfático. — Você *nunca* deve fazer isso numa tempestade.

Apesar da confiança que demonstra, me pergunto se ele sabe do que está falando. Tenho certeza de que meu pai usava silver tape nas janelas e ele sabia de *tudo*.

— Se as janelas quebrarem — diz Lee, com uma autoridade que me faz achar que ele entende do assunto, mas mesmo assim me irrita —, os pedaços ficam maiores e ainda mais perigosos. Já pensou se um caco de vidro enorme voa na sua direção?

— Eu não tinha pensado nisso. — Desvio o olhar, constrangida com meu erro. — Tá bom. Vou tirar as fitas assim que você for embora.

Minhas palavras são uma deixa mal disfarçada: *Melhor você ir embora.*

Mas Lee está longe de terminar aqui. Agora, ele está analisando o teto.

— E o seu telhado, Casey? Olhando de fora, não parece muito bom. Rudy chegou a dar uma olhada?

— Ele deu. — Deixo de fora a parte em que fiz Rudy cair de boca no chão. — E vai arrumar na semana que vem.

Lee ri com desdém.

— É, vai vendo. Rudy é um inútil. Você devia deixar *eu* arrumar o telhado.

Lee entende de telhados. Ele trabalha como empreiteiro e, todos os dias, pega sua caminhonete para cuidar de várias obras. Na verdade, ele se ofereceu para consertar meu telhado várias vezes, sem cobrar nada. Mas nunca aceitei porque não quero ficar devendo nada para ele. Além disso, espero que Rudy faça seu trabalho, porque era *obrigação* dele consertar o telhado e, apesar de ainda não ter feito isso e de uma tempestade estar se aproximando, *continuo* feliz de nunca ter aceitado a ajuda de Lee.

— O telhado aguenta — digo, embora eu estivesse pensando a mesma coisa que ele não muito tempo atrás.

— O vento pode arrancar o telhado.

— O vento não vai arrancar o telhado — rebato, parecendo mais confiante do que estou na verdade.

— Sabe — diz ele —, se você quiser, pode ficar na minha cabana. Ajeitei o telhado e ele está bem seguro. Zero chance de sair voando por aí. Além disso, tenho painéis de proteção nas janelas e um geradorzinho que mantém a bomba do poço funcionando.

Ele fala como se tivesse acabado de ter a ideia, muito embora eu desconfie de que essa era a intenção dele desde o início. Ele veio até aqui para me salvar da morte que me aguarda nesta cabana que mais parece uma armadilha.

— Lee — digo.

— Você pode ficar com o meu quarto — oferece ele. — Eu durmo no sofá. Sem gracinhas, juro. Só estou preocupado com você.

Admito que já faz seis meses que ele vem até aqui e sempre se comportou como um perfeito cavalheiro. Ele nunca deu nenhum sinal de ter segundas intenções comigo e nunca encostou um dedo em mim. No primeiro mês, achei que ele talvez fosse gay. Mas aí, num dia de verão, fui até a porta usando um short minúsculo e uma regata, e ele não tirou os olhos de mim. Ele até se embananou uma ou duas vezes para falar. Não deve ser gay.

No entanto, essa revelação me deixou ainda mais incomodada. Ele não parece ser um homem do tipo que é tímido com mulheres, então preciso acreditar que, se estivesse interessado em mim, ele já teria tomado alguma iniciativa. Mas se ele não tem nenhum interesse romântico em mim, então o que é? Por que ele vive me procurando?

Tem alguma coisa nesse homem que me deixa desconfiada.

Já Rudy é exatamente o que aparenta ser. Se eu fosse boba e tivesse aceitado ir para sua casa, ele teria dado em cima de mim a noite inteira e talvez até tentasse se enfiar na cama comigo depois que anoitecesse. Muito provavelmente, em algum momento, ele acabaria levando um chute no saco. Lee jamais faria uma coisa dessas. Tenho certeza.

Não, definitivamente, ele não é um predador sexual. Mas, por algum motivo, sinto que algo muito pior pode se esconder nessa outra cabana a um quilômetro da minha. E, se eu for para lá, vou me arrepender.

— Não se preocupe comigo, Lee — digo, mesmo sabendo que existe uma pequena chance de o telhado ir pelos ares e de as janelas quebrarem. Mas é um risco que estou disposta a correr. Já enfrentei coisas piores na minha vida. — Vou tirar as fitas. Juro.

Ele faz menção de argumentar mais um pouco, mas vê que estou de braços cruzados e que não vou arredar o pé. Ele cofia a barba que passou a cultivar desde que se mudou para cá, apesar de mantê-la sempre bem aparada. Enquanto ele pensa, dou um bocejo.

— Mas já está com sono? — brinca ele. — Ainda nem deu a hora do jantar.

Esfrego meus olhos.

— Não dormi muito bem na noite passada.

— Você teve aquele pesadelo?

Uma vez, numa noite em que fui besta de me abrir um pouco com Lee, contei para ele de um sonho recorrente em que estou em chamas. É um pesadelo que me deixa transtornada, e sempre acordo coberta de suor e não consigo voltar a dormir.

Não me lembro em que contexto acabei contando do sonho, mas me arrependi na mesma hora. É fácil conversar com ele e falei sem pensar. Uma vez que você diz alguma coisa, não tem como *desdizer*. E, se você não confia em alguém, a última coisa que você quer é revelar que tem sempre o mesmo sonho no qual é queimada viva.

— Tá tudo bem — digo. — Sempre durmo bem quando chove. Acho que o barulho da chuva embala meu sono.

— Você tem certeza de que não precisa de nada? — insiste ele. — Porque, depois que a tempestade começar, não vai ser fácil vir até aqui. E é provável que os telefones fiquem mudos, então não vai ter como me ligar.

Ele tem razão sobre os telefones. Em teoria, eles deveriam continuar funcionando em tempestades, mas os cabos de cobre das nossas linhas devem ter algum problema, porque é só cair qualquer chuvinha que os telefones param de funcionar. Rudy sempre tem de chamar alguém para consertar os cabos. Porém, para falar a verdade, mal noto a existência do telefone. Não recebo muitas ligações.

Lee percebe minha hesitação.

— Pode falar. Não importa o que seja, posso tentar ajudar.

— Hum... — Mexo na correntinha de prata que uso sempre no pescoço. — Você... você por acaso estava perto dos fundos da minha casa há mais ou menos uns dez minutos?

Ele franze a testa.

— Não, claro que não. Por quê?

— Deixa pra lá — digo, rápido. — Deve ter sido um cervo.

Droga, estava torcendo para que tivesse sido ele e que isso explicasse tudo, muito embora eu soubesse que aquele rosto pálido não poderia ser do homem barbado que vejo diante de mim. Por um instante, considero contar para ele do suposto rosto na janela e do movimento no depósito do quintal. A figura que poderia muito bem ser humana, mas que talvez fosse um coelho ou apenas uma brisa mais forte. Ele já está aqui e não seria pedir demais que pegasse a lanterna e desse uma olhada no depósito. Ele ficaria animado de fazer isso por mim e, à noite, eu poderia dormir melhor. Talvez fosse bom ter algum tipo de apoio.

Por outro lado, detesto a ideia de ter de pedir ajuda para ele. Não preciso de *um homem* para conferir se não tem um bicho-papão escondido no meu depósito, pelo amor de Deus. Se ficar preocupada, eu mesma posso fazer isso. Sou perfeitamente capaz.

Além disso, minha porta tem uma tranca. Ninguém vai conseguir entrar na minha casa assim tão fácil.

— Então tudo bem. — Lee coloca o boné na cabeça. — Se você está determinada a ficar aqui, boa sorte. E, se os telefones estiverem funcionando, você pode me ligar se precisar de alguma coisa. Qualquer coisa... estou falando sério.

Aposto que está.

A porta da cabana emperra e, quando dou um tranco para abri-la, vejo que já começou a chover. Ainda não está forte como provavelmente estará daqui a uma ou duas horas, mas Lee vai ficar encharcado nos cinco minutos que vai levar até sua cabana.

— Você tem um guarda-chuva? — pergunto.

Ele olha para o céu e depois para a lama que se forma sob suas botas de trabalho.

— Que droga — diz ele.

— Eu te empresto um. Tenho vários.

Volto rápido para dentro da cabana e pego um dos muitos guarda-chuvas guardados no fundo do meu armário. Entrego para Lee, que está esperando na porta com o capuz na cabeça.

— Obrigado, Casey. — Ele me encara com seus olhos azuis. — Se cuide.

— Você também.

Lee avança noite adentro, protegido pelo meu guarda-chuva marrom, apesar de a chuva estar cada vez mais horizontal. Conforme vejo Lee desaparecer entre as árvores no caminho que leva até sua cabana, sinto um alívio que faz meus ombros relaxarem. Mesmo com meu telhado capenga, estou feliz de ficar sozinha.

Volto para dentro da cabana para tirar as fitas silver tape das janelas, dizendo a mim mesma que vai ficar tudo bem. Sim, essa é minha primeira grande tempestade desde que me mudei para cá. Mas estou preparada. Não é tão ruim quanto uma *nevasca*. Estou na Nova Inglaterra, uma tempestade aqui não é nada de mais.

Por que, então, não consigo me livrar da sensação de que alguma coisa horrível está prestes a acontecer?

CAPÍTULO 7

ANTES

ELLA

Tem um aquário em cima da minha escrivaninha.

Gostaria de dizer que estou exagerando, apesar de eu não saber como alguém pode exagerar em uma situação dessas. De qualquer forma, não estou exagerando. No meu quarto, tem *um aquário* em cima da minha escrivaninha, a mesma que uso para fazer as lições de casa. Lições essas que, agora, não tenho como fazer por causa do tal aquário.

Além disso, não é um aquário qualquer. Ele está cheio de *coisas*. Um monte de panelas, uma fôrma de assar muffins. E várias colheres de servir.

O pior é que nem estou surpresa. Quer dizer, um aquário me surpreendeu um pouco. Mas minha mãe está sempre colocando coisas em cima da minha escrivaninha. Em geral, quando saio pela manhã, deixo meus livros espalhados e às vezes abertos, só para ela não pensar que pode usar minha escrivaninha como depósito, mas, desta vez, ela empurrou meu livro de história dos Estados Unidos para o lado a fim de abrir espaço para esse aquário enorme.

Quero tirar esse negócio de cima da escrivaninha para poder fazer minha lição, mas não sei onde colocá-lo. Além disso, não sei nem se consigo levantar o aquário — ele parece mais pesado do que eu. Preciso da ajuda da minha mãe.

Largo a mochila em cima da cama, que é o único lugar do quarto que está relativamente livre de tralhas, então desço a escada até a sala de estar. Eu e minha mãe moramos em uma pequena casa geminada alugada em Medford. A casa fica em um conjunto habitacional onde parte dos imóveis é obrigatoriamente alugada para famílias de baixa renda. Se não fosse assim, a gente jamais teria condições de viver aqui. É um lugar muito bom.

Não que exista qualquer coisa boa a respeito desta casa específica. Não mais.

A escada da nossa casa é perigosa. Sempre tenho cuidado ao descer, porque, assim como minha escrivaninha, a escada também é usada como depósito. Mal dá para segurar no corrimão vermelho de metal porque cada centímetro dele está coberto por roupas penduradas em cabides de plástico. E, encostadas na parede, há pilhas de papel. Não tem nem meio metro de espaço entre os papéis e o corrimão para eu passar.

Então, quando consigo descer a escada e entrar na sala de estar, parece que foi um milagre, apesar de fazer isso todos os dias.

— Mãe — digo.

Minha mãe está vendo televisão sentada no sofá. Quer dizer, é um sofá improvisado com dois colchões — um no chão e outro encostado na parede para apoiar as costas. É *praticamente* um sofá. Minha mãe está com um cigarro na mão — o andar de baixo da nossa casa tem um cheiro forte de Lucky Strike o tempo inteiro. Eu já nem noto mais, a não ser quando entro em casa depois de ter passado o dia fora. Minha mãe deve fumar, tipo, uns cinquenta cigarros por dia, ou até mais.

— Mãe — digo, de novo.

Seus cílios escuros tremulam. Minha mãe é superbonita. Sério, todo mundo diz isso. Ela pinta o cabelo num tom dourado e consegue se maquiar de um jeito quase profissional, apesar de eu achar que ela é bonita até quando está sem maquiagem. Nós não somos parecidas. Devo ter puxado ao meu pai, mas não tenho como saber, porque nunca vi meu pai, nem por foto.

— Estou vendo um negócio — diz ela, distante.

É isso que minha mãe faz todos os dias. Ela sai do trabalho no supermercado e volta para casa, geralmente, com duas sacolas de compras cheias de coisas do mercado ou do brechó que fica ao lado dele. E vê televisão a noite inteira. A menos que tenha um encontro, apesar de que faz tempo que ela não sai com ninguém.

Quando eu era pequena, antes de começar a ir para a escola, a gente via TV juntas. Eu me aconchegava ao lado dela no sofá e a gente via um programa atrás do outro, e ela me contava o que achava das roupas que as atrizes estavam usando e sabia de todas as fofocas sobre quem estava saindo com quem no mundo das estrelas de cinema. Minha mãe sabe tudo sobre esse tipo de coisa.

Entrelaço os dedos das mãos, tentando pensar em como falar com minha mãe sem que ela fique chateada.

— Tem um aquário na minha escrivaninha — digo por fim.

— Ah. — Ela sorri ligeiramente e chega até a desviar o olhar da televisão por um instante. — Comprei para você no brechó. Achei que você podia fazer alguma coisa com ele. De quebra, ainda encontrei um monte de utensílios para cozinha que estavam praticamente novos.

Mas o que é que eu vou fazer com a porcaria de um aquário? E com um monte de utensílios que não tenho como usar porque nossa cozinha não tem espaço para nada? O problema é que não sei como dizer isso para ela sem deixá-la chateada.

— Preciso de espaço para fazer a lição — explico.

— Por que você não faz na cama? Por que você precisa da escrivaninha?

Fazer lição de casa já não é fácil. Na minha cama desconfortável, seria ainda pior.

— Gosto da minha escrivaninha.

— Mas você não está nem aí para a escola — diz ela. — Você é tão ruim quanto eu era.

— Na verdade — digo —, tirei dez na prova de matemática que fiz ontem.

Não consigo disfarçar o orgulho que estou sentindo de mim mesma. Estudei a noite inteira e gabaritei a prova. Quando eu era pequena, minha mãe elogiava os desenhos que eu fazia e chegava até a pendurar alguns deles na geladeira, mas agora ela parece irritada com minha nota dez.

— E o que você quer? — resmunga ela. — Uma medalha?

— Só quero abrir espaço na minha escrivaninha. Mãe, por favor?

— Nossa! — Minha mãe dá uma tragada no cigarro. — Sabe, quando eu era pequena, a gente não tinha nada. Meus pais nunca compravam nada para mim. Eu teria ficado muito feliz se tivesse ganhado um aquário legal assim.

Ela vive repetindo essa ladainha de que ela era pobre e nunca tinha roupas novas como eu tenho. Ela sempre teve de usar roupas de segunda mão.

— Quando eu era pequena, nunca tinha nada na cozinha — diz ela. — Eu teria dado tudo por uma geladeira cheia de comida como a nossa.

Não estou disposta a falar sobre a nossa geladeira agora. Minha mãe ficaria ainda mais irritada.

— Mãe…

— E tudo isso sem a ajuda do seu pai — continua ela. — E aí você vem *reclamar* da vida. Você devia era me agradecer por ter pensado em você.

Cerro os dentes. Minha mãe não estava pensando em mim quando comprou o aquário. Ela nunca pensa. Ela vê algo que chama sua atenção e compra. E, quando ela chega em casa e vê que não tem onde guardar, do nada, minha escrivaninha vira depósito e eu ganho um "presente" que nunca quis.

— Então? — pressiona ela, com um tom de voz cortante. — Você vai me agradecer ou não?

Ela olha para mim, a fumaça saindo do cigarro entre os dedos. Minha mãe está esperando que eu lhe agradeça por ocupar minha escrivaninha. E sei o que acontece quando não agradeço.

— Obrigada, mãezinha — digo carinhosamente.

Quase desejo não ter falado nada porque, agora, ela está prestando atenção em mim, e não era isso que eu queria. Seus olhos castanhos percorrem meu corpo de cima a baixo e ela torce os lábios numa expressão de nojo.

— Onde você arranjou essa blusa?

Dou uma ajeitada na blusa branca que estou usando, uma que tirei das profundezas de uma gaveta no meu quarto.

— Sei lá. No meu quarto?

— Não banque a espertinha, Ella — exclama minha mãe. — Essa blusa te deixa com cara de puta. Todo mundo vai te zoar e os meninos não vão te respeitar. É isso que você quer?

Admito que a blusa é um ou dois números menor do que o meu, mas tudo que é do meu tamanho está numa pilha de roupas sujas no porão. Posso usar roupas que não me servem, usar roupas visivelmente sujas, ou ir para a escola pelada. Mas não adianta usar esse tipo de argumento com minha mãe.

— Não vou mais usar essa blusa — prometo.

Minha mãe faz que sim com a cabeça, satisfeita. Ela não me convida para me sentar no sofá e ver TV também, como a gente fazia quando eu era pequena, mas tanto faz. Agora, só existe espaço para uma pessoa no sofá, porque metade dele está coberta por pilhas de papel. Reconheço a folha que está no topo, um e-mail que a escola mandou para minha mãe. Ela gosta de imprimir os e-mails que recebe, porque acha que assim não vai perdê-los, apesar de viver perdendo *tudo*.

— Você pode pelo menos me ajudar a mudar o aquário de lugar? — pergunto.

— Depois. — Ela voltou a prestar atenção na televisão. — Deixa na escrivaninha por enquanto. Vou pensar no que fazer com ele.

Por fim, desisto e volto para o meu quarto. Não sei o que fazer com a porcaria do aquário. Se ela tivesse me dado um peixe, seria outra história. Talvez eu até gostasse. Mas ela não fez isso. E, se eu pedisse um peixe, ela provavelmente não me daria um. Além disso, o aquário está cheio de tralha. O que vou fazer com uma fôrma de muffin?

De volta ao meu quarto, tento levantar o aquário, mas ele é muito pesado. Mesmo depois de ter tirado todas as bugigangas de dentro dele, ainda é pesado demais para mim. Não sei como minha mãe conseguiu carregá-lo. Ela deve ter pedido ajuda ao Wally, aquele cara do trabalho que tem uma quedinha por ela. E agora nenhuma de nós consegue levantar o aquário. Acho que essa porcaria vai ficar na minha escrivaninha até eu terminar o ensino médio.

Mal posso esperar por esse dia. Assim que eu completar 18 anos e me formar, vou embora para nunca mais voltar.

CAPÍTULO 8

AGORA

CASEY

Depois de limpar os cacos do copo quebrado, decido fazer o jantar para aproveitar enquanto o fogão ainda funciona. Não me importo de comer comida enlatada, mas está longe de ser meu prato favorito.

Ponho uma panela com água no fogo para fazer macarrão e, em outra, coloco tomate picado, extrato de tomate, um pouco de alho e de manjericão. Não é um prato gourmet, mas pelo menos o molho de tomate vai ser fresco.

Enquanto mexo o molho, olho pela janela. A chuva está bem mais intensa agora — espero que Lee tenha chegado bem em casa. (Tenho certeza de que chegou.) Fiquei com a consciência um pouquinho pesada por ter dado um corte nele. Eu poderia ter sido mais simpática, considerando que ele veio até aqui só para ver se estava tudo bem comigo. Não que eu tenha sido rude ou algo assim, mas parecia que ele queria mesmo me ajudar.

E já me ajudou. Deixei que ele consertasse uma das maçanetas da cabana depois de eu ter tentado três vezes sem sucesso. Pelo menos isso.

Apesar de Lee ter sido um perfeito cavalheiro, eu ainda não consigo confiar nele. Mas não sei dizer o porquê. Só sei que não gosto de que ele esteja sempre *por perto*.

Se eu tivesse um terapeuta, acho que ele me perguntaria por que evito me envolver com Lee, apesar de ele *parecer* um cara muito legal. Ele, com certeza, também me perguntaria por que faz mais de cinco anos que não me envolvo com nenhum cara. Sem mencionar que minha última relação foi meio superficial e terminou com o cara frustrado, porque "sou muito fechada". E, assim que a gente resolvesse essas questões, o terapeuta exploraria o fato de que quase não tenho amigos. A última pessoa de quem fui realmente próxima foi meu pai, e ele morreu.

Mas não tenho um terapeuta. Justamente para não ter de lidar com essas coisas. Prefiro seguir meu instinto a aceitar conselho de um charlatão qualquer, e meu instinto diz para eu não ficar muito próxima do cara que mora na cabana vizinha.

Continuo mexendo o molho, enquanto o aroma de tomate com manjericão toma conta da cozinha. Vai ficar uma delícia, mesmo que eu tenha de comer à luz de velas. Provo um pouquinho: o molho está quase perfeito. Só precisa de uma ou duas pitadas de sal.

Assim que pego o saleiro, meu telefone começa a tocar.

Antes de vir para cá, eu tinha um celular assim como todo mundo. Mas, quando me mudei, eu me desfiz dele. Em primeiro lugar, porque o sinal aqui é muito ruim. Em segundo, era mais uma despesa com a qual eu não podia arcar, porque estava desempregada, ainda mais recebendo tão poucas ligações.

Limpo as mãos no pano de prato e atendo o telefone no quinto toque. A linha está cheia de estática, mas consigo reconhecer a voz grave de Rudy. Que ótimo.

— Casey? — diz ele.

— Oi? — respondo, tentando disfarçar minha irritação. Ele já teve uma chance de me ajudar hoje e acabou não ajudando.

— Como estão as coisas aí com a tempestade?

— Ainda estou seca. — Dou uma olhada na direção do meu quarto e mal consigo enxergar a janela, que está sendo castigada pela chuva. O vidro chacoalha com o vento persistente. — Depois que conversamos, você não foi até os fundos da minha casa para ver o telhado, foi?

— Não fui, não. Por quê?

Se não foi Lee, nem Rudy, *quem* estava espreitando a janela do meu quarto?

— Deixa pra lá.

— Olha, Casey — diz ele. — Eu estava ouvindo rádio e eles disseram que a tempestade vai ser muito pior do que o previsto. O vento vai chegar a uns cem quilômetros por hora. E fiquei pensando... acho que concordo com você. O telhado talvez não esteja seguro. Pelo amor de Deus, não quero que você morra hoje.

É, também não quero. Mas Rudy não se importa de verdade. Ele só não quer ser culpado pela minha morte por ter sido negligente.

— Fiz umas ligações — diz ele — e acabei achando uma vaga em uma pousada. Reservei um quarto para você.

— Que ótimo. — Não estou muito animada para sair na chuva, mas o temporal deve piorar bastante ao longo da noite e vai ser mais seguro estar em outro lugar. — Qual é o endereço?

A resposta de Rudy é um longo chiado de estática.

— Rudy? — digo. — A ligação está falhando...

— Casey? — A voz dele parece estar a um milhão de quilômetros de distância. — Você... me ouvir?

Pressiono o telefone contra a orelha, tentando entender o que ele diz.

— Mais ou menos. Só me diga o endereço da pousada.

— É na...

Então a linha fica muda.

Coloco o telefone no gancho, espero um pouco e o tiro do gancho de novo. Continua mudo. Estou sem telefone, provavelmente até amanhã.

Embora eu esperasse que isso fosse acontecer, acabou sendo no pior momento possível. Rudy não é o tipo de pessoa que se preocupa muito com os outros. Se ele acha que não é seguro eu ficar na cabana, então devo estar correndo um sério risco. Mas o que vou fazer agora? Se minha casa não é segura, acho que corro ainda mais perigo se sair de caminhonete, percorrendo estradas alagadas à procura de uma pousada. Eu poderia perder o controle da caminhonete numa estrada de terra escorregadia e acabar atolando ou batendo.

Outra opção seria tentar chegar à cabana de Lee. Fica a mais ou menos um quilômetro daqui, apesar de não ser a mesma coisa que percorrer um quilômetro na cidade. É um quilômetro por uma trilha no meio do mato, onde as árvores balançam perigosamente, e tudo o que não estiver enraizado no chão está levantando voo.

Não, a essa altura, é melhor continuar aqui.

Só espero sair viva dessa.

CAPÍTULO 9

O molho de tomate está quase pronto.

Está com um cheiro delicioso, e meu estômago começou a roncar. Nunca fui muito de cozinhar, mas, desde que me mudei para cá, aprendi a fazer alguns molhos que só precisam de tempo, amor e carinho para ficarem prontos. Se o telhado cair na minha cabeça e me matar esta noite, vou morrer feliz com essa última refeição.

A chuva piorou bastante. Não dá mais para distinguir as gotas. É como se alguém estivesse virando baldes de água em cima da minha casa. Observo, fascinada, enquanto mergulho a colher de pau no molho e provo mais um pouco.

Está quase perfeito, mas falta *alguma coisa*.

Orégano, talvez. Meu pai dizia que, para dar um toque em qualquer molho italiano, basta usar um pouquinho de orégano. Quando pego o pequeno frasco no porta-temperos, algo chama minha atenção na janela.

No início da noite, achei que tinha visto um rosto na janela do meu quarto, mas me convenci de que era a lua. Eu já costumo ser desconfiada, então faço o possível para não sucumbir às minhas paranoias. Depois vi um movimento no depósito do quintal e me convenci de que era um coelho, ou galhos sendo chacoalhados pelo vento. Mas agora vejo uma coisa que faz com que eu me dê conta de que estava errada.

Vejo uma luz acesa lá fora. Uma luz vindo do depósito.

A colher de pau cai no balcão da cozinha, espirrando molho de tomate por todo lado. Antes, eu disse para mim mesma que estava imaginando coisas, mas, agora, mesmo com a chuva atrapalhando minha visão, é impossível não ver a luz vindo do depósito. Por que tem uma luz acesa lá? Não tem lâmpada no depósito nem qualquer tipo de fonte de energia, então como é que tem uma luz acesa lá? Só existe uma resposta possível.

Tem alguém lá dentro. E esse alguém tem uma lanterna.

Sinto minhas pernas tremerem. Tem alguém no meu depósito. Nem tenho como fingir que é um coelho… ou um coelho e um cervo aninhados um no outro. Tem *uma pessoa* lá. E não sei o que ela está fazendo no meu quintal nem o que ela quer.

Por que não pedi a Lee que desse uma olhada no depósito? Por que fui besta e orgulhosa desse jeito? Não há a menor chance de ele voltar aqui agora, porque a chuva está forte demais, e o vento, cada vez pior.

Aperto os olhos, tentando ver a silhueta de alguém dentro do depósito pela janela. Lá tem só uma janelinha, que é por onde vejo a luz acesa, mas não consigo enxergar a sombra de ninguém se mexendo.

Mas tem alguém ali. Só pode.

Preciso chamar a polícia. Parece dramático demais, considerando que eles devem ter coisas mais importantes para fazer durante uma tempestade, mas, se alguém invadiu a minha propriedade, tenho o direito de chamar a polícia. Não sei o que o intruso quer ou o que ele vai fazer comigo, ainda mais se a energia elétrica cair, então é melhor prevenir do que remediar.

Tenho de chamar a polícia de qualquer jeito.

Mas espere. Não posso. Estou sem telefone. Isso significa que não posso ligar para Lee nem chamar a polícia. Não consigo falar com ninguém.

Tomo coragem e atravesso o cômodo na direção do interruptor de luz, de olho na janela. É difícil enxergar lá fora com a luz da cozinha acesa, mas, se eu apagar as luzes, vai ser mais fácil de ver o depósito.

Mergulho a cozinha na escuridão e volto para a janela. Agora que consigo enxergar um pouco melhor, não tenho dúvida de que tem uma luz acesa lá dentro. Mas é claro que isso não quer dizer que o intruso continua ali. Vai ver ele está parado diante da porta da minha casa. Imagino um homem enorme e corpulento, com um machado na mão. (Aparentemente, acho que o folclórico lenhador Paul Bunyan está se escondendo no depósito do meu quintal.)

Porém não estou presa em casa. Tenho minha caminhonete. Por um instante, me sinto tentada a pegar o carro para ir até a cidadezinha mais próxima. Sim, as estradas devem estar horríveis, mas é melhor do que não fazer nada. Já estava me sentindo insegura com o telhado e agora há um intruso espreitando minha cabana. Melhor eu procurar um hotel — algum lugar deve ter um quarto disponível. Ou talvez eles me deixem dormir no sofá do saguão de entrada.

Amanhã de manhã vou lidar com quem quer que esteja se escondendo na minha propriedade. Se a pessoa invadir minha cabana, tudo bem. Não tenho nada de valor guardado aqui.

Mas por que eu deveria sair? Esta casa é *minha*. Estou na *minha* propriedade. Por que eu deveria abandonar minha casa por causa de alguém que invadiu meu terreno?

Dito isso, jamais vou conseguir dormir sabendo que tem alguém lá fora.

Talvez a pessoa seja totalmente inofensiva. Talvez seja só um andarilho à procura de um lugar para se proteger da tempestade. Quem sabe... Bom, já aceitei que não pode ser um coelho nem um cervo por causa da luz e tal. Mas a questão é que não precisa também ser um assassino com um machado.

Tomo uma decisão.

Vou ao depósito para descobrir quem está lá.

CAPÍTULO 10

ANTES

ELLA

— Fedorella! Ei, Fedorella!

Ao passar por Anton Peterson no refeitório, escuto o apelido superlegal que ele inventou para mim. *Fedorella*. Sacou a piada? Porque meu nome é Ella. Sério, ele devia ganhar a vida fazendo stand up. Anton está desperdiçando talento aqui.

Hoje, pelo menos, eu trouxe almoço.

— Ei, Fedorella. — Anton se levanta da longa mesa que divide com o bando de inúteis que chama de amigos. Ele para no meio do caminho, impedindo que eu chegue à mesa na qual ia almoçar. — Por que tanta pressa?

Dou de ombros, sem desviar os olhos. Anton é um idiota, mas não tenho medo dele.

— A gente estava se perguntando… — Ele dá uma olhada para os amigos, que tentam conter as risadinhas debochadas. — Você toma banho?

A possibilidade de que Anton esteja certo — de eu realmente estar fedida e não se tratar só de um jogo de palavras — passa pela minha cabeça. Sendo bem sincera, tomo banho todas as noites. Mas o problema é que a nossa máquina de lavar, que fica lá no porão, pifou faz quase um ano e minha mãe se recusa a chamar um técnico para consertar, porque não quer que ninguém entre na nossa casa. Diz que ela mesma vai consertar, mas não sei como, porque minha mãe não é boa com essas coisas. Por um tempo, ela ficou comprando roupas novas, mas isso está longe de ser uma solução para o problema.

Tem uma lavanderia, mas não é muito perto da nossa casa. É uma caminhada de uns três quilômetros. Apesar disso, mais de uma vez levei um saco de roupa suja para lá e passei duas horas esperando para levar tudo limpo para casa. Eu faria isso mais vezes, mas não tenho dinheiro para usar as máquinas.

Por causa disso tudo, estou usando de novo uma calça jeans e uma blusa de manga longa que não foram lavadas. Pela quarta vez. Eu tento deixar as roupas tomando ar, mas isso não é muito fácil de fazer na minha casa.

De qualquer forma, não me dou ao trabalho de responder à pergunta de Anton. Mas, apesar de encará-lo, preciso me segurar para não conferir se estou mesmo cheirando mal.

— Você devia tentar tomar um banho de vez em quando, *Fedorella* — diz Anton. Ele dá uma olhada no logo estampado na frente da minha blusa. — Seria um banho rápido, porque você não tem peito para lavar.

Aceno com a cabeça na direção da braguilha da calça dele.

— Aposto que os seus banhos também são rápidos.

Mandei bem com minha resposta, porque os amigos de Anton explodem em gargalhadas, e ele fica vermelho. Parece o momento perfeito para eu sair de cena, então passo por ele e sigo em direção à mesa vazia. Anton fica me encarando e, por um instante, tenho certeza de que vai vir atrás de mim e continuar me atormentando, mas ele se senta de novo. Ele ficou furioso, mas não estou nem aí. Desde que me entendo por gente, eu me sento sozinha no refeitório. Quer dizer, quando era mais nova, quando estava no segundo ou no terceiro ano, eu tinha amigos, mas agora não tenho mais. O pessoal não gosta muito de mim. De qualquer forma, é melhor não ter amigos porque, se eu tivesse, eles pediriam para ir à minha casa.

Hoje meu almoço é um sanduíche de peito de peru. Montar o sanduíche não foi tão fácil quanto se pode imaginar. A gente tem um monte de pão — na verdade, um armário inteiro da cozinha é só para guardar os pães —, mas eles estão todos fora da validade. Eu queria jogar alguns fora, mas minha mãe ficaria maluca. Ela diz que a gente não é rico para ficar jogando comida fora. A regra lá em casa é: se não está emitindo gases tóxicos que fazem o saco plástico estufar, ainda dá para comer.

O pão está vencido e o peito de peru tem um gosto estranho, mas nenhum dos dois estava com o plástico estufado, então acho que não tem problema eu comer.

Brittany Carter e suas amigas estão na mesa ao lado. Eu nem tinha percebido. O almoço de Brittany é o que a escola vende, que hoje é cachorro-quente. E ele está muito cheiroso. Queria poder comer um cachorro-quente em vez desse sanduíche nojento de peito de peru.

Brittany sussurra alguma coisa para uma das amigas. A amiga vira a cabeça e olha para mim, depois volta a falar com Brittany. As duas começam a rir de um jeito descontrolado.

Fico me perguntando se elas estão rindo de mim. Talvez estejam me chamando de Fedorella.

Mas não faz diferença, desde que elas não falem isso na minha cara.

Pego o ensaio que escrevi para a aula de inglês para não ficar olhando para o nada, me sentindo patética. Tirei seis nesse trabalho, o que não me surpreende, considerando que escrevi deitada na minha cama, que é parcialmente coberta por tranqueiras. Está longe de ser um texto admirável — está mais para um texto lamentável. Eu não teria tirado dez se tivesse usado minha escrivaninha, mas acho que conseguiria uma nota um pouco mais respeitável, tipo um sete.

A Sra. Hecker me disse que poderia me dar um ponto a mais se eu corrigisse as coisas que errei no ensaio, e fiquei de fazer isso, mas que erros são esses? Ela não me falou. Se eu soubesse o que estava errado, já teria feito certo na primeira vez que escrevi. Agora estou aqui, ignorando as risadinhas às minhas costas e tentando descobrir como corrigir esse trabalho.

Largo o ensaio na mesa e olho para Brittany de novo. Por acaso, vi que ela tirou dez no mesmo trabalho. Não foi só uma nota boa, foi um dez. Sério, isso é motivo para ela se exibir. Por outro lado, parece que o pai dela é professor numa universidade aqui perto e aposto que, mesmo que ela não tenha a ajuda dele, deve ter herdado sua inteligência genial. Posso não saber quem é meu pai, mas tenho quase certeza de que ele não é um gênio.

Às vezes, fico imaginando como meu pai é. Minha mãe não me conta nada, mas tenho certeza de que tenho um pai. Eu tirei dez em ciências no ano passado, então sei muito bem que todo mundo tem uma mãe e um pai que, tipo, tornaram sua existência possível. Então, não importa o que minha mãe diga, eu tenho um pai.

O cabelo dele deve ser castanho-avermelhado como o meu. E ele deve trabalhar num lugar legal, tipo em um banco. Talvez ele seja o cara que te dá dinheiro quando você faz um saque sem ser no caixa eletrônico. Também acho que ele tem bigode, apesar de não saber muito bem por quê.

Ele nem deve saber que eu existo. Minha mãe não contou para o meu pai que estava grávida, e ele não faz ideia de que tem uma filha. Imagino que um dia vou encontrá-lo, vou contar para ele quem eu sou e ele vai sorrir para mim. Aí, vai me perguntar se eu gostaria de morar com ele e eu vou responder que sim, sem dúvida nenhuma.

Se ao menos eu soubesse quem é meu pai, minha vida poderia ser bem diferente.

CAPÍTULO 11

AGORA

CASEY

De acordo com o rádio, a velocidade dos ventos já chegou a cinquenta quilômetros por hora, então, se for sair de casa, preciso usar roupas próprias para esse tipo de situação.

Coloco minha jaqueta impermeável e minhas botas. Não são aquelas botinhas de marca que eu usava na época em que morava em um apartamento e tinha um emprego decente, estou falando de galochas pesadas, próprias para eu chegar ao depósito no quintal sem ficar com os pés ensopados. Penso em levar um guarda-chuva, mas tenho a sensação de que ele vai virar do avesso ou sair voando assim que eu colocar os pés para fora da cabana. Com o casaco e as botas, acho que vou conseguir ficar… bom, não seca, mas talvez um pouco menos encharcada.

E tem mais uma coisa que quero levar.

Entro no meu quarto e vejo a colcha cuidadosamente presa ao colchão. Todas as manhãs, arrumo a cama como se estivesse esperando visita na minha cabana isolada no meio do mato. Mas, agora, o que me interessa mesmo é o que está dentro da cômoda. Abro a primeira gaveta e reviro as camisetas dobradas até meus dedos encontrarem o objeto metálico e gelado sob a pilha de roupas.

É uma arma.

Uma Glock G43X, considerada hoje a arma mais vendida do mundo, de acordo com o atendente da loja. Ela é leve, compacta e cabe facilmente no bolso do casaco. Quando decidi viver no meio do nada, achei que ia precisar de uma arma ou de um cachorro. Como não me sentia preparada para cuidar de um cachorro, resolvi comprar uma Glock.

Sei como usar a arma. Meu pai me ensinou. Quando eu era adolescente, ele dizia: *Meninas precisam saber usar uma arma.* E ele me levou a um estande de tiro para praticar com seu rifle.

Na primeira vez que peguei em uma arma, tremia igual vara verde. Nem cheguei perto de acertar o alvo. Errei feio. Mas meu pai tinha paciência. Ele me explicou qual era a postura certa, como manter a empunhadura firme e alinhada, a mirar do jeito certo. Depois de alguns meses praticando no estande, passei a acertar na mosca sempre.

Achei que, quando pegasse o jeito, ele ia me levar para caçar. Mas meu pai nunca se interessou por isso.

Agora, tantos anos depois, todo aquele treino está sendo útil. Se tiver alguém na minha propriedade, sei que consigo me defender, graças ao que ele me ensinou. Se vou investigar o que está acontecendo, fico mais tranquila por estar armada.

E agora estou pronta para sair.

O vento está bem mais forte. As árvores balançam e ouço o assobio do vento pelas frestas das janelas. Só espero que ele não esteja tão forte a ponto de me carregar.

Assim que abro a porta, sinto a força da tempestade. O vento me atinge com tudo e gotículas frias de água cobrem meu rosto. Sem dúvida, um guarda-chuva seria inútil. Sou a única idiota que sai de casa numa tempestade dessas, mas não tenho escolha. É isso ou passar a noite acordada, olhando pela janela, vigiando o depósito do quintal, com a arma enfiada debaixo do travesseiro.

Tem outra coisa que também me deixa nervosa.

Aquela árvore grande, plantada bem ao lado da cabana — a que mostrei para Rudy —, está balançando muito. Aquela árvore nunca foi estável, mas parece inclinar uns quarenta e cinco graus a cada rajada de vento. Só que não posso pensar nisso agora. Um problema de cada vez.

No tempo que levei para sair de casa, a luz que tinha visto no depósito desapareceu. Espero que isso signifique que a pessoa que estava lá foi embora, mas o mais provável é que ela tenha apagado a luz para se esconder. Por sorte, tenho minha própria lanterna.

Decido manter a lanterna apagada enquanto atravesso o quintal até o depósito, lutando contra o vento forte a cada passo. A escuridão vai me camuflar e talvez me ajude com o elemento surpresa. Claro que, se tiver um maníaco com um machado no depósito, não vai fazer muita diferença.

É para isso que serve a arma.

Minhas botas afundam na lama a cada passo. Quando estou a poucos metros do depósito, enfio a mão no bolso direito e seguro firme no cabo da arma só para ficar mais tranquila. Fico observando, atenta a qualquer sinal de movimento.

Tirando o barulho da porta, não escuto nem vejo nada.

Estico o braço para tocar a maçaneta da porta do depósito. Mais cedo, guardei ali o cortador de grama e uns galhos que juntei no jardim. Espero que essas sejam as únicas coisas lá dentro.

Mas, antes mesmo de encostar na maçaneta, o vento escancara a porta. Fico olhando, surpresa, quando a porta balança e em seguida é arrancada pelo vento. Seria uma demonstração mais assustadora da força da natureza se aquelas dobradiças já não estivessem por um fio. Mas o vento venceu a disputa e arremessou a porta no meio do gramado.

Tá bom então.

Entro no depósito e o assoalho range sob o peso das minhas botas. Mesmo sem a porta, está escuro lá dentro. Pisco algumas vezes, tentando fazer os olhos se acostumarem. Não vejo ninguém, mas também não enxergo quase nada. Vou precisar da lanterna.

Se tiver alguém aqui dentro, essa pessoa já teve tempo de se acostumar com o escuro. Isso significa que, enquanto estou praticamente cega, ela pode me ver muito bem. Pode fazer o que quiser antes mesmo que eu consiga sacar a arma do bolso. Ainda bem que fiz treino de defesa pessoal. Se algum predador tentar me atacar, sei o que fazer. Apesar disso, odeio me sentir vulnerável assim nesse espaço tão pequeno.

— Olá? — sussurro.

Nada. E, se uma voz grossa respondesse agora, acho que eu faria xixi nas calças.

Eu me atrapalho para tirar a lanterna do bolso. Vamos lá.

Aperto o botão para acender a lanterna e, finalmente, o depósito se ilumina com uma luz reconfortante. Consigo ver a silhueta do cortador de grama num canto e o velho ancinho enferrujado. Além de mais uma coisa.

Vejo algo no canto do depósito, envolvido por um cobertor fino.

Passo a lanterna para a mão esquerda, de modo que posso segurar a arma no meu bolso com a mão direita. Se esse volume fizer qualquer movimento suspeito, vou sacar a arma.

— Olá? — digo de novo, num tom mais firme. Esse depósito é *meu*, porra, e vou brigar por ele.

Porém, mais uma vez, não recebo uma resposta.

Então decido apontar o feixe de luz direto para o cobertor. Alguma coisa se mexe debaixo dele.

— Eu sei que você está aí — digo.

Observando o cobertor, percebo como ele é pequeno. Quem quer que esteja ali embaixo não é um gigante com um machado. A pessoa que se esconde no meu depósito é pequena. Relaxo um pouco a mão que segura a arma.

— Não vou te machucar — digo, com a voz mais tranquila, falando direto para o cobertor. — Mas esse depósito não é um lugar seguro para ninguém nesse momento. Você pode sair daí para a gente conversar? Por favor?

Nenhuma resposta. Agora, o cobertor está imóvel.

— Por favor — repito. — Esse lugar não é seguro. Eu não quero te machucar. Só estou preocupada.

A cena parece acontecer quase em câmera lenta: aos poucos, o cobertor revela um par de olhos azuis que me encaram. Um segundo depois, consigo ver o cabelo ruivo, o casaco e o moletom cinza com capuz. Levo mais um instante para entender o que estou vendo.

É uma menina.

E ela está segurando uma faca.

CAPÍTULO 12

Fico olhando para a garota encolhida no canto do meu depósito, com uma faca na mão direita. E não é uma faquinha sem serra ou algo assim. É um tipo de *canivete*.

Ela tem o tamanho de uma criança de 9 ou 10 anos, mas há algo no olhar e na expressão dela que me faz pensar que é mais velha — talvez uns 12 ou 13 anos. Mesmo com a luz fraca da lanterna, dá para ver que ela está dolorosamente magra. Os fios ralos do cabelo ruivo, na altura dos ombros, estão grudados no couro cabeludo, e ela me encara com enormes olhos azuis. Está tremendo, e eu não sei se é de frio ou de medo, mas, seja como for, ela segura a faca como se sua vida dependesse disso.

Largo o cabo da arma no meu bolso. Mesmo que ela esteja com uma faca, não vou ameaçar uma menina de 12 anos.

— Oi — digo, tentando soar o mais amigável possível. Desvio a luz da lanterna para não cegar a garota. — Meu nome é Casey. Eu moro ali, naquela cabana.

Ela apenas me encara.

— Qual é o seu nome? — pergunto.

Nenhuma resposta.

Uma parte de mim pensa em simplesmente deixá-la ali. Afinal, não estou nada ansiosa para levar uma facada. Amanhã, quando o telefone voltar a funcionar, posso ligar para a polícia e contar que encontrei uma garota no meu terreno. Deve ter alguém procurando por ela.

Mas, na prática, não acho que essa menina vá me machucar. Ela só está com medo. E este depósito não é seguro. A porta já saiu voando, e agora está começando a ficar frio e úmido aqui dentro. Não me surpreenderia se o galpão desabasse durante a noite. E se eu acordar amanhã e encontrá-la com ferimentos graves, ou até mesmo morta? Eu nunca me perdoaria por tê-la deixado aqui.

Meu pai era assim também. Sempre que a gente pegava a estrada, ele parava para dar carona para alguém, apesar de eu ficar apavorada com isso, porque minha mãe achava que todo caroneiro era um assassino. Ele me dizia: *Se alguém está pedindo carona é porque está na pior. Um dia pode ser você nessa situação.*

Meu pai não está mais aqui, mas ainda posso aprender com suas lições de vida. Ainda que ele estivesse errado sobre silver tape nas janelas.

— Escuta — digo —, sei que você está com medo, mas esse depósito não é seguro. Você não pode ficar aqui. Mas, se quiser, pode passar a noite na minha casa.

Fico parada, esperando que ela diga sim, ou não, ou que me ataque. Mas a menina só continua ali, agarrada à faca.

— Pode ficar com a faca, se quiser. — Não fico exatamente feliz em dizer isso, mas, se ela está com medo, duvido que vá largar. — Só acho mesmo que você não devia passar a noite aqui. É melhor ir comigo lá para dentro.

Talvez seja coisa da minha cabeça, mas acho que ela fica um pouquinho mais calma. Ainda assim, ela não diz nada.

— Não vou contar para ninguém que você está aqui. — Imagino que quem se esconde em um depósito no quintal de um estranho não esteja muito a fim de ser encontrado. — Prometo.

Ela inclina um pouco a cabeça para o lado.

— Além disso — digo —, tenho comida. Acabei de fazer o jantar.

A expressão dela muda na hora. Ela pode não confiar em mim, mas está com fome. Está na cara.

— E tenho cookies — acrescento.

Pronunciei as palavras mágicas. Ela continua com os olhos fixos em mim, mas, bem devagar, se levanta. Ainda estou com a lanterna na mão e, quando ela fica de pé, o casaco se abre. É quando vejo, pela primeira vez, as roupas que ela está usando. Então solto um arquejo.

A garota está coberta de sangue.

CAPÍTULO 13

Dou um passo para trás, cobrindo a boca com a mão. Acho que nunca vi tanto sangue na vida. Não consigo parar de olhar.

O sangue cobre toda a parte da frente do moletom. A calça jeans. As mãos. Mas ela não parece estar ferida. Pelo menos não vejo nenhum machucado visível, e ela não dá sinal de estar com dor.

— Você… está bem? — pergunto.

A menina me lança um olhar fulminante. Apesar do tamanho, definitivamente não é uma criancinha. Aquele olhar foi *muito* uma coisa de adolescente. Ela é magricela, mas deve estar pelo menos na pré-adolescência.

— Meu nariz estava sangrando — diz ela, por fim, com uma voz que mal consigo ouvir por causa do vento.

Vi muito nariz sangrando quando era professora. Sim, pode sair bastante sangue. Pode sujar a blusa, a calça e até as mãos. Pode fazer uma bagunça e tanto.

Mas não me lembro de ter visto alguém sem nem um pingo de sangue no rosto depois de o nariz sangrar.

A menina pega a mochila que está aos seus pés e olha para mim, esperando que eu vá na frente até a cabana. Afinal, fui eu que a chamei para passar a noite comigo. E não parece certo deixá-la aqui fora só porque ela está suja de sangue que, a cada segundo que passa, tenho mais certeza de que não é dela.

— Tá bom — digo. — Vamos.

O vento parece estar ainda mais forte. E o pior é que agora ele sopra na minha direção, como se uma mão gigante estivesse me empurrando para trás, tentando me impedir de voltar para a cabana. Não consigo deixar de sentir que isso é um mau agouro. Olho para trás e vejo que a menina está de braços cruzados, andando atrás de mim, usando um casaco que definitivamente não dá conta do frio. Ela é tão magra que poderia ser levada por uma rajada de vento mais forte.

À medida que nos aproximamos da cabana, reparo que a árvore está ainda mais inclinada. Quase consigo ouvir as raízes rangendo sob a tensão. E me ocorre que, se ela cair, a chance de atingir a minha casa é bem grande. Se isso acontecer, nós duas corremos o risco de morrer.

Faço uma avaliação rápida da situação: tem uma tempestade violenta aqui fora, uma árvore prestes a tombar sobre a minha casa e acabei de convidar uma menina ensanguentada com um canivete para passar a noite comigo. Só me falta contrair um vírus mortal para completar minha noite.

Empurro a porta da cabana com força e dou um passo para o lado, deixando a garota entrar antes de mim. Ela hesita por um segundo, depois corre para dentro. E, quando fecho a porta atrás de nós, não consigo ignorar a sensação de que cometi um erro terrível ao deixá-la entrar.

CAPÍTULO 14

ANTES

ELLA

Preciso de dinheiro.

Preciso de dinheiro para comprar comida na escola. Preciso de dinheiro para lavar minhas roupas na lavanderia. Infelizmente, minha mãe não me dá mesada. Ela diz que não vou ser responsável com o dinheiro, sabe-se lá o que isso significa.

No caminho de volta da escola, passo na casa que fica na esquina da minha quadra. É onde mora a Sra. Fleming. Ela tem, tipo, uns quinhentos anos, e já me pagou para fazer algumas coisas para ela, tipo lavar a louça e jogar o lixo fora. Gosto de arrumar — me dá uma sensação boa deixar tudo limpo e organizado. Enfim, talvez hoje ela tenha alguma coisa para eu fazer. Aceito qualquer coisa, na real.

Tem uma rampa que leva até a porta da Sra. Fleming, porque, como eu disse, ela é supervelha. Subo a rampa e bato à porta. Ela sempre demora uma eternidade para atender, mas, depois de um tempo, escuto os passinhos arrastados atrás da porta. Eu sabia que ela estaria em casa. A Sra. Fleming nunca sai.

A mulher abre a porta e, como sempre, está usando uma camisola com um robe fininho por cima — nunca a vi vestindo outra coisa. Mas o cabelo branco está bem penteado. Ela é muito magra e tem mais ou menos a minha altura, o que é bem pouco para um adulto. Eu sou uma das menores da minha turma.

— Oi, Sra. Fleming — digo, animada. — Queria saber se tem alguma coisa que eu possa fazer pela senhora.

Ela me encara por um segundo, desconfiada, mas depois faz que sim com a cabeça.

— Você pode jogar o lixo fora para mim.

— Aumentei um pouco os meus preços — aviso. — Agora são três dólares para tirar o lixo. — Como se eu fosse dona de um negócio e tivesse vários outros clientes além dela.

A Sra. Fleming faz que sim com a cabeça e me deixa entrar. A casa dela tem a mesma planta da minha, mas por dentro é bem diferente. Tudo é muito organizado e os móveis são antigos, como peças de antiquário. Ela tem um sofá que parece ser velho e que não tem nada a ver com os dois colchões improvisados lá de casa, mas também não sei se é muito mais confortável. A casa toda tem um cheiro forte e esquisito, tipo de naftalina. Mas, ainda assim, é melhor do que o cheiro de cigarro lá de casa.

A Sra. Fleming vem atrás de mim enquanto sigo até a cozinha para pegar o lixo. O saco já está bem cheio e tem outro encostado no armário, pronto para ser levado. Eu sei que é estranho, mas gosto de jogar o lixo fora. Sinto que estou fazendo alguma coisa útil. E é bom poder fazer isso sem a minha mãe em cima de mim, querendo saber o que estou jogando fora, porque nada pode ir para a lixeira sem a aprovação dela.

Troco o saco cheio por um novo e também tiro o lixo do cestinho da sala. A Sra. Fleming continua me seguindo, enquanto levo os dois sacos para fora e jogo nos latões de lixo.

— Fica três dólares — digo, limpando as mãos na calça jeans.

Ela contrai os lábios enrugados.

— Não fica nada.

Franzo a testa, sem entender. Será que ela queria que eu jogasse mais alguma coisa fora?

— Como assim?

— Acho que você se deu bem da última vez — diz a Sra. Fleming. — Quando roubou dinheiro da minha bolsa.

Fico boquiaberta.

— Do que a senhora está falando?

— Não minta para mim, mocinha — rosna ela. — Vi você fuçando a minha bolsa e, depois que saiu, percebi que tinha sumido um dinheiro.

Sinto um frio no estômago.

— Isso não é verdade, Sra. Fleming. Eu jamais roubaria a senhora.

— Sua mãe me contou que você vive arrumando confusão na escola. — Ela cruza os braços ossudos com um olhar de satisfação, enquanto repete as acusações injustas feitas pela minha mãe. — Não que *ela* seja muito melhor.

Então quer dizer que ela não vai me pagar? Nada?

Que ótimo.

Ela aponta o dedo enrugado para a minha cara.

— Eu devia denunciar vocês duas para a Vigilância Sanitária. E expulsar vocês daqui.

— Mas, Sra. Fleming…

— Saia da minha casa, Ella. — A mulher fica parada ali, rígida, enquanto me encara. — Ou chamo a polícia.

Conheço a Sra. Fleming bem o suficiente para saber que ela não está blefando. Mesmo que *ela* esteja *me* devendo três dólares, vou embora para não arranjar confusão com a polícia. Estou morrendo de raiva, óbvio. Mas o que eu posso fazer? Roubar a bolsa dela e sair correndo? Ela sabe onde eu moro.

Então vou me arrastando pelo restante do caminho até minha casa. Talvez tenha mais alguém na vizinhança que queira me pagar por algum serviço. Mas todo mundo conhece a gente e acha que minha mãe é maluca. Então duvido que eu vá conseguir alguma coisa.

Na próxima, vou cobrar adiantado.

Quando abro a porta de casa, ouço um estrondo seco e fico imóvel. Bem devagarzinho, empurro a porta só o suficiente para enfiar minha cabeça. Quando olho para o chão, vejo que minha mãe empilhou um monte de garrafas plásticas vazias atrás da porta. Agora, elas desabaram e formaram uma montanha que faz com que fique quase impossível entrar em casa.

Cerro o punho da mão direita. Não entendo por que minha mãe deixa essas coisas aqui. Como a gente vai entrar em casa desse jeito? Qual é o sentido de ter uma casa se a gente nem consegue passar pela porta? Ou será que ela quer que a gente fique trancada aqui dentro com todas as tralhas que ela acumula?

Ela não está na sala, então vou até a cozinha e abro a despensa com força. É meio perigoso, porque está tudo tão entulhado que, se você puxa uma coisa, o restante pode cair junto. Mas preciso tentar. Quero pegar um saco de lixo.

Estranhamente, temos três embalagens fechadas com cem sacos de lixo em cada uma. É curioso porque a minha mãe nunca joga nada fora, mas tem *um monte* de sacos de lixo. Pego uma das embalagens e várias caixas de *mac and cheese* caem no chão. Depois de pegar um saco de lixo, jogo os pacotes de macarrão dentro dele. Nem olho a validade, porque temos um zilhão desses pacotes. Só quero me livrar deles. Quero me livrar de tudo.

Volto para o corredor e começo a enfiar as garrafas e os papéis amassados no saco de lixo sem nem olhar o que são.

Tenho que ser rápida e dar um jeito de jogar isso fora antes que minha mãe volte. Preciso jogar isso na lixeira de outra casa. Se ela vir o lixo na nossa calçada, vai trazer tudo de volta, e aí vou ter feito isso tudo à toa.

É tão bom fazer isso. Gostei de jogar o lixo da Sra. Fleming fora, mas isso aqui é muito mais satisfatório. O saco já está quase cheio quando ouço uma voz que me dá a sensação de ter levado um soco no estômago.

— Ella! O que você está fazendo?

É minha mãe. Ai, não. Nem percebi que ela estava em casa. Ela desce as escadas o mais rápido que pode em seus sapatos de salto alto, considerando que o espaço disponível na escada é muito estreito. Por um instante, escorrega em um dos papéis e, no fundo, desejo que ela se estatele na escada e quebre o pescoço. Se isso acontecesse, eu poderia jogar os sacos de lixo fora sem ter que ouvir minha mãe berrar comigo. Eu poderia jogar fora *tudo o que eu quisesse*. Um segundo depois, fico transtornada só de ter pensado nisso. Não quero de verdade que minha mãe se machuque ou morra. Eu amo minha mãe. Além disso, ela é tudo o que eu tenho e não quero ter que viver em um daqueles orfanatos terríveis. Ouvi histórias pavorosas sobre esse tipo de lugar.

De qualquer forma, ela consegue se segurar e termina de descer as escadas. Um desastre foi evitado.

— Ella! — A voz dela é aguda, estridente, como se estivesse em pânico. — O que tem nesse saco? O que você está fazendo?

— Tinha um monte de garrafas espalhadas no chão…

Minha mãe vem na minha direção, com os saltos do sapato fazendo barulho, e arranca o saco de lixo da minha mão. Eu devia ter saído daqui com ele enquanto ainda dava tempo, em vez de tentar pegar mais lixo. Fui gananciosa.

— Isso aqui não é lixo. — Ela me fulmina com seus olhos castanhos. Os meus olhos são azuis, e aprendi em ciências, a disciplina em que tirei dez, que, se os olhos dela são castanhos, então meu pai deve ter olhos azuis. Um dia perguntei isso para ela, mas ela disse que não lembrava. — Eu estava *guardando* essas garrafas.

— Por quê?

— Por vários motivos — rebate ela. — Eu até lavei antes de guardar. Não acredito que você ia jogar fora!

Quando ela revira o saco de lixo, percebo que está maquiada. Mais do que o normal. E, na verdade, está até meio arrumada. Em geral, ela fica com o uniforme do mercado, mas agora está de jeans colado e uma blusa justa.

— Meu Deus, Ella! — grita minha mãe, pegando uma das caixas de macarrão. — Não acredito que você ia jogar isso fora. Ainda está ótimo!

Não sei o que dizer. A gente tem mais caixas de *mac and cheese* na despensa do que qualquer ser humano conseguiria comer numa vida inteira. E o fogão está tão entulhado de coisas que não dá para cozinhar, então não serve para nada.

— Está vencido. Faz mais de um ano.

— Macarrão não estraga! — Segundo ela, nada estraga. Nem quando está com mofo. — Essas datas são só para enganar a gente, para fazer a gente comprar comida nova quando a que a gente tem ainda está boa.

Nem adianta explicar que, pela minha experiência, *mac and cheese* definitivamente estraga. Uma hora o queijo em pó vira uma pedra.

— Você acha que dinheiro dá em árvore, Ella? — Minha mãe quase esfrega a embalagem vencida na minha cara. — Se você está se achando boa demais para comer isso... se está jogando *comida* fora... então talvez seja melhor não jantar hoje.

Sinto um vazio no estômago. Mal almocei hoje, porque o peito de peru ficou com uma cor esverdeada e não consegui me obrigar a comer aquilo. Acabei comendo só pão.

— Desculpa — digo, baixinho. — Foi sem querer.

— Sem querer? — exclama. — Ella, eu não aguento mais essas mentiras. Por que você demorou tanto para chegar em casa?

— Peguei detenção.

— Óbvio. Pedir para você não se meter em encrenca é querer demais. — Ela revira os olhos. — De qualquer forma, vou sair hoje à noite.

Vai sair? Isso significa que minha mãe tem um encontro, o primeiro em quase um ano. Agora entendo o porquê de toda a maquiagem e da roupa arrumada.

Fico feliz por ela ter um encontro. Mesmo sendo bonita, ela quase nunca sai. Talvez pelo mesmo motivo que eu não tenho amigos: nós duas temos medo de trazer alguém aqui em casa. Mas ela fica mais feliz quando está namorando. Quando eu era mais nova, um cara chamado Chip morou com a gente, e as coisas eram melhores. A casa era meio bagunçada, mas nada como agora, principalmente porque Chip ajudava a arrumar. Ele até cozinhava e, depois, a gente fazia uma brincadeira de lavar a louça juntos, em vez de deixar tudo sujo na pia por dias. E ela não vivia tão preocupada com dinheiro, porque ele ajudava a pagar coisas, tipo compras de supermercado e gasolina. Depois que ele foi embora, quando eu tinha uns 7 ou 8 anos, tudo começou a desandar. Minha mãe se sentia ansiosa com a possibilidade de ficar sem dinheiro e, por isso, se recusava a jogar qualquer coisa fora, porque vai que a gente precisa dessa coisa mais tarde e não tem como comprar uma nova?

— Que horas você vai sair? — pergunto.

Ela olha no relógio no pulso.

— Vou encontrar com ele em uns vinte minutos. Já vou sair.

Ela me encara e demoro um pouco para entender o porquê, até perceber o que ela quer que eu faça.

Ai, não. *Não*.

CAPÍTULO 15

Sinto um nó de angústia no estômago. O último encontro da minha mãe foi há tanto tempo que acabei esquecendo as regras.

— Não — digo. — *Não*, mãe. *Por favor*.

— Você sabe as regras, Ella — diz minha mãe. — A gente faz isso todas as vezes.

Sim, mas já faz muito tempo desde o último encontro. Estou com 13 anos agora. Achei que talvez as coisas tivessem mudado.

— Anda logo. — Ela acena com a cabeça na direção do armário que fica no corredor. — Vai.

— Prometo que vou me comportar. — Minha voz soa aguda e chorosa, como quando eu era pequena. Então pigarreio, tentando parecer mais adulta. — Eu prometo. Pode confiar em mim. Por favor, mamãe. *Por favor*.

— Confiar em você? — repete ela, em um tom incrédulo. — Eu literalmente acabei de pegar você tentando jogar as minhas coisas fora. Você acha mesmo que vou deixar você sozinha aqui a noite inteira?

E se eu me recusar? Quando eu era pequena, ela simplesmente me pegava e me jogava dentro do armário contra a minha vontade. Mas agora eu cresci. Olho para ela de cima a baixo, do salto alto até os brincos que pendem das orelhas… Ela ainda é bem maior do que eu. Mas talvez eu consiga resistir.

Às vezes, sinto que não tenho medo de ninguém. Não tenho medo do Anton, com certeza. Ele é só um valentão idiota. Não tenho medo do diretor Garber nem de pegar detenção. Mas tenho medo da minha mãe.

— Não quero ficar no armário — digo com firmeza. — Eu… eu não vou.

Minha mãe comprime os lábios numa linha reta. Antes que eu possa reagir, ela agarra meu antebraço, as unhas longas se fincam na minha pele até tirar sangue. Tento me soltar, mas é inútil. Se eu não fosse a menor da minha turma inteira, talvez até conseguisse resistir. Mas não há nada que eu possa fazer quando ela decide me trancar. Ela me puxa pelo braço e me joga dentro do armário.

Tropeço em ainda *mais* garrafas empilhadas lá dentro. Meu Deus, quantas garrafas minha mãe tem? Tento recuperar o equilíbrio, mas esmago alguma coisa com o pé e quase caio de novo. Ela fecha a porta do armário. Tateando no escuro, procuro a maçaneta, mas já é tarde demais. Ouço o barulho da chave trancando e agora estou presa.

— Me desculpa, Ella — diz minha mãe, com a voz indiferente do outro lado da porta. — Não vou demorar.

Frustrada, bato na porta.

— Me tira daqui! Mãe, por favor!

— Me desculpa, Ella — repete, com a mesma voz apática, como se não estivesse arrependida coisa nenhuma.

Bato com mais força.

— Por favor! Juro que não vou mexer em nada. Juro pela minha vida!

Ela não responde.

— Por favor! — grito, a voz ficando rouca. — Mamãe, me deixa sair! Eu vou me comportar! *Por favor!*

A única coisa que ouço é o barulho da porta da frente batendo. Ela saiu.

Faz tempo que não fico trancada no armário. Houve uma época em que parecia que ela me colocava aqui pelo menos uma vez por semana, mas agora já faz mais de um ano que isso não acontece. Eu tinha esquecido como esse lugar é claustrofóbico. O espaço já é pequeno por si só, mas fica pior ainda com tanta *coisa* entulhada aqui dentro.

Dou um passo para trás e esbarro em mais garrafas de plástico. Deve ter pelo menos umas vinte garrafas vazias aqui. O que ela acha que a gente vai fazer com tudo isso? Construir um castelo de garrafas? Nem consigo imaginar.

Tateio no escuro, tentando achar a cordinha da luz. Sei mais ou menos onde fica e, depois de uns bons segundos procurando, meus dedos finalmente a encontram. Mas faz tempo que não fico presa aqui. E se a lâmpada estiver queimada?

Respiro fundo e puxo a cordinha.

Nada acontece.

Minha respiração começa a acelerar. Já é ruim ficar presa aqui, mas no escuro é muito pior. Tipo, não dá para ver absolutamente nada. E tem alguma coisa aqui com um cheiro ruim. Um cheiro horrível. Nossa casa nunca está cheirosa, mas o armário está mil vezes pior. Parece que alguém *morreu* aqui dentro. E como a porcaria da luz não acende, nem consigo ver o que está fedendo tanto. Só posso imaginar.

Acende, por favor, por favor, por favor.

Agarro a cordinha de novo e puxo com força. Desta vez, a lâmpada pisca e acende. Está fraca, parece que vai apagar a qualquer momento, mas pelo menos não estou mais na escuridão total.

Meu Deus do céu, que *cheiro* é esse?

Dou uma olhada rápida no que tem no armário. Na verdade, é um armário para guardar casacos e acho que ainda tem alguns por aqui. Mas o espaço está tomado pelas garrafas vazias e por pilhas enormes de papel. Minha mãe nunca joga fora uma única garrafa vazia, um pedaço de papel, nem um lápis gasto até o toco, e não estou exagerando. Às vezes, eu me pergunto se ela guarda até o papel higiênico que usa em algum lugar.

O cheiro parece que só piora. As moléculas de fedor se multiplicam, entrando nos meus pulmões e quase me sufocando. Dá para morrer sufocada por um cheiro? Parece possível, estando aqui dentro. Minha mãe vai se arrepender se voltar e me encontrar morta. Ou será que ela nem notaria?

O que pode ser? Não parece cheiro de cadáver. Não que eu conheça esse cheiro, mas acho que é fedor de lixo. Só que também é doce, e essa é a pior parte. É um cheiro de lixo adocicado.

Não tenho nada melhor para fazer, então me viro o máximo possível e estico o pescoço para examinar o armário. Do lado direito tem mais papéis, com algumas garrafas vazias de refrigerante empilhadas por cima. Não vejo nada que pareça ser fedido. Estou cheirando as coisas, mas é difícil saber de onde vem o fedor, porque ele é muito forte e parece ter tomado conta de tudo. Mas papel não costuma cheirar mal assim. Papel não apodrece.

Por fim, olho para o lado esquerdo do armário. Mais uma vez, vejo um monte de papéis. Mas, em cima de uma pilha de revistas, vejo uma sacola de supermercado. Quando dou uma olhada dentro dela, vejo pêssegos. Muitos e muitos pêssegos.

Eu me lembro da minha mãe falando de uma promoção de pêssegos no mercado e que ela tinha comprado vários porque estavam muito baratos. Quase de graça. Quando foi isso? Já faz mais de um mês, com certeza. Dois meses? Talvez três?

Assim que aproximo o rosto da sacola, tenho certeza de que o cheiro vem dali. Os pêssegos estão apodrecendo. Eles praticamente viraram líquido. Pior ainda: consigo ver larvas se mexendo numa poça de suco podre.

Minha nossa. A sacola está tomada por larvas.

Dou um pulo para trás, o estômago embrulhado. Acho que vou vomitar. Estou presa aqui com pêssegos podres e cheios de vermes. Se o conteúdo vazar da sacola, juro que vou surtar. Isso *está muito* errado. Não vou aguentar.

Antes, bati na porta com a palma da mão. Agora, uso os dois punhos. Bato na porta com toda a minha força, torcendo para minha mãe ainda não ter saído de casa.

— Me tira daqui! — berro. — Me! Tira! Daqui!

Meus olhos começam a lacrimejar. Isso não pode estar acontecendo. Não posso passar horas presa aqui dentro. Mal consigo respirar.

— Por favor, me tira daqui! — grito. — Por favor! *Por favor!*

Fico gritando e socando a porta por mais uns dez minutos. No fim, minha garganta está dolorida, e meus punhos latejam. E, nesse tempo todo, não escuto nada. Minha mãe foi embora e não tem mais ninguém que possa me ouvir.

Não sei o que fazer. Se ela saiu mesmo, minha única chance é chamar a atenção de algum vizinho, o que parece bem improvável, já que meus gritos ficam abafados por todas essas camadas de papel e tranqueira. E, mesmo que alguém me ouvisse — e digamos que a polícia viesse me tirar daqui —, o que aconteceria depois? Assim que a polícia entrasse na casa, eles me tirariam da guarda da minha mãe.

E não quero que isso aconteça. Ela não é a melhor mãe do mundo, mas não quero ficar longe dela. Não quero morar com nenhum homem tarado que vive passando a mão em mim. Ou com alguém que me espanque de verdade.

Em vez disso, eu me afundo num canto do armário. Ela vai voltar antes da hora de dormir. Enquanto isso, vou respirar pela boca. Não vou morrer por causa do fedor. Mais cedo ou mais tarde, vou sair daqui.

CAPÍTULO 16

AGORA

CASEY

Assim que entramos na cabana, a garota fica parada no mesmo lugar, de braços cruzados, encharcando o chão da minha casa. Ela não faz menção de tirar o casaco. Só fica me encarando com aqueles olhos azuis enormes que parecem ocupar metade do seu rosto.

— Meu nome é Casey — digo, tirando meu próprio casaco, torcendo para que ela também me diga seu nome ou que, pelo menos, tire o casaco.

Ela me lança um olhar. Sim, com certeza, é uma adolescente.

— Eu sei. Você já disse.

A menina não me fala o nome dela. Tudo bem, não vou conseguir obrigá-la a nada. Ela dá uma sacudida no cabelo, que está muito molhado. Ela também tem um monte de sardas no nariz, nas quais só reparei agora, mas, fora isso, o rosto está pálido como a morte.

À luz da cabana, o sangue nas roupas dela é ainda mais assustador. A mancha vermelho-escura cobre toda a frente da blusa e parte da calça jeans. Também está nas palmas das mãos, provavelmente incrustado nas linhas e reentrâncias da pele.

Mas o rosto está limpo.

Além disso, ela está encharcada. O casaco parece estar se desfazendo, faltam vários botões e não parece fechar direito. Ela não está de botas, então os tênis estão completamente ensopados, e o jeans está molhado até os joelhos. Uma poça meio avermelhada se forma debaixo dela.

— Quer trocar de roupa? — pergunto.

Por um instante, ela parece considerar a sugestão. Mas então balança a cabeça indicando que não. Ainda não faz menção de tirar o casaco. Mas pelo menos recolhe a lâmina do canivete e o guarda no bolso, o que me faz respirar um pouco mais aliviada.

— Então deixa eu pegar um par de pantufas para você — digo —, assim você pode tirar esses tênis molhados.

Antes que ela proteste, vou até meu armário e pego as pantufas mais fofas e confortáveis que tenho. Coloco no chão, na frente dela, e, depois de um instante de hesitação, ela se senta e tira os tênis e as meias encharcadas. Os pés dela são pequenos e delicados e ficam perdidos dentro das pantufas tamanho trinta e seis.

Fico esperando que ela diga obrigada ou algo assim, mas a menina não fala nada. Tudo bem. Levo os tênis dela para o armário. Queria ter uma secadora na qual pudesse jogar suas roupas, mas aqui eu seco tudo no varal.

Vou até a sala para pegar as minhas pantufas, que acabei deixando lá (elas são indispensáveis numa cabana gelada como esta). Quando passo perto do telefone, a garota entra em pânico.

— Você disse que não ia contar para ninguém que eu estou aqui!

— Não vou contar — asseguro. Sinto como se estivesse falando com um animal selvagem. — Só estou pegando meus sapatos. Juro.

Ela parece não acreditar. Está a dois segundos de sair correndo daqui com minhas pantufas felpudas, então acrescento:

— De qualquer forma, o telefone está mudo.

Finalmente, ela baixa a guarda. Não sei o que ela está fazendo aqui nem de quem é o sangue empapado em suas roupas. Mas está claro que ela não quer ser encontrada. Vou guardar esse segredo, por enquanto.

Mesmo que ela não seja tão nova quanto parece, com certeza ainda é menor de idade. Deve ter pai, mãe ou algum responsável. Passei a tarde inteira ouvindo rádio atrás de notícias da tempestade e não ouvi nenhum alerta de desaparecimento. Será que ninguém notou que ela sumiu? Difícil imaginar que ninguém esteja preocupado com o paradeiro dela numa tempestade dessas.

E de quem é todo esse sangue?

— Hum... — diz ela, com a voz baixa. — Você falou que tinha... comida?

— Sim — confirmo. — Por aqui. Só falta cozinhar o macarrão.

Aproveito para pegar um esfregão e limpar a poça que ela deixou na sala. Em seguida, levo a garota até a cozinha, onde há uma mesa pequena com duas cadeiras. Até hoje, só tinha usado uma das cadeiras. Nem mesmo Lee comeu aqui.

Aponto para a pia.

— Melhor você lavar as mãos.

Ela obedece, abre a torneira e deixa a água correr pelos dedos. O sangue escorre pelo ralo. Ela passa um pouco de sabão e, quando termina, as mãos estão limpas e rosadas.

A garota se senta na pontinha da cadeira, virada para a porta da cabana, como se estivesse pronta para sair correndo a qualquer momento.

Quando a água começa a ferver e coloco o macarrão para cozinhar, deixo a menina na cozinha e vou até o quarto. Guardo a Glock no fundo da cômoda, debaixo das minhas camisetas dobradas. Acho que não vou precisar dela hoje à noite. Abro o armário e pego meu suéter mais quente e felpudo, um marrom-claro, para ela vestir.

Ao sair do quarto, quase tropeço na mochila dela, jogada no meio da sala. É de um tom mais claro de cor-de-rosa e parece ser daquelas bem baratinhas, vendidas no Walmart. Não sei o que tem dentro, mas está tão cheia de coisas que o zíper mal fecha. Então percebo uma coisa num dos lados da mochila.

É sangue vazando pelo tecido barato.

CAPÍTULO 17

Meu coração para. O que tem dentro daquela mochila? Ou seria melhor perguntar: o que está pingando *sangue* dentro daquela mochila?

— Casey? Casey, a água da panela está transbordando!

Desvio o olhar, tentando superar uma onda de náusea. Volto para a cozinha e diminuo o fogo para que a água pare de transbordar. Com isso sob controle, lembro-me do suéter felpudo que peguei. Não digo nada, só o coloco na cadeira ao lado dela.

Ela franze a testa, olha para mim e depois para o suéter quentinho. A menina deve estar extremamente desconfortável naquele casaco molhado. Deve ser tentador para ela.

Volto minha atenção à massa. Está cozinhando há dez minutos, como manda a embalagem, embora meu pai dissesse que não se pode confiar nas instruções das embalagens. Ele dizia: *Só dá para saber se o espaguete está pronto jogando na parede*.

E era isso que a gente fazia. Ele tirava um fio de espaguete da água fervente e eu jogava na parede. Se grudasse, estava cozido.

Se não, era divertido de qualquer forma. Meu pai tinha o dom de transformar momentos simples em algo especial.

Faço isso agora. Jogo um espaguete no armário da cozinha, e ele gruda na hora. Quando olho para trás, a garota está me encarando como se eu tivesse perdido a cabeça. Eu me pergunto se alguém já ensinou a ela como testar se o macarrão está pronto ou como ser um pouco boba de vez em quando.

Enquanto escorro a água na pia, ela tira o casaco e o pendura com cuidado no encosto da cadeira. E também tira o moletom. Finjo que não estou olhando, mas percebo que, por baixo, ela está só com uma camiseta. E os braços nus têm cicatrizes em forma de pequenos círculos brancos.

Queimaduras de cigarro.

Minha mandíbula se contrai, mas não comento nada. Agora entendo por que essa garota não quer ser encontrada. Mas é estranho que ninguém esteja procurando por ela.

Embora o sangue possa explicar isso.

Sirvo a massa e o molho num prato grande para minha convidada, e uma porção bem menor para mim. Coloco o prato diante dela e, antes mesmo de ele encostar na mesa, ela já está enfiando a comida na boca. É difícil imaginar que esteja mastigando. Enrolo um pouco do espaguete no meu garfo, apenas observando enquanto ela come.

— Então — digo —, como você veio parar aqui?

Ela nem levanta os olhos do prato. Claramente não quer me responder, e eu ainda nem fiz as perguntas mais importantes. Por exemplo: por que ela está coberta de sangue? De quem é aquele sangue? E *o que tem na mochila*? Mas uma coisa de cada vez. Preciso conquistar a confiança dela, um passo de cada vez.

— É difícil encontrar pessoas na mata de New Hampshire — continuo. — Estamos bem longe da estrada principal, sabia?

Sem resposta. Acho que essa garota não disse nem dez palavras desde que a encontrei no depósito.

— Você mora aqui perto? — tento de novo.

Ela termina o espaguete, sugando os últimos fios. Olha para o prato com uma expressão faminta.

— Quer mais um pouco? — pergunto.

Ela faz que sim com a cabeça.

Ainda tem mais um pouco na panela, então viro tudo o que sobrou no prato dela e também pego um pedaço de pão na geladeira para ela comer com molho. Coloco tudo na mesa, e ela continua comendo com vontade.

— Que bom que gostou — digo, só para quebrar o silêncio.

Decido não a incomodar enquanto ela come. Muitos animais não gostam de ser interrompidos durante a refeição, e agora vou incluir a garota nessa categoria. Vou deixar a menina comer tranquila, é óbvio que ela está morrendo de fome.

Mas, ao mesmo tempo, não posso simplesmente deixar isso para lá. Ela claramente foi vítima de abuso, e essa menina não é uma mulher espancada que está fugindo do marido. É uma *criança*. Não posso deixá-la sair daqui sozinha, sem a supervisão de um adulto. Como professora, eu era obrigada a denunciar sinais de abuso, mas, mesmo não estando mais nesse cargo, ainda me sinto na obrigação. O próximo adulto que ela encontrar talvez não seja tão gentil, e ela é um alvo fácil para predadores, sem nenhuma forma de sustento. Essa menina precisa de ajuda. Alguma autoridade precisa ser avisada sobre o que fizeram com ela.

Além disso, eu realmente quero saber de quem é aquele sangue.

Como se estivesse lendo meus pensamentos, a garota enfia a mão no bolso do casaco e tira o canivete. Ela não abre a lâmina, mas envolve o cabo com os dedos e o segura no colo, e continua comendo com a outra mão.

Percebo que há uma palavra rabiscada no cabo do canivete, com caneta permanente. Tento enxergar por entre os dedos dela, que cobrem o cabo, mas é difícil. Consigo enxergar um E, depois um L, depois...

Acho que pode ser o nome dela.

Ela solta o canivete por um instante para limpar o queixo e dá tempo de ver o que está escrito: *E-L-E-A-N-O-R*.

— Seu nome é Eleanor? — pergunto.

Ela me encara como se pudesse me fulminar com o olhar. Mas não nega.

— Ninguém me chama assim — diz ela, com raiva. — Odeio esse nome.

— E como você prefere ser chamada?

Ela não responde, mas pelo menos tenho alguma coisa agora. Tenho um nome para dar à polícia assim que o telefone voltar a funcionar.

CAPÍTULO 18

Enquanto a menina — Eleanor — termina de comer o espaguete, volto à despensa e pego uma lata de cookies com gotas de chocolate. Coloco na mesa à frente dela. Assim que come a última garfada do segundo prato de comida, ela olha para mim e, em seguida, pega um cookie.

— Esse é o meu biscoito favorito — digo para ela. — Qual é o seu?

Ela dá de ombros enquanto mastiga e, com a outra mão, segura firme o cabo do canivete.

— Oreo? — pergunto.

Depois de um longo silêncio, ela diz:

— Eu gosto muito de cookie de chocolate com gotas de chocolate.

E, com isso, são mais onze palavras que ela pronunciou para mim. É quase um milagre.

— Eu adoro esse!

Ela dá um sorrisinho discreto.

— Você tem desse também?

— Não, mas posso comprar amanhã, depois que a tempestade passar.

Consigo ver as paredes se fechando. Finalmente consegui fazê-la falar um pouco, mas agora ela voltou a ficar na defensiva.

— Não, eu vou embora amanhã cedo.

— E para onde você vai?

Ela ergue o queixo sujo com um pouquinho de molho de tomate.

— Não te interessa.

Não tenho mais dúvidas, ela é uma adolescente.

Há uma fita amarrada em volta da lata, com um pequeno cartão pendurado. Ela toca o cartão com a ponta do dedo e lê a mensagem escrita nele:

— "*Querida Casey, feliz aniversário. Lee.*" Quem é Lee?

— Um amigo meu.

Ela ergue uma sobrancelha.

— É seu namorado?

— Não, não é meu namorado.

— Então por que ele te deu uma lata de cookies?

— Porque é isso que amigos fazem. Eles se dão presentes de aniversário.

Ela fica pensativa e dá uma mordida em um dos cookies, enquanto o vento sacode as janelas da cozinha.

— Muito bons esses cookies. Têm gosto de coisa cara.

— Talvez sejam. — Não faço ideia de quanto Lee pagou, embora eles pareçam bem chiques. Mas também não é como se fossem uma joia. São só biscoitos! Quanto eles podem ter custado?

Eleanor come mais um biscoito e depois lambe os dedos.

— Minha mãe me disse que um garoto nunca faz nada legal se não estiver interessado em você.

Então *existe* uma mãe nessa história. Uma mãe que, aparentemente, não está procurando por ela.

— Isso não é verdade.

— Ele mora por aqui?

— Sim. Logo ali, mais à frente na estrada. Tem uma trilha pela floresta que leva direto até a casa dele.

— Ele é casado?

— Não.

— Tem filhos?

— Não. — Apesar de que, pensando agora, não sei com certeza se Lee não tem filhos. Nunca perguntei. — Quer dizer, ele nunca falou nada.

— Ele é nojento?

— Não!

— Como ele é?

— Ah, ele é... — Não sei por que estou entrando nessa conversa, mas só quero que ela continue falando, mesmo que seja para zoar minha vida amorosa. Eu não ligo. Quando eu era professora, meus alunos também ficavam me provocando para saber se eu namorava. — Ele deve ter um metro e oitenta.

— Ele tem bigode ou barba?

— Barba.

— Uma barba nojenta e desgrenhada?

— Não, a barba dele é... é bem-cuidada.

Eleanor pega mais um cookie da lata.

— De que cor são os olhos dele?

— Azuis.

— São olhos expressivos?

— Expressivos? — Eu me seguro para não rir. — Não sei. Talvez?

— Ele é inteligente?

Inteligente? Difícil dizer. Ele fala bem. Parece instruído, embora a gente nunca tenha conversado sobre a formação dele.

— Acho que sim.

— Ele é legal ou é um babaca?

— Ele é legal — digo. — Foi ele que me deu os cookies, né?

Os biscoitos faziam parte de um gesto maior. Foi meu primeiro aniversário morando aqui, o primeiro desde que meu pai morreu e desde que fui demitida. Eu estava meio para baixo e deixei escapar que meu aniversário estava chegando. Lee me convidou para ir à cabana dele e, apesar de eu relutar bastante, acabei aceitando. Ele preparou um jantar delicioso: bife com batatas. Era um jantar "de homem", mas estava uma delícia. Ele até conseguiu arrancar algumas palavras de mim, embora eu tenha conseguido me esquivar de perguntas mais sérias.

Ele estava muito bonito naquela noite — ainda lembro. Usava uma bela camisa xadrez e seu sorriso mostrava sinceridade. Fez com que eu tivesse vontade de contar tudo para ele. E os olhos azuis dele eram... *expressivos*.

Quando estávamos quase terminando de comer, Lee correu até a cozinha e voltou com uma garrafa de vinho. *Quase esqueci*, disse ele. *Você me acompanha?*

Eu quase disse que sim. Se abríssemos aquela garrafa, seria como abrir a comporta. A noite terminaria com um beijo e, embora a ideia tenha me causado um leve arrepio de empolgação no início, quanto mais eu pensava nisso, mais ansiosa eu ficava. Então inventei uma desculpa e fui embora o mais rápido que pude. Lee mal teve tempo de pegar o presente que comprou para mim e garantir que eu o levasse para casa. Foi nossa primeira e única refeição juntos.

— Então por que você não quer que ele seja seu namorado? — pergunta Eleanor.

— Não quero um namorado agora — respondo. — Estou mais feliz assim.

— Por quê?

Fuzilo a menina com o olhar.

— *Você* tem namorado?

— Não, mas você é velha. — Ela sacode a lata e pega outro cookie. Ela é tão pequena, como consegue comer tanto?

Fisicamente, parece impossível. — De qualquer forma, minha mãe não deixaria.

Fico de orelhas em pé. Mais uma pequena informação sobre ela.

— Tem alguém que você gostaria que fosse seu namorado... ou namorada?

Parecia que a gente estava tendo uma conversa legal, ainda que um pouquinho ofensiva, mas ela se fecha rápido assim que faço essa pergunta.

— Não. Não mais. — Ela enfia outro biscoito na boca.

— Não mais? Então tem alguém que você...

Um raio lá fora ilumina brevemente o rosto dela.

— Não quero falar sobre isso.

— Mas você podia me contar se...

— Eu disse *que não quero falar sobre isso* — sibila ela, enquanto a casa inteira estremece com um trovão tão forte que me faz pular de susto. A tempestade deve estar bem perto.

Ela me encara agora. Não vou conseguir arrancar dela mais nenhuma informação sobre a mãe ou sobre esse possível interesse amoroso. Estou desesperada por qualquer migalha. De onde ela veio, quantos anos tem... qualquer coisa que esteja disposta a me contar.

— Posso te dar uma carona amanhã — ofereço. — Tem algum lugar onde você gostaria que eu te deixasse?

— Não, obrigada — responde ela. — É aqui perto.

Isso é muito estranho. Como pode ser "aqui perto" se estamos no meio do nada? Nem faz sentido ela estar aqui. Se tivesse vindo de carona, não teria sido deixada tão longe da estrada principal.

A intenção dela era vir para cá, está procurando algo ou alguém. E não quer me contar nada.

Mas é claro que não quer. Essa garota já sofreu — literalmente — na mão de adultos. É por isso que não confia em mim.

E não posso culpá-la. Crianças são muito vulneráveis, e é difícil superar quando você é traída pelo adulto mais importante da sua vida.

Preciso encontrar um jeito de fazer com que ela confie em mim.

— Olha — digo —, eu não vou contar para ninguém que você está aqui nem para onde está indo, se não quiser.

Eleanor solta um riso debochado.

— Tá bom — digo, tamborilando os dedos na mesa enquanto a chuva bate forte na janela. — Quando eu era criança, meu pai e eu tínhamos uma coisa chamada promessa infinita.

Ela revira os olhos, mas olha para mim com certo interesse.

— Como assim?

— Uma promessa infinita — explico — é uma promessa que você nunca pode quebrar. Nunca. Em hipótese alguma.

— Todo mundo quebra promessas.

— Isso é o que você pensa. Mas posso te dizer que, nos meus 35 anos de vida, nunca quebrei uma promessa infinita. Nunca.

Eleanor parece cética. Mas, ao mesmo tempo, vejo no rosto dela que quer acreditar. Ela quer muito ter pelo menos um adulto em quem possa confiar. Crianças *anseiam* por isso.

— O que acontece se você quebrar uma promessa infinita? — pergunta ela, hesitante.

— Bom, não sei — respondo. — Porque meu pai nunca quebrou uma e eu também não. Mas imagino que você morra na hora.

Ela arqueia uma sobrancelha.

— De disenteria — acrescento.

— O que é disenteria?

— É quando você tem uma diarreia tão forte que até morre. Morre de diarreia. Bem horrível.

Para minha surpresa, Eleanor dá um sorriso. Não sei com que idade piadas de cocô deixam de ser engraçadas, mas a menina claramente ainda não chegou a essa fase. Mais importante: vejo um brilho de confiança em seus olhos.

— Então — diz ela —, você faz uma promessa infinita que não vai contar para ninguém que estou aqui?

— Bom, não vou contar para ninguém *sem a sua permissão*. Só para constar, acho que existem adultos por aí que poderiam te ajudar, e eu gostaria de conversar mais sobre isso com você. Mas, sim, faço uma promessa infinita que não conto para ninguém que você está aqui, se você não me der permissão. Sob pena de morte por disenteria. — Faço uma pausa. — Combinado?

— Combinado — concorda ela.

Olho para o canivete que ela ainda segura com firmeza. Talvez seja só impressão minha, mas parece que ela afrouxa um pouco a pegada. Talvez esteja começando a se sentir mais confortável comigo. E deveria mesmo, porque eu nunca quebrei uma promessa infinita e pretendo continuar assim. Custe o que custar.

CAPÍTULO 19

ANTES

ELLA

Odeio aula de ciências.

Tiro notas boas porque estudo (mesmo com o aquário na minha escrivaninha), mas essa é a matéria de que menos gosto. E a parte sobre ciências da terra, que é o que estamos vendo agora, é ainda pior, porque é muito chata. Estamos aprendendo sobre rochas. Sério, *pedras*.

A Sra. Bush — a turma toda acha o nome dela engraçado, porque significa "moita" em inglês — está falando sobre um projeto que a gente vai ter que fazer sobre classificação de rochas. Não estou prestando muita atenção, porque já deu para ver que é um negócio superchato. A gente vai ter que comparar dois tipos de rochas. Sem brincadeira.

Aí ela diz que o projeto vai ser em dupla. Porque, obviamente, comparar rochas é algo que você não pode fazer sozinho.

— Eu vou escolher as duplas do trabalho — avisa ela, e a turma inteira solta um suspiro coletivo.

Ainda assim, ter as duplas definidas pela professora é melhor do que deixar que a turma escolha. Quando os alunos escolhem, eu sempre acabo sobrando, e depois a professora tem sempre que me colocar com alguém de qualquer forma, o que é constrangedor. Então fico aliviada quando ela decide que as duplas vão ser por ordem alfabética. Ela avança mais ou menos um quinto da lista até chegar ao meu nome.

— Ella — diz a professora —, você vai fazer dupla com a Brittany.

Suspiro, aliviada. Estou feliz com isso. Ser colocada com a garota mais popular da turma é uma coisa boa, especialmente porque a Brittany sempre tira as melhores notas. Ela tira dez em todas as matérias. Provavelmente porque consegue estudar de verdade, já que não tem nenhuma tralha em cima da sua escrivaninha em casa, e também porque não passa as noites trancada dentro de um armário. Engraçado como essas coisas deixam o dever de casa ainda mais difícil.

Mas Brittany não parece nem um pouco feliz com essa decisão. Ela franze o narizinho empinado, como se tivesse sido colocada para trabalhar com um dos vermes que rastejam pelos pêssegos que ainda estão no armário lá de casa, então levanta a mão na mesma hora.

— Professora — diz ela —, tenho que fazer dupla com a Crystal, porque vamos embora juntas depois da aula.

Que desculpa esfarrapada. Está na cara que é. Se qualquer outro aluno da turma falasse isso, a Sra. Bush teria dito que não, com certeza. Mas todos os professores adoram a Brittany, então ela olha para a lista de duplas e pega a caneta vermelha.

— Tá bom. Então, Ella, você pode trabalhar com o Anton, que ia ser a dupla da Crystal.

Fazer dupla com Anton Peterson é, tipo, mil vezes pior do que com a Brittany. Primeiro, ele me odeia e me chama de Fedorella. Segundo, ele é o pior aluno da sala e não vai fazer absolutamente nada nesse trabalho. E quando olho para

Anton, do outro lado da sala, ele também não parece feliz. Assim como Brittany, ele levanta a mão na hora. Mas, ao contrário dela, não espera a Sra. Bush chamá-lo.

— Professora — diz ele —, eu também não posso fazer dupla com ela.

A professora olha por cima dos óculos de leitura.

— Por que não?

Os olhos castanhos de Anton se abrem cheios de falsa sinceridade quando ele responde:

— Porque consigo sentir o fedor dela daqui e me dá vontade de vomitar.

Algumas pessoas riem do comentário, mas isso não é o suficiente para fazer a Sra. Bush mudar de ideia. Embora eu realmente quisesse que ela mudasse, porque está bem claro que a gente não quer trabalhar juntos.

Assim que o sinal toca, indicando o fim da aula, vou até a carteira de Anton. Ele está guardando suas coisas bem devagar, como se tivesse todo o tempo do mundo até a próxima aula, mas, na verdade, ele só não se importa de chegar atrasado. O verde do cabelo dele parece mais vivo hoje, como se ele tivesse passado mais uma camada de tinta. Nem lembro mais qual é a cor natural do cabelo dele.

— Ei — digo. — Quando você quer marcar de encontrar para fazer esse trabalho?

Anton enfia o fichário na mochila, que tem um buraco no canto inferior direito. Uma parte do fichário desponta pelo buraco.

— Que tal nunca?

Cerro os dentes.

— Não quero ser reprovada nessa matéria só porque você é preguiçoso.

— Beleza. Então faz esse trabalho idiota sozinha.

Começo a protestar, mas Anton já botou a mochila no ombro e está saindo da sala. Acho que vou fazer o trabalho sozinha mesmo, o que é melhor do que ter que aguentar o idiota do Anton. Ainda bem que já estou acostumada com isso.

CAPÍTULO 20

É uma caminhada de quase dois quilômetros até minha casa.

Eu tinha uma bicicleta, mas a corrente quebrou e a gente acabou nunca consertando. Pedi outra para minha mãe, mas ela vivia dizendo que aquela estava perfeita. Como a nossa máquina de lavar, a secadora e todos os outros eletrodomésticos quebrados, a bicicleta ainda está no porão, esperando para ser consertada. Eu fico torcendo para minha mãe começar a namorar algum cara que saiba arrumar as coisas, talvez aí eu consiga voltar a usar a bicicleta.

Enfim, até lá, faço as coisas a pé.

Pelo menos todas as ruas são asfaltadas e corto caminho por um parque que quase sempre está vazio, o que torna o trajeto um pouco mais rápido. Na verdade, eu não me importo de andar e até gosto de tomar um ar fresco. Quanto mais eu ando, menos me incomoda o fato de Anton ter dito para a sala toda que sou fedorenta. Principalmente agora que o inverno acabou, o clima da primavera é meio que perfeito. Prefiro estar aqui no parque a ficar em casa, que cheira a cigarro. E a pêssego podre.

Além disso, o parque fica lindo na primavera. Tudo está florescendo. Peguei um livro na biblioteca da escola e aprendi o nome de várias flores, o que achei bem legal, mas agora não posso mais pegar livros emprestados lá. Aparentemente, perdi vários deles, o que não foi minha culpa. Juro que deixo os livros num lugar seguro, mas como minha mãe joga um monte de tralhas no meu quarto, as coisas acabam sumindo.

Já estou indo embora quando ouço um barulho esquisito vindo de um aglomerado de arbustos e árvores onde os adolescentes às vezes vão fumar. Parece alguém resmungando, ou o barulho de pés arrastando. Não estou com pressa de voltar para casa, então resolvo dar uma olhada.

Achei que podia ser um casal transando ou algo assim, mas não é nada disso. É o oposto. São dois garotos e um deles está metendo a porrada no outro.

Eles estão tão distraídos que nem me notam, então chego um pouco mais perto. Reconheço os dois, porque são da minha escola. Um deles é Devin, que é quem está levando a melhor — é ele que está dando a surra. E o garoto caído no chão, que está tomando a coça?

É Anton.

Admito que é gratificante ver Anton apanhar. Depois de tudo que ele falou de mim — depois de tudo que fez para me atormentar —, é bom vê-lo com o lábio cortado e o nariz sangrando. Não sei o que Anton fez para irritar Devin, que é muito mais popular e querido do que ele, mas parece que está pagando caro. Não consigo evitar um sorrisinho quando Devin dá um chute na barriga de Anton e ele se encolhe de dor. É bom ver outra pessoa que não eu sofrendo, para variar.

Bem feito, seu idiota.

Mas aí acontece uma coisa chocante. Devin enfia a mão no bolso da calça larga e pega um canivete suíço. Um maldito *canivete*. Ele abre a lâmina e Anton arregala bem um olho, o outro já está bastante inchado. Fica ainda mais arregalado quando Devin dá um passo na direção dele.

Mas o que é isso? O que Devin pretende fazer com aquele canivete?

— Não — geme Anton, com sangue escorrendo do canto da boca. Ele sempre age como se não ligasse para nada, mas agora está claramente morrendo de medo. — Merda. Por favor, não…

Fico parada ali, sem saber o que fazer. Devin tem uma arma, e Anton está completamente indefeso. Isso não é justo. É como se fossem dois contra um, só que bem pior. Não sei o que Anton fez para tirar Devin do sério — e Anton tira as pessoas do sério como se *ganhasse* para isso —, mas ele não merece o que está prestes a acontecer.

Antes que eu pense duas vezes, pego uma pedra enorme no chão. Por um segundo, acho que ela pode ser pesada demais para levantar, mas não. Na verdade, ela é do tamanho ideal. Ela é leve o suficiente para que eu a levante, mas, quando me aproximo de Devin por trás e acerto seu crânio com a pedra, ele desaba no chão.

Fico surpresa com a facilidade com que a pedra derrubou Devin. Ele caiu como um saco de cimento e agora está estirado na terra, bem do lado de Anton, que se levanta cambaleando, respirando com dificuldade. Os olhos do Devin estão fechados, e ele não se mexe. Nem um pouquinho.

— Puta merda… — Anton limpa o sangue do rosto com a manga da blusa. — Ella, você *matou* o cara.

CAPÍTULO 21

Não. *Não.*

Eu não matei ninguém. Isso não está acontecendo.

Fico olhando para o corpo de Devin e para a pequena poça de sangue que começa a se formar debaixo do crânio dele com uma sensação horrível no estômago. Mas então ele geme e se mexe ligeiramente no chão.

— Ah — diz Anton. — Acho que ele ainda está vivo.

Ele parece decepcionado. Com seu tênis da Nike, Anton dá um chute forte nas costelas de Devin, que geme ainda mais alto.

— Vamos — fala Anton. — Melhor a gente sair daqui.

— É com você que ele estava brigando — argumento.

Ele revira os olhos.

— É. Mas você acha que ele vai ficar feliz com *você* depois de ter levado uma pedrada na cabeça? Anda *logo*, Ella.

Como não me mexo, ele me puxa pelo braço e a gente sai correndo. Saímos do parque e, mesmo depois, continuamos correndo, tentando ficar o mais longe possível de Devin. Anton estava certo — foi bom fugir. Devin pode não estar morto, mas com certeza está furioso. E tem um canivete.

Quando a gente finalmente para de correr, Anton coloca a mão ao lado do corpo e faz uma careta de dor. Agora que estamos numa área mais iluminada, dá para ver como ele está machucado — Devin bateu nele com tudo. O olho direito está começando a inchar, assim como o nariz. Tem sangue por todo o rosto, escorrendo do nariz e do corte no lábio, manchando a camiseta cinza dele.

Anton enfia o dedo indicador na boca e se encolhe.

— Acho que ele quebrou um dente meu.

— Que merda.

— Ele deve estar mais na merda do que eu. — Anton sorri, mostrando os dentes sujos de sangue, mesmo com o lábio estourado, que deve estar doendo à beça. — Aquilo foi demais, Ella. Valeu.

Hoje é a primeira vez que ele me chama de outra coisa que não seja Fedorella desde que a gente se conhece.

— Bom, não era justo — murmuro. — Ele tinha uma arma e você, não.

— É, você não conhece esse cara como eu. Ele é completamente doido. Sei lá o que ele teria feito se você não tivesse aparecido. — Anton estremece, enquanto limpa o sangue do nariz com a manga da camiseta. — Merda, estou um caco. Preciso me limpar. Você mora por aqui?

— Moro — respondo sem pensar, antes de me dar conta de que deveria ter ficado quieta.

— Beleza — diz ele. — Então vamos.

Fico olhando para ele.

— Vamos aonde?

— Para a sua casa. Para eu usar, tipo, a pia... sei lá.

Não quero que Anton entre na minha casa. Isso está fora de cogitação. Não quero ninguém na minha casa, muito menos ele.

— Desculpa, mas não posso levar ninguém lá.

— Ah, Ella. Qual é? — Ele franze a testa. — Se meu pai me vir assim, vai me *matar*. Deixa eu usar seu banheiro por dois minutos, por favor?

Do jeito como ele fala, dá para perceber que não está exagerando. Se ele aparecer assim na frente do pai, todo machucado, a coisa vai ficar feia. Muito feia. Eu conheço bem essa sensação.

— Tá bom — concordo. — Mas é só para usar o banheiro e logo depois você vai embora. Combinado?

— Combinado. Não estou planejando ir morar com você nem nada.

Anton anda ao meu lado pelos últimos quarteirões até minha casa. O tempo todo, não consigo me livrar da sensação horrível no estômago. O que ele vai dizer quando vir minha casa? Já basta ele espalhar para todo mundo da escola que eu sou fedida. O que ele vai dizer para os outros quando souber como é dentro da minha casa? Todo mundo vai ficar sabendo.

Talvez, se eu conseguir fazer Anton entrar e sair bem rápido, ele nem perceba.

Ah, quem estou tentando enganar? Ele teria que ser cego e burro para não perceber.. Eu devia ter deixado Anton ser esfaqueado.

Quando, por fim, chegamos à minha quadra, minhas mãos estão suando com a ideia de deixar Anton entrar na minha casa. Mas o que eu posso fazer? Ele ainda está sangrando pelo nariz e pelo lábio, e não tem nem chance de ele ir andando para casa desse jeito, ainda mais sabendo que minha casa é logo ali.

Passamos primeiro pela casa da Sra. Fleming. Está tudo escuro lá dentro. Alguns dias depois de eu ter ido à casa dela, a Sra. Fleming escorregou e caiu durante a noite, batendo a cabeça de um jeito bem feio. Agora está no hospital e ninguém sabe se ela vai melhorar. Mudando de assunto, arranjei dinheiro para comprar o almoço a semana inteira.

— É aqui — digo, quando chegamos à minha casa. É a menor da rua, construída para ser alugada por uma família de baixa renda, nós. Mas, por fora, até parece uma casa normal. Minha mãe toma cuidado com essas coisas, porque não quer chamar atenção. Mas as pessoas não são burras. Elas sabem da nossa situação.

Anton sobe os degraus da entrada comigo. Quase peço para ele fechar os olhos, mas não vai adiantar. Melhor seguir com meu plano: entrar e sair o mais rápido possível.

Minha mãe não deve estar em casa agora, apesar de eu quase desejar que estivesse, porque seria uma boa desculpa para não deixar que Anton entrasse. Coloco a chave na fechadura e abro a porta com cuidado. Aquele saco de lixo cheio de garrafas plásticas ainda está na entrada, então não dá para escancarar a porta, mas consigo abrir o suficiente para que a gente entre.

Assim que Anton põe os pés dentro da minha casa, ele trava. Os olhos se arregalam por um segundo, enquanto ele assimila a cena. Ele vê nosso sofá improvisado com colchões e mais um colchão encostado na parede ao lado do "sofá". As pilhas de papel espalhadas pelo chão que sobem até o alto da escada. Os rolos de papel higiênico empilhados perto do banheiro. Uns vinte porta-lápis na mesinha de centro, todos cheios de canetas e lápis. Oito cinzeiros. Quatro caixas ainda lacradas de Tupperware.

Quero sumir. Estou morrendo de vergonha.

— O banheiro é ali — murmuro, indicando mais ou menos o caminho. Ele que se vire para achar.

— Tem sabonete no banheiro?

A pergunta quase me faz rir. A gente tem tanto sabonete que daria para passar o restante da vida sem comprar mais nenhum, embora eu saiba que, daqui a uma ou duas semanas, minha mãe vai chegar trazendo muito mais. O armário debaixo da pia está abarrotado de sabonetes de todo tipo. Só faço que sim com a cabeça.

Anton vai com cuidado até o banheiro. Leva alguns segundos até achar a trilha que usamos para andar da porta até lá, em meio aos papéis e às tralhas da minha mãe. Temos várias trilhas assim, senão seria impossível se locomover pela casa. Ele quase tropeça em um cabideiro encostado na parede, mas consegue passar. Quando a porta se fecha atrás dele, solto um longo suspiro.

Fico parada em frente ao banheiro, escutando a água correr lá dentro. Ele deve estar lavando o rosto, mas a camiseta ainda está toda suja de sangue, e aquilo não vai sair com água. Anton provavelmente vai querer uma camiseta limpa que não esteja coberta de sangue. Só que qualquer camiseta minha ou da minha mãe vai ser pequena demais para ele. Mas tenho certeza de que minha mãe nunca jogou fora as roupas que Chip deixou para trás e, se eu tivesse que adivinhar, chutaria que elas estão no porão.

Mas isso significa que vou ter que descer até lá, o lugar de que eu menos gosto na casa inteira.

A água continua correndo dentro do banheiro e acho que é melhor pegar logo a camiseta para eu me livrar de Anton o mais rápido possível. Com algum esforço, porque o chão é um caos, encontro a trilha que leva até a porta do porão. Faz um tempão que não vou até lá — desde que a máquina de lavar quebrou.

Abro só uma frestinha da porta. Está tão ruim quanto eu lembrava. Talvez até pior. Agora que a máquina não funciona mais, minha mãe tem jogado todas as roupas lá embaixo para lavar depois, em um dia que nunca chega. Como resultado, o chão está coberto de roupas sujas, até mesmo os degraus da escada.

Não faço ideia de como vou achar uma camiseta no meio dessa bagunça. Mas preciso tentar.

Começo a atravessar o mar de roupas, quase tudo da minha mãe, embora tenha algumas coisas minhas também. Tem até roupas que não cabem nem em mim nem nela, nem em qualquer pessoa que tenha morado nesta casa. Não sei por que a gente guarda essas roupas. Minha mãe insiste em dizer que vamos consertar a máquina "qualquer hora dessas", então é bom deixar as roupas no porão. Ela é bem otimista. Só não sei como faríamos para lavar tudo isso. Levaria um milhão de anos.

Às vezes, tenho pesadelos com o porão. Sonho que estou lá embaixo e que as roupas começam a me sufocar. Tento manter a cabeça para fora, mas vou afundando, com os tecidos se enrolando nas minhas pernas e me impedindo de sair. Até que afundo de vez, sufocada por um oceano de roupa suja.

Como eu disse, o porão é o lugar de que menos gosto na casa inteira.

Estou prestes a desistir quando encontro algo que parece ser uma camiseta. Não tenho certeza de quem é, mas parece grande o suficiente para Anton e, além disso, percebo que não está com um cheiro tão ruim quando dou uma fungada. Consigo subir de volta ao primeiro andar bem quando Anton sai do banheiro.

— E aí? — diz ele. — Minha cara está muito ruim?

Ele conseguiu limpar o sangue do rosto e do pescoço. O olho e o nariz não estão tão inchados quanto achei que estariam, embora dê para ver que ele levou um soco no lábio. Comparado com outros garotos da nossa turma, Anton quase não tem acne, e odeio admitir que ele não é tão feio assim. Até o cabelo verde é meio fofo. Pena que ele é um idiota e provavelmente vai arruinar minha vida amanhã.

Em vez de responder à pergunta, estendo a camiseta para ele.

— Toma.

Ele levanta a camiseta para inspecioná-la e faz que sim com a cabeça.

— É do seu pai?

Penso em dizer que sim. Mas ele já viu minha casa. Já conhece meu pior segredo.

— Não. Eu não conheço meu pai.

Não sei se ele me ouviu, porque está ocupado tirando a camiseta ensanguentada. Sem roupa, percebo que ele é tão magro quanto eu. Dá para contar todas as costelas. Ele veste a camiseta limpa e seus olhos encontram os meus.

— Tudo bem — diz ele casualmente. — Melhor não ter pai do que ter um igual ao meu.

Não sei se concordo, mas, por outro lado, não conheço o pai dele.

Agora que Anton se limpou e vestiu outra camiseta, imagino que vá embora. Mas, em vez disso, os olhos dele começam a vasculhar a sala, observando tudo. Meu rosto queima só de imaginar o que ele vai contar amanhã na escola — o cheiro, os colchões manchados, as pilhas de lixo que quase desabam. Quando ele abre a boca, tenho certeza de que vai dizer algo desse tipo ou sair correndo. Mas então ele diz:

— Aquilo ali é o seu *sofá*?

Ele está falando dos dois colchões. Eu quero morrer.

— Hmm, mais ou menos.

— Uau — diz ele, como se estivesse impressionado de verdade. — Achei muito legal.

Tá bom…

Ele se joga ali como se fosse a coisa mais normal do mundo ter um sofá feito de colchões mofados. Depois empurra uma pilha de papéis para o lado a fim de abrir mais espaço e ergue as sobrancelhas para mim, indicando que eu devia me sentar. Então eu faço isso.

— Ei… — O olhar dele pousa no cinzeiro na mesinha de centro.

O cinzeiro é uma das coisas mais nojentas da sala, e olha que a concorrência é forte. Tem pelo menos umas cinquenta bitucas de cigarro nele, dos mais variados tamanhos. Minha mãe nunca termina de fumar os cigarros e os deixa no cinzeiro para poder fumar depois, mas esquece que eles existem e eles acabam ficando lá para sempre.

— São seus?

— Da minha mãe.

Ele pega uma das maiores bitucas do cinzeiro. Depois puxa um isqueiro do bolso.

— Estava sem cigarro.

Assisto com uma mistura de horror e fascínio enquanto Anton acende o cigarro velho da minha mãe. Ele estende o cigarro na minha direção, oferecendo uma tragada, mas balanço a cabeça. Só de pensar em fumar já fico enjoada.

— Então — diz ele, fazendo uma careta quando o corte no lábio abre mais um pouco —, o que a gente vai fazer com aquele trabalho?

Fico boquiaberta.

— Pensei que você tivesse dito que não ia me ajudar.

— Eu estava só te zoando.

— Não, não estava.

— Sabe qual é o seu problema, Ella? — Ele solta um anel de fumaça. — Você não sabe levar as coisas na brincadeira.

Fuzilo Anton com o olhar.

— *Tá bom*. Eu fui um babaca — diz ele, puxando a camiseta branca, velha e larga. — Mas agora eu estou oferecendo ajuda, não estou?

Imagino a gente tentando dividir as tarefas do trabalho em meio aos papéis da minha mãe e cercado de toda essa tralha da sala. Só de pensar nisso me dá ânsia de vômito. Mesmo que ele não esteja sendo um idiota neste momento, quero que Anton vá embora.

— Aqui, não — digo. — Podemos fazer na sua casa.

— A minha casa não é muito melhor. Meu irmão mais novo é irritante demais.

— Aqui, não — repito, mais firme.

Ele faz menção de retrucar de novo, mas parece que finalmente entende.

— Tá bom, pode ser na minha casa.

Anton abre a boca como se fosse dizer mais alguma coisa, mas é interrompido pelo som da chave destrancando a porta. Minha mãe devia levar mais uma hora para chegar. Porém, aqui está ela.

E agora eu estou ferrada. De verdade.

CAPÍTULO 22

— Ella?

A voz da minha mãe ecoa da porta da frente. Olho para Anton, que parece entender meu pânico. Ele articula as palavras:

— Porta dos fundos?

Aponto rápido na direção da cozinha.

Anton salta do colchão e, com uma agilidade surpreendente, considerando a bagunça da sala, desaparece pela cozinha. Ouço a porta dos fundos bater bem na hora em que minha mãe aparece na sala.

Essa foi por pouco. Existe um acordo tácito entre nós de que não posso chamar ninguém para vir até aqui, e eu não tenho ideia do que ela teria feito se encontrasse um garoto de cabelo verde, todo machucado, fumando no sofá de colchões.

Minha mãe entra na sala fazendo uma careta. Tento agir naturalmente, como se não tivesse acabado de esconder alguém aqui. Ela ainda está com o uniforme do trabalho, que é uma blusa verde feia e uma calça cáqui. Carrega uma sacola cheia de tranqueiras, provavelmente do brechó. Eu queria que alguém botasse fogo naquele lugar.

— Ella! — A voz soa dura, de um jeito que me deixa nervosa. — O que você estava fazendo?

Lanço um olhar rápido na direção da porta dos fundos e depois olho para ela de novo. Será que minha mãe sabe que Anton estava aqui? Ele levou a camiseta com ele, então acho que não deixou rastros. Exceto…

Ai, não.

O cigarro. Que ainda está aceso no cinzeiro.

— Você estava *fumando*? — berra ela.

Não entendo por que ela está tão irritada. Ela fuma *o tempo inteiro*. É só o que ela faz da vida. E, de qualquer forma, *eu* não estava fumando. Mas a verdade seria bem pior, então vou ter que mentir para me proteger.

— Só queria experimentar — digo.

Ela larga a sacola no chão.

— E?

— Não gostei — respondo rápido. — E nunca mais vou fazer isso.

Os olhos castanhos da minha mãe continuam fixos na bituca que ainda está queimando. Ela dá a volta na mesa de centro e pega o cigarro aceso.

— Você sabe que isso é coisa de adulto.

— Eu sei, mãe.

— Nunca mais me faça uma coisa dessas. — Seus olhos brilham de raiva. — *Nunca mais*.

Sei que ela está me dizendo isso porque se importa comigo, mas minha mãe pode ser assustadora às vezes. E agora é um desses momentos.

— Não vou fazer. Eu juro.

— Não vai mesmo — concorda ela. — Você vai aprender uma lição hoje.

Minha mãe segura a bituca com uma das mãos e me agarra pelo braço com a outra. Tento me soltar.

— É para o seu próprio bem, Ella — diz, com a voz firme. — Você não vai querer pegar esse vício nojento.

Então ela aperta a ponta acesa do cigarro na pele sensível do meu antebraço.

A dor é instantânea e absurda — parece que vai até o osso. Grito sem querer e tento puxar o braço, mas minha mãe me segura por mais um segundo antes de me soltar. Mesmo depois que o cigarro não está mais encostando em mim, ainda parece que queima. Nem me dei conta de que tinha começado a chorar.

— Da próxima vez — ameaça ela —, vai ser no seu rosto.

Ela não queimaria meu rosto de verdade… queimaria?

Porque, se ela fizesse isso, todo mundo ia ver. Por outro lado, nunca sei exatamente do que minha mãe é capaz.

Só sei que vou ficar bem longe dos cigarros dela daqui em diante.

CAPÍTULO 23

AGORA

CASEY

Depois de Eleanor ter comido meia dúzia de cookies, ela me pergunta:

— Cadê a sua TV?

— Não tenho TV.

Ela parece horrorizada. Mas é difícil julgar, porque tenho quase certeza de que eu teria reagido do mesmo jeito na idade dela. O que eu não entendia naquela época era como é libertador não ter televisão. Há tantas coisas melhores para fazer com o tempo. A televisão só foi inventada no início do século XX, e veja o quanto já nos tornamos dependentes dela.

— Existem várias outras coisas para fazer além de ver TV — digo.

Ela não parece convencida. Admito, é uma decisão polêmica viver sem televisão. Até Lee tem uma, e ele ficou tão chocado quanto Eleanor quando contei que eu não tinha.

— A gente pode jogar cartas, se você quiser.

Ela franze o nariz arrebitado. Se não fosse tão dolorosamente magra, seria muito bonita.

— Cartas?

Agora me sinto com 100 anos.

— É. Normalmente não tenho ninguém com quem jogar. Mas agora você está aqui.

— Que ótimo.

— A gente pode jogar o que você quiser — digo. — Quais jogos você conhece?

— *Roblox*. *Minecraft*. *Fortnite*.

— Quero dizer jogos *de cartas*.

— Ah. — Ela esfrega o nariz com as costas da mão. — *War*?

— Que tal jogar à pesca? — Pelo menos esse jogo vai precisar que ela interaja e pode fazê-la falar um pouco. — Você conhece esse?

— Conheço. Quer dizer, acho que sim.

Vou procurar meu baralho, que tenho usado mais para jogar paciência. Enquanto reviro a gaveta da escrivaninha na sala, a luz do teto pisca e se apaga por um segundo, mas felizmente volta.

O baralho era do meu pai. Ele adorava jogar cartas. Ele me ensinou todos os jogos que sabia, mas o nosso favorito era pôquer. Meu pai era um ótimo jogador e passávamos horas jogando *Texas hold'em*. Ele dizia que podia ser útil, caso algum dia eu ficasse sem dinheiro.

O *segredo para ser um bom jogador de pôquer*, dizia ele, *é saber quando blefar*. Não é tão fácil quanto parece. No fim das contas, você só deve blefar quando souber que o outro vai desistir. Se o adversário vai continuar no jogo de qualquer jeito, então não vale a pena blefar.

Enquanto pego o baralho do meu pai, não consigo deixar de notar de novo a mochila de Eleanor. A mancha de sangue ainda está lá, mas pelo menos não aumentou. O que será que ela escondeu ali dentro? Se ela não teve problema em me mostrar as roupas ensanguentadas, o que será que ela está *escondendo*?

Por um instante, sou tomada por um impulso quase incontrolável de abrir a mochila e fuçar tudo. Mas estou finalmente conquistando a confiança dela. Invadir a privacidade de Eleanor desse jeito arruinaria toda a boa vontade que conquistei com minha promessa infinita.

Talvez eu consiga convencê-la a me contar a verdade.

— Quer mais um cookie? — pergunto, voltando para a mesa com o baralho na mão.

Ela olha para a lata. Comeu uns seis — metade dela.

— Não quero ficar gorda que nem você.

Nossa, que gentil. Finjo que não ouvi e levo o que restou para a despensa. Pego uma esponja e limpo a mesa do jantar, depois me sento na frente dela. Dou as cartas, mas mal olho para as minhas. Fico encarando o rosto de Eleanor.

— Quer começar?

— Não. Pode começar você.

Avalio minhas cartas, tentando me concentrar no jogo.

— Você tem algum sete?

— Vá pescar — responde ela.

Enquanto compro uma carta, pergunto:

— Quantos anos você tem?

Fico olhando para o rosto pálido dela, esperando uma resposta, e as luzes piscam mais uma vez. Ela não levanta o olhar das cartas que segura.

— Você tem algum valete? — questiona ela.

Entrego um valete para ela, em silêncio.

— Você tem algum nove?

— Vá pescar.

— Você tem 12 anos? — pergunto.

Ela cerra os dentes.

— Eu disse *vá pescar*.

— Tem 13?

Eleanor não aguenta mais minha insistência. Ela larga as cartas e comprime os lábios.

— Que diferença faz?

— Eu fui professora — explico. — Só queria ver se conseguia adivinhar a sua idade.

— Você *foi* professora?

— Estou de licença.

— Por quê?

Os motivos pelos quais não posso voltar à escola Brigham Elementary são a última coisa de que quero falar com essa garota. Na última vez que estive naquele prédio, eu me sentei diante da diretora Loredo, o rosto queimando de vergonha, enquanto ela me encarava por cima dos óculos de meia-lua.

No que você estava pensando, Casey?, perguntou ela. *Como pôde fazer uma coisa dessas?*

Eu... me desculpe. Foi sem pensar.

Você é uma boa professora, reconheceu ela. *E sei que estava abalada, mas não tenho como te proteger depois do que aconteceu. Sinto muito, mas preciso encerrar o seu contrato. Imediatamente.*

Eu havia pensado em me ajoelhar e implorar. Dar aulas era tudo para mim. E eu não conseguia acreditar que tinha feito algo tão estúpido e impulsivo a ponto de ser demitida. Mas sabia que a diretora tinha razão. Depois do que fiz, ela não teve escolha.

— É complicado — digo, por fim.

— Por que é complicado? — Ela pisca no instante em que um relâmpago ilumina seu rosto. — Você foi demitida?

— Não fui — minto. Ou será que estou blefando? Não, estou mentindo mesmo.

— Você era uma boa professora?

Ganhei o prêmio de Professora do Ano três vezes, mas não quero me gabar.

— Sim, acho que era.

— Então por que te mandaram embora?

— Já disse que não fui demitida.

Ela ergue as sobrancelhas.

— Então você pirou? É por isso que está morando no meio do mato?

Talvez um pouco, sinto vontade de dizer. Se eu contasse a verdade toda, como ela reagiria?

— Vamos fazer o seguinte: eu te conto por que não estou mais dando aulas se você me disser seu sobrenome.

Ela largou o canivete para comer e depois para jogar cartas comigo, mas agora seus dedos voltam a apertar o cabo dele.

— Nada feito.

Meu olhar desce até a lâmina e depois volta para o rosto dela. Não sei se ela realmente me machucaria, mas, por outro lado, por que ela estava coberta de sangue? Essa menina pode ser capaz de qualquer coisa. A julgar pelas marcas em seus braços, a pessoa que a agrediu teve o que merecia.

— Você não precisa se defender de mim. Eu não vou te machucar.

— Não tenho como saber.

— Eu jamais faria isso. É uma promessa infinita.

Eleanor me encara, ainda segurando firme o canivete. A voz dela é neutra:

— Parece que você faz esse tipo de promessa o tempo todo. Nem sei se consegue cumprir.

— Prometo. — Coloco a mão no peito. — Eu jamais te machucaria. Você não precisa se preocupar.

— Talvez — diz ela, baixinho — *você* devesse se preocupar.

Olho para os dedos dela segurando o canivete. Ainda há sangue seco debaixo das unhas. Enquanto observo sua mão, as luzes piscam de novo e depois se apagam de vez.

CAPÍTULO 24

ANTES

ELLA

Estou mexendo na combinação do meu armário quando Anton aparece atrás de mim.

Achei que hoje seria um dia horrível, tinha certeza de que ele ia falar para escola inteira sobre a minha casa esquisita e que todo mundo ia zoar meu maior segredo. Por mais estranho que pareça, ninguém disse nada — nem uma palavra sequer. Mas isso não significa que ele não tenha contado. Só significa que ainda não deu tempo de o boato se espalhar.

A aparência de Anton melhorou desde ontem, embora ele ainda esteja com cara de quem apanhou recentemente. Está com um olho roxo e o lábio inferior parece prestes a abrir de novo se ele der um sorriso mais largo. Ele não fala nada. Só dá um toque no meu ombro e me entrega um pedaço de papel. Pego o bilhete e, quando leio as palavras meio rabiscadas, percebo que é um endereço.

— É onde eu moro — diz ele.

— Ah.

— Você disse que queria ir lá em casa para fazer o trabalho. Então...

— Ah. — Aperto os olhos para tentar decifrar os números do endereço. — Isso é vinte e quatro ou vinte e nove?

— Vinte e nove. Foi mal, minha letra é horrível. — Ele faz uma careta. — Se você não tiver nada para fazer depois da aula, a gente pode ir junto. Quase sempre pego um atalho.

— Tá bom.

— Tá bom. — Ele alterna o peso do corpo de um pé para o outro, sujando o chão com os tênis cheios de barro. — Te encontro atrás da escola às três e quinze.

Faço que sim com a cabeça e ele começa a se afastar, mas chamo seu nome e ele para.

— Ei — digo.

— O quê?

— Você... — Levo a mão até o antebraço, onde a queimadura de cigarro virou uma bolha. Uma hora vai cicatrizar e depois deixar uma marquinha branca que dá para esconder com uma blusa de mangas compridas, ou pelo menos é o que eu imagino, com base no que aconteceu da última vez. — Você contou para alguém sobre a minha casa?

Anton me encara por alguns segundos, depois dá de ombros.

— Não tem nada para contar.

Ele vai embora e me deixa ao mesmo tempo aliviada e desconfiada com o fato de que Anton Peterson guardou meu segredo.

CAPÍTULO 25

Antes de sair para encontrar Anton, corro até o banheiro feminino. Não sei como é o banheiro da casa dele, então prefiro usar o da escola.

Enquanto lavo as mãos com bastante sabonete, fico encarando meu reflexo no espelho todo manchado. Tomei banho ontem à noite e usei um dos cinco bilhões de xampus e condicionadores, então meu cabelo ruivo está brilhando, apesar de ter ficado um pouco oleoso. Tenho algumas espinhas pequenas na testa, mas nada de mais. Ao contrário da minha mãe, minha aparência é bem comum, a não ser pelos olhos azuis, que são do mesmo tom do jeans que estou usando.

Isso me faz pensar nos olhos do meu pai, que devem ser azuis como os meus. Fico imaginando se ele sequer sabe que eu existo. Sempre que pergunto para minha mãe, ela se recusa a dar qualquer detalhe e ainda fica brava comigo. *Por que você quer saber daquele inútil?*

Ainda acho que um dia vou conhecer meu pai. Um dia, a gente vai se encontrar. E aí, tudo vai ser diferente.

Termino de lavar as mãos e vou para os fundos da escola encontrar Anton. Não vejo ninguém quando chego ao local combinado, mas aí me lembro de um cantinho onde o pessoal vai quando quer fumar sem que ninguém veja. E, claro, ele está lá, encostado no tijolo vermelho do prédio da escola, fumando.

Odeio cheiro de cigarro e fico meio incomodada de ter que andar do lado dele enquanto fuma, mas aí, para minha sorte, ele apaga o cigarro no chão antes de pegar a mochila. Ele também tira um spray de dentro da bolsa e espirra em si mesmo, que deixa um cheiro bom de roupa recém-lavada.

— Vamos nessa — diz Anton, indicando o caminho. — Você tem que ir embora antes do meu pai chegar em casa.

Achei que seria esquisito andar com Anton, mas, curiosamente, não é. A gente tem várias aulas juntos e odeia os mesmos professores. Ouvi um boato de que a Sra. Curtis está ficando com o Sr. Paxson — basicamente, são os dois professores mais nojentos da escola. Quando conto para Anton que a Katie Barnes flagrou os dois se agarrando no Jeep do Sr. Paxson, ele solta uma gargalhada. É aí que percebo que, embora já tenha ouvido Anton rir várias vezes, nunca tinha ouvido uma gargalhada dele que não fosse maldosa. E, com frequência, era de mim que ele ria. Mas agora sinto vontade de fazer Anton rir mais.

Ele mora num conjunto habitacional que, assim como o meu, é para famílias de baixa renda. Mas, em vez de ter uma casa inteira, a família dele mora num apartamento. Na verdade, o apartamento tem praticamente o mesmo tamanho da minha casa pequena, só que não tem dois andares.

De qualquer forma, a casa de Anton não tem nada de vergonhosa. É um apartamento comum, com as paredes pintadas de um branco meio encardido, móveis surrados e uma mulher magra cochilando no sofá da sala — acho que é a mãe dele. Só que, assim que entramos, um garoto que parece ter uns 8 anos vem correndo até a gente, quase levitando de empolgação. O menino é bem parecido com Anton, só que é quase uma cabeça mais baixo. E o cabelo dele tem uma cor normal.

— Anton — diz o menino —, vamos jogar Nintendo?

— Não está vendo que estou ocupado, Brad? — responde Anton, irritado. Ele não parece nem um pouco interessado em apresentar a gente.

O garotinho me encara, depois olha de novo para o irmão, fazendo biquinho.

— Mas você disse que a gente ia jogar!

— Tá bom, *depois*. — Anton empurra o irmão para o lado, mas faz isso com delicadeza, quase como uma brincadeira. Ele toma cuidado para não machucar o garoto. — Para de encher o saco que a gente joga depois de jantar.

Brad segue a gente pelo corredor, mas dá meia-volta quando entramos no quarto de Anton.

— Desculpa — diz Anton.

— Tudo bem — respondo, sem comentar que eu adoraria ter um irmãozinho ou uma irmãzinha.

O quarto de Anton é bem pequeno e não dá para dizer que está *arrumado*, mesmo assim é melhor do que o meu. Pelo menos não tem nenhum aquário ocupando espaço. Há algumas peças de roupas sujas no chão, mas elas estão num canto do cômodo, e dá para andar pelo quarto sem precisar de trilhas. Ele tem até uma escrivaninha com espaço para a gente trabalhar. Eu estava preocupada, achando que o quarto teria cheiro de cigarro, já que ele fuma, mas não tem cheiro nenhum.

— Então, me diz como você quer fazer. — Anton se senta na beirada da cama e me deixa usar a escrivaninha. — Tipo, como a gente vai dividir o trabalho.

Tiro meu fichário da mochila e o abro na mesa dele. É tão bom ter um espaço decente para trabalhar e não ter que fazer tudo em cima da cama. Destampo a caneta e deixo ao lado do caderno, sem medo de que ela vá sumir no meio dos lençóis.

— Bom — digo —, acho que o mais lógico é cada um ficar com um tipo de rocha para pesquisar e depois a gente compara os resultados.

— É, faz sentido. — Ele olha para o relógio no pulso. — Certo, temos uma hora para fazer isso antes do meu pai chegar. Bom, talvez um pouco mais, se ele passar no bar. E, se ele fizer isso, aí *sim* que é melhor você não estar aqui.

Ele dá uma vacilada ao dizer isso e parece meio envergonhado, como se tivesse falado demais. Mas eu não sei como ele ainda consegue sentir vergonha de alguma coisa depois de ter visto a minha casa.

— Desculpa — diz ele. — É que meu pai é um grande babaca, só isso.

Bato com a caneta no caderno.

— Sabe, eu consegui fazer minha mãe parar de beber.

As sobrancelhas dele se levantam.

— Sério? Como?

— Bom… — Nunca contei isso para ninguém e mal posso acreditar que estou prestes a contar para Anton, meu inimigo mortal. — Eu costumava fazer uns bicos para a minha vizinha e, um dia, quando estava na casa dela, achei um frasco de um negócio chamado xarope de ipeca. Pesquisei e vi que isso faz a pessoa vomitar. Aí pinguei umas gotinhas em todas as garrafas de bebida da minha mãe.

A boca de Anton fica escancarada.

— Sério?

Faço que sim com a cabeça.

— Sério. Ela vomitou várias vezes e depois parou de beber. Acho que cansou de viver enjoada.

— Uau…

— Posso trazer para você, se quiser. O vidro ainda está quase cheio.

— Quero, sim. — Ele sorri, mas logo faz uma careta e leva a mão ao corte no lábio inferior. — Você é bem legal, Ella.

Dou uma risadinha.

— Que bom que você reparou.

— Eu sempre reparei.

Ah, tá bom.

— Sério? Então por que vivia me xingando?

— Ah, porque Fedorella rima com Ella, né? — Ele baixa os olhos e começa a cutucar um furo no edredom. — Sei lá. Nada nunca parecia te atingir, mas, quando eu te chamava assim, seu rosto ficava vermelho. Da cor do seu cabelo.

Não sei o que responder. Ele tem razão. Normalmente não ligo quando me provocam. Mas, quando Anton me provoca, eu não consigo ignorar.

— Enfim, desculpa. — Ele levanta os olhos, o direito ainda com uma marca roxa do dia anterior. — Juro que não te chamo mais assim.

Não sei se acredito em Anton, mesmo assim vou trazer o xarope de ipeca. Se o pai dele bebe a metade do que a minha mãe bebia, ele vai precisar. De qualquer forma, a Sra. Fleming não vai mais usar esse negócio. Ela ainda não voltou para casa depois de ter sofrido aquele pequeno acidente. Acho que continua inconsciente, caso contrário, a polícia já teria batido na minha casa.

Começo a fazer um esboço, dividindo entre nós as tarefas do trabalho. Não percebi, mas a manga do meu moletom subiu enquanto escrevia e deixou visível a bolha causada pela queimadura de cigarro da noite passada. Anton está inclinado sobre meu ombro e arregala os olhos quando vê.

— O que aconteceu com o seu braço? — pergunta ele.

— Nada — murmuro.

— Parece uma queimadura, sei lá.

— Não é *nada*.

Anton abre a boca, mas não faz mais perguntas. Ainda bem, porque não vou contar o que realmente aconteceu. Já falei demais hoje. Esse segredo vai para o túmulo comigo.

CAPÍTULO 26

AGORA

CASEY

Sem eletricidade, a cabana ficou muito escura.

Eu estava morrendo de medo de ficar sem luz, mesmo que tivesse passado a tarde inteira só esperando o momento em que isso ia acontecer. Mas eu imaginava que, quando acontecesse, estaria deitada na cama, lendo um livro com minha luzinha de leitura ligada até pegar no sono.

Em vez disso, estou sentada na cozinha da minha casa, sozinha com uma garota que, tenho quase certeza, matou ou pelo menos feriu gravemente alguém nas últimas vinte e quatro horas. Para completar, ela está se sentindo encurralada, e nós estamos sentadas na mais completa escuridão, com o vento uivando pelas frestas das janelas.

— Casey? — A voz de Eleanor flutua pela escuridão. Um minuto atrás, eu estava desconfiada dela, mas agora sua voz está trêmula. — A luz…

— Tenho velas — digo, aparentando estar mais calma do que realmente estou. — Vou acender.

Praguejo por ter deixado a lanterna na sala. Estou tateando para chegar ao balcão da cozinha quando um feixe de luz ilumina meu caminho. Olho para o lado e vejo que Eleanor está segurando sua lanterna. Deve ser a mesma que vi com ela no depósito do jardim. Abro a gaveta, pego um isqueiro e então começo a acender as velas, uma por uma.

Eleanor também se levanta. Eu jamais teria oferecido um isqueiro a ela, mas, pelo visto, ela já tinha um. A menina usa um isqueiro verde para acender todas as velas da sala. É claro que não fico nada feliz em saber que essa garota tem em mãos um objeto capaz de incendiar minha casa.

Fica muito melhor com todas as velas acesas. Não é tão bom quanto as luzes do teto, mas ao menos consigo ver minha mão na frente do rosto. E consigo atravessar a cozinha sem esbarrar em nada.

— Bem melhor — digo, com um entusiasmo falso. — Quer continuar jogando?

— Na verdade — diz ela —, estou meio cansada. Tudo bem se eu for dormir?

Coitada. Não consigo nem imaginar as coisas que ela teve de passar hoje. Tenho certeza de que cometer um assassinato deve ser bem cansativo. (Não, eu não acho que ela matou alguém *de verdade*. Mas, convenhamos, é difícil explicar todo aquele sangue.)

— Claro que você pode descansar — digo, com a voz tranquila. — Por que não se deita na minha cama?

Ela arregala os olhos azuis.

— No seu quarto?

— Claro. Posso dormir no sofá.

— Não me importo de dormir no sofá.

— Eu sei, mas gostaria que você ficasse com a cama. É bem mais confortável.

O olhar de Eleanor se alterna entre mim e o quarto, como se não soubesse bem o que pensar desse gesto de hospitalidade. Por fim, ela faz que sim com a cabeça.

— Tá bom. Obrigada.

Ela me agradeceu. Que milagre.

Estou torcendo para que ela deixe a mochila na sala para que eu possa revistá-la enquanto dorme, mas claro que é a primeira coisa que Eleanor agarra quando vai ao banheiro, e tenho certeza de que vai levá-la para o quarto. Desconfio de que ela não vai ficar longe dessa mochila nem por um segundo.

A mancha de sangue na mochila parece mais escura? Não sei dizer.

Não consigo parar de pensar que ela tem o tamanho perfeito para guardar uma cabeça humana. Ou, em outro caso, uma mão ou um pé. Pode haver qualquer coisa ali dentro. Imagino abrir a bolsa e encontrar um par de olhos opacos e sem vida me encarando.

Ou pode ser algo mais inofensivo, como roupas. Ou livros. Ou drogas. A essa altura, eu ficaria muito feliz se encontrasse drogas ali dentro.

Enquanto Eleanor está no banheiro, começo a acender a lareira. Não sou nenhuma especialista, mas meu pai me ensinou a fazer fogo anos antes, quando eu tinha a idade de Eleanor, e agora finalmente estou pondo isso em prática. Ele ficaria orgulhoso.

Embora talvez não tão orgulhoso do fato de eu ter sido demitida. Meu Deus, ainda não consigo acreditar no que aconteceu.

Enquanto cutuco as brasas com o atiçador, noto um pedaço de papel no chão. Tenho certeza de que ele não estava ali antes — eu nunca deixaria lixo jogado assim —, o que me faz pensar que deve ter caído do bolso de Eleanor.

Antes que ela volte e perceba que deixou alguma coisa cair, pego o papel no chão.

Então vejo que é uma folha pautada, provavelmente arrancada de um caderno. A tinta está um pouco borrada pela chuva, mas não o suficiente para impedir que eu leia. Olho para o papel com atenção. É um desenho, provavelmente rabiscado pela própria Eleanor.

E, quando me dou conta do que é aquilo, fico de queixo caído.

É muito pior do que eu imaginava.

CAPÍTULO 27

ANTES

ELLA

Não tem nada para comer na nossa geladeira.

Isso é ridículo porque, na verdade, tem muita comida. Talvez tenha mais comida do que em qualquer outra geladeira que já vi na vida. Tipo, as gavetas de legumes no fundo estão abarrotadas, mas a maioria dos vegetais está marrom, e alguns meio que viraram líquido. E tem provavelmente duas dúzias de condimentos, apesar de a maioria ser difícil de abrir, porque as tampas estão tão sujas que acabaram grudando. Também tem um monte daqueles potinhos de molho que vêm com comida de delivery, mas eles não têm data de validade, então não sei se estão vencidos. Mas estão ali faz tempo. Muito, muito tempo.

E nem me fale do congelador. É praticamente um único bloco cinza e misterioso de carne congelada.

Mas o que mais tem lá é iogurte. Minha mãe é obcecada por iogurte. Ela volta do mercado com, tipo, vinte potinhos. Ela diz que iogurte dura para sempre, a menos que a tampa esteja estufada. Eu acho que fica com gosto ruim depois da validade, mas minha mãe diz que sou fresca. Ela vive comendo e ainda não morreu, então talvez esteja tudo bem mesmo.

Não sei o que tem para comer nessa geladeira. Não quero iogurte vencido. Tem algumas coisas na despensa, mas minha mãe comprou ***mais um*** aquário, o que é inacreditável, e deixou o trambolho em cima do fogão, então está difícil cozinhar qualquer coisa agora.

Talvez a gente possa pedir comida.

Minha mãe entra na cozinha e está toda arrumada de novo, com bastante maquiagem e um vestido curto de alcinha. Outro encontro, pelo jeito. Fico pensando se é com o mesmo cara. Espero que sim e que dê certo. Ela era muito mais feliz quando Chip morava aqui. Naquela época, as coisas até estavam boas. Ela vivia dizendo que eles provavelmente iam se casar e que ele seria meu novo pai, e, depois que ele foi embora, só me lembro dela chorando sem parar por um mês. A única coisa que parecia animar minha mãe era fazer compras.

— Vou sair — diz ela, caso não fosse óbvio.

Sinto um nó no estômago e me pergunto se ela vai me trancar no armário de novo. Com certeza vai, porque ela morre de medo que eu jogue fora as coisas dela enquanto não está em casa, ainda mais depois que me pegou colocando aquelas preciosas garrafas de plástico num saco de lixo. Ela também diz que não quer que os namorados saibam que ela tem uma filha, porque muitos homens não querem se envolver com mães, mas talvez fique tudo bem se ela jogar essa bomba mais para a frente.

— É o mesmo cara? — pergunto.

O rosto dela se ilumina. Minha mãe é bonita, mas fica dez vezes mais bonita quando está feliz.

— É, sim. O nome dele é Harvey. Gosto muito dele. Se tudo correr bem, ele pode ser o seu novo pai.

Ela adora dizer isso, mas não está muito certo dizer que alguém é meu *novo* pai se eu nunca tive um pai antes. Como ela está de bom humor, me pergunto se estaria disposta a responder algumas das perguntas que vêm rondando minha cabeça nos últimos tempos.

Fico parada, sabendo que não devia perguntar, mas não consigo evitar.

— Mãe?

— Oi?

— Você poderia me dizer quem é o meu pai?

Na hora, o bom humor dela evapora. O sorriso desaparece do rosto.

— Por que você quer saber?

— Porque é o meu pai. — E ele tem os mesmos olhos azuis que eu. Talvez também goste de chocolate com pasta de amendoim, como eu. Ou do cheiro de pinhas. — Talvez ele pudesse nos dar dinheiro, para você não ter que se preocupar tanto.

— Eu consigo sustentar a minha família — diz minha mãe, com rigidez. — Olha só quanta comida tem na geladeira! E, de qualquer forma, ele é um inútil e só ia explorar a gente.

— Você pode só me falar o nome dele?

— Já te falei que ele é um inútil — diz ela, entre os dentes. — Ele não quer saber da gente. E, mesmo se quisesse, a gente está melhor sem ele.

Queria dizer que estou surpresa por ela se recusar a me contar, mas não estou. Ainda vou descobrir quem ele é. Deve ter um jeito.

— Fecha a geladeira, Ella — diz minha mãe, bem menos alegre do que quando entrou na cozinha. — Está gastando energia.

— Não tem nada para comer — respondo.

Minha mãe ergue as sobrancelhas, que parece ter preenchido com lápis.

— Ella, a geladeira está cheia de comida.

Queria pedir uma pizza. Só de pensar naquela borda crocante e no queijo derretido, começo a salivar. Mas nem me atrevo a perguntar.

Minha mãe vai até a despensa e pega uma caixa de barrinhas de proteína.

— Por que você não leva isso aqui para comer dentro do armário enquanto eu estiver fora?

Dou um passo para trás, me perguntando se conseguiria fugir. E se eu saísse de casa? O que ela faria? Chamaria a polícia para me trazer de volta? Duvido. Ela não ia querer nenhum policial entrando aqui.

Mas, se eu fugisse, para onde iria? Não tenho nenhum amigo que possa me ajudar. E, além disso, está chovendo.

— Anda, Ella — diz minha mãe, impaciente. — Não tenho o dia todo.

Não quero passar a noite dentro do armário. Sim, consegui jogar fora aqueles pêssegos podres, mas o armário ainda fede. E é escuro e assustador, além de não ter nenhum lugar confortável para sentar.

— Ella — rosna minha mãe. — *Anda*.

— Mãe, eu juro que não vou jogar nada fora. — Dou mais um passo para trás. — Me deixa ficar no meu quarto. *Por favor*.

Ela balança a caixa de barrinhas na minha frente.

— Você pode levar isso para dentro do armário ou pode ficar lá sem nada. Você que sabe.

Meu estômago ronca alto. A ideia de passar a noite trancada no armário sem nem ter comido é horrível demais.

Meu pai não faria isso. Se ele estivesse aqui, diria para ela que não se tranca uma criança no armário. E depois pediria uma pizza para a gente.

— Ella. — Minha mãe sacode a caixa mais uma vez. — Anda. *Vai.*

Então vou atrás dela. Em menos de cinco anos, vou ter 18. E ela nunca mais vai poder me prender dentro do armário. Ou talvez, até mesmo antes disso, eu descubra quem meu pai é e ele dê fim a isso tudo.

CAPÍTULO 28

Hoje vou encontrar Anton de novo depois da aula para continuarmos nosso trabalho. Ele está encostado na parede da escola, com a mochila pendurada no ombro, mas não está fumando como da última vez.

— Acabou o cigarro? — pergunto, torcendo para que ele não me peça que roube uns da minha mãe.

Ele me encara com os olhos castanhos. Apesar de ter desinchado nos últimos dias, ainda dá para ver o olho roxo. Faz uma semana que Devin não aparece na escola e disseram que ele caiu de bicicleta e bateu a cabeça.

— Na verdade, parei de fumar.

— Sério?

Ele passa a mão pelo cabelo verde.

— Eu estava tossindo muito e minhas roupas viviam fedidas.

Mas, enquanto Anton fala, ele olha para os meus braços. Onde viu as marcas de queimadura de cigarro.

— Foi difícil parar? — pergunto. Minha mãe tentou uma vez e parecia que ia enlouquecer com a abstinência. Ela ficava ainda mais irritada comigo do que o normal. Por mais que eu odeie cigarro, foi pior quando ela tentou parar.

— Mais ou menos. — Ele dá um sorriso torto. — Estou tentando não pensar nisso. Aliás… — Ele enfia a mão no bolso da calça folgada e tira um isqueiro da mesma cor do cabelo. — Quer ficar com ele? Quero distância desse negócio.

Pego o isqueiro e enfio no meu bolso. Minha mãe tem vários, mas costuma guardar na bolsa. Nunca se sabe quando algo assim pode ser útil.

Vamos andando até o apartamento de Anton. Dessa vez, inventamos um jogo de tentar pular de uma rachadura da calçada até a próxima. Anton é uns bons centímetros mais alto do que eu, então consegue pular com mais facilidade. Mas não é uma competição em si. É só uma coisa para a gente se distrair no caminho.

— Aliás — digo, quando estamos a alguns quarteirões do prédio dele —, nunca te perguntei o que você fez para o Devin ficar tão bravo com você.

— Ah. — Ele se anima, como se tivesse ficado feliz com a pergunta. — Peguei a mochila dele na aula de educação física e virei tudo no chão.

— Só isso?

— Tinha um trabalho dele de história na mochila que acabou estragando. Ainda mais depois que pisei em cima. E, quando ele ficou bravo, falei que a mãe dele tinha cara de bunda.

Começo a rir alto.

— Por que você fez isso com ele?

Anton dá de ombros.

— Sei lá. Odeio esses babacas do time de futebol americano e achei que ia ser engraçado. — E arremata: — Mas o Devin não achou engraçado.

Não entendo. Por que você destruiria a mochila de alguém que nem fez nada para você? Ainda mais a de um cara bem maior do que você. Às vezes, parece que Anton não consegue se controlar. Quando faço alguma coisa errada, é sempre de propósito. Se for mexer com alguém, é porque a pessoa *merece*.

Quando a gente chega ao apartamento dele, a casa está vazia e silenciosa. Nem sinal da mãe nem do irmão. Vou atrás dele até o quarto e percebo que o armário está aberto. Na parte de baixo do armário tem uns halteres. Só então reparo nos braços de Anton e percebo, pela primeira vez, que, mesmo sendo magro e baixinho como eu, ele tem músculos, muito mais do que a maioria dos meninos da nossa idade.

— Você treina? — pergunto.

— Estou tentando. — Ele pega um peso de nove quilos e o levanta acima da cabeça. — Um dia, quando meu pai vier para cima de mim ou do meu irmão, vou estar preparado.

Aposto que vai. Tenho a sensação de que Anton é o tipo de garoto que você não pode subestimar.

Ele me deixa usar a escrivaninha de novo e revira a própria mochila enquanto espalho meu material. Por fim, pega uma folha toda amassada com umas anotações sobre rochas ígneas e me entrega. Ele franze a testa enquanto leio.

Mal dá para entender. A letra dele é bem ruim. A ortografia, também. Quase todas as palavras estão erradas. Se eu não soubesse que foi ele que escreveu, diria que o texto era de um aluno do terceiro ou do quarto ano. Olho para ele.

— Tá ruim, eu sei. — Anton se joga na cama, encarando o teto. — Sou péssimo na escola.

Ao analisar as anotações que ele fez, me pergunto se tem mais coisas aí do que só "ser péssimo na escola". Várias das letras estão escritas ao contrário, o que é bem esquisito. Tipo, mesmo que você vá mal na escola, deveria saber como se escreve a letra *R*.

Mas ele tentou. Fico pensando quanto tempo levou para escrever essa página. Provavelmente uma eternidade.

— Tudo bem — digo. — Deixa que eu passo a limpo.

Revemos o conteúdo juntos e explico quais partes podemos usar e quais precisam de mais informações. Ele escuta o tempo todo e até concorda em ir comigo à biblioteca da escola amanhã. Diferente de mim, ele ainda pode pegar livros emprestados.

— Você sabe explicar as coisas, Ella — diz ele.

— Obrigada — digo e me sinto feliz, porque gosto de ajudar Anton. Principalmente porque ele parece animado para fazer esse trabalho, mais do que eu esperava.

— Você é muito inteligente — diz ele, e percebo que é a primeira vez que alguém me diz isso, apesar de tirar muitos dez na escola. — Diferente de mim.

— Você também é inteligente.

— Não sou. — Ele desvia o olhar. — Não sou mesmo.

— Cada cérebro funciona de um jeito. O fato de os professores não explicarem as coisas de um jeito que você entenda não quer dizer que você não seja inteligente.

Ele não diz nada, mas esboça um sorriso com o canto da boca. Gosto de fazer Anton sorrir mais até do que de ensinar as coisas para ele.

Já tem mais ou menos uma hora que estamos trabalhando quando alguém bate à porta. Meu coração acelera, com medo de que seja o pai de Anton, mas aí uma voz de criança, cheia de esperança, fala do outro lado:

— Anton?

Anton revira os olhos.

— Estou *estudando*. A gente brinca depois.

Mas o irmão de Anton não escuta. Um segundo depois, a porta se abre e o garotinho que vi da outra vez entra no quarto cheio de energia. Ele sorri ao ver o irmão e já pula na cama ao lado dele.

Anton cerra os dentes.

— *Sai daqui*, tampinha.

Brad olha para mim e começa a rir.

— Anton, ela é sua *namorada*?

Anton fica vermelho. Com o cabelo verde, fica parecendo uma árvore de Natal.

— Tá bom, agora chega...

Ele agarra o irmão pela cintura e tira o menino da cama, bagunçando o cabelo dele. No começo, não entendo o que ele está fazendo, mas aí ele joga o menino dentro do armário. Fecha a porta e tranca com uma chave que pegou em um porta-canetas da escrivaninha.

— Pronto — diz ele para a porta fechada. — Quero ver você incomodar a gente agora.

Anton acabou de trancar o irmão no armário.

Pulo da cadeira, o pânico apertando meu peito. Imagino o coitado do menino encolhido no escuro, tentando achar o cordão da luz, sem encontrar nada. Sinto o suor frio escorrer pela minha testa.

— O que você está fazendo? — grito. — Por que você trancou o seu irmão aí? Que coisa horrível! Você é *horrível*!

Anton me encara de boca aberta, enquanto corro até o armário e faço força para abrir a porta. Mas não adianta, está trancada. Em vez disso, agarro o braço de Anton e tento pegar a chave.

— Você tem que abrir a porta!

— Ella...

— Abre a porta *agora*! — grito. Ele segura a chave com força e tento arrancá-la da mão dele.

Com uma das mãos, Anton tira a chave do meu alcance e coloca a outra no meu ombro.

— Ella, Ella, calma, tá bom?

— Você acabou de trancar o seu irmão no armário! — Estou quase chorando. Como Anton pôde fazer isso com uma criança? — Você não pode fazer isso! Isso não é certo!

— Mas ele gosta. — Anton indica a porta do armário com a cabeça. — Eu nunca machucaria o meu *irmão*. É só uma brincadeira nossa. Eu ensinei para ele como abrir a fechadura, então Brad sai quando quiser.

— Você... você o quê?

— Ensinei para ele como abrir a fechadura. — Ele dá de ombros. — É uma habilidade útil.

Como se fosse combinado, a porta do armário se abre e Brad aparece todo orgulhoso, voltando para o quarto. Eles dão um *high-five*. Depois de conversarem por mais um minuto, no qual Brad enche o irmão de perguntas, Anton finalmente consegue convencer o menino a sair com a promessa de que vão jogar video game mais tarde.

Eu, por outro lado, não consigo parar de tremer.

Mesmo que não tenha sido comigo, de algum jeito foi ainda pior ver aquele garotinho ficar preso. Isso acontece com outras crianças também. E, agora, é provável que Anton me ache uma louca, pela forma como gritei.

Mas tem uma coisa que não sai da minha cabeça.

— Você sabe abrir fechaduras? — pergunto.

— Claro — responde Anton, como se a pergunta fosse meio idiota.

— Você pode me ensinar?

CAPÍTULO 29

Anton está muito animado para me ensinar a abrir uma fechadura.

— É fácil — diz ele. — Você só precisa de um clipe de papel. Principalmente se for uma fechadura velha e vagabunda.

Dessa vez, eu me sento ao lado dele na cama, enquanto Anton me mostra como modelar o clipe de papel, que não pode ficar totalmente reto, explica ele.

— Você precisa deixar a pontinha dobrada para poder pressionar o pino que trava.

— O pino que trava? — pergunto.

Ele assente com entusiasmo.

— É o primeiro pino da fechadura, o que impede o mecanismo de girar.

Anton explica que o que a gente precisa fazer é imaginar o interior da fechadura e como ela funciona. Enquanto ele vai explicando, custo a acreditar que esse é o mesmo garoto que mal conseguiu escrever uma lauda sobre rochas ígneas. Mas uma coisa fica clara: Anton é inteligente. Mais do que eu imaginava.

— Então — diz ele, depois de terminar sua longa explicação —, quer tentar?

— Quero. Com certeza.

Praticamos com a porta do armário aberta. Anton tranca um dos lados da porta e depois me mostra como destrancar a fechadura. Ele faz parecer fácil e consegue abri-la em segundos. Mas, quando eu tento, é bem mais difícil. Ele continua dizendo que preciso "sentir" o pino, e eu não faço ideia do que isso significa. Começo a ficar frustrada e, justo quando estou prestes a dizer que desisto, consigo destrancar.

— Mandou bem! — diz Anton, e a gente dá um *high-five*. — Agora tenta de novo sem eu te dizer o que fazer.

Tento mais duas vezes e, na terceira, sinto que peguei o jeito. Consigo abrir em menos de cinco minutos, o que parece um milagre.

— Agora — diz Anton —, a gente tem que tentar com a porta fechada. É diferente assim, você precisa se acostumar com isso.

Eu congelo, os dedos segurando o clipe de papel.

— Como a gente faz isso?

— Você entra no armário, eu tranco a porta e você sai.

Balanço a cabeça.

— Não, não vou fazer isso.

— Mas eu te mostrei como destrancar. Você vai conseguir…

— Não.

— Mas…

— *Não*.

Anton passa a mão no queixo.

— E se eu pedir para o meu irmão trancar a porta, e eu fico lá dentro com você?

— Seu irmão?

— É. Ele ia gostar de ajudar. Ele tem uma quedinha por você, sei lá.

Não fico nada empolgada com essa ideia. Não quero ser trancada voluntariamente num armário depois de tudo o que passei. Mas ele tem razão. Se eu quiser aprender mesmo, preciso ir até o fim. Não é uma habilidade muito útil se eu só conseguir abrir portas que já estão abertas.

— Tá bom — concordo. — Mas só se você ficar comigo.

Mesmo assim, sinto uma sensação ruim, um aperto no peito, quando Anton e eu entramos no armário. Assim como no armário que fica no corredor da minha casa, neste aqui tem uma cordinha para acender uma lâmpada que não ilumina muita coisa. Mas, pelo menos, não está entulhado de coisas. Basicamente só tem roupas e sapatos. E, em vez de frutas podres, tem o cheiro de Anton — talvez seja do amaciante de roupas usado na casa dele —, o que não é tão ruim assim.

Brad tranca a porta do armário e deixa a gente lá dentro. No segundo em que ouço a fechadura girar, sinto um frio na barriga. Uma camada de suor frio cobre a palma das minhas mãos. Tento enfiar o clipe na fechadura, mas, na mesma hora, ele escapa dos meus dedos.

— Desculpa — murmuro, tateando o chão, procurando a haste minúscula de metal, embora não esteja vendo muito bem o que estou fazendo.

Anton se agacha ao meu lado e me ajuda a procurar. O espaço é apertado, então o braço e o joelho dele esbarram em mim várias vezes. Ele encontra o clipe, levanta-o em direção à luz fraca e depois me entrega.

— Faz do mesmo jeito que você fez com a porta aberta — diz ele.

É fácil para ele dizer isso.

Minhas mãos estão tão suadas que fico com medo de deixar o clipe cair de novo. É um milagre quando consigo encaixá-lo na fechadura. Mas meu coração continua acelerado, e estou com dificuldade de me concentrar.

Então começo a sentir um cheiro adocicado e rançoso.

Não há pêssegos podres no armário de Anton, eu sei disso. Nunca senti esse cheiro no quarto dele antes, então sei que é tudo fruto da minha imaginação. Mas parece real demais. O cheiro entra nas minhas narinas como se a fruta estivesse bem na minha frente. Então começo a sentir o mesmo pânico que sinto quando estou no armário de casa. Começo a ficar sem ar.

— Eu… eu acho que não consigo… — Paro para limpar as mãos na calça jeans. — Acho que não consigo, Anton. Preciso sair daqui.

— Ella. — Anton põe a mão no meu ombro e aperta de leve. Como ele consegue ficar tão calmo? — Não desista agora. Você consegue. Você acabou de fazer isso. Três vezes.

— Não — sussurro. — Eu não consigo…

— Consegue, sim — insiste ele. — Você *sabe* como fazer.

— Não *sei*.

— Você consegue, Ella. — Anton aperta meu ombro de novo. — Você é a garota mais casca-grossa que eu conheço. Você acertou a cabeça do Devin e salvou a minha pele. Por sua causa, meu pai passou a semana inteira vomitando e jogou o uísque dele no ralo. Você *consegue*.

Ele tem razão. Se consegui abrir a fechadura antes, eu consigo de novo agora.

Além do mais, preciso aprender a me virar sozinha. Ninguém vai aparecer para me salvar.

Anton continua me incentivando e, um minuto depois, ouço um clique. Abri a porta do armário. Nem acredito.

— Você conseguiu! — grita Anton.

Na hora, acho que a gente vai dar outro *high-five* e fico esperando, mas ele me surpreende e me dá um abraço. De tão surpresa, fico ali, parada que nem uma estátua, enquanto ele me abraça. Minha mãe não é muito de dar abraços. Nem lembro quando foi a última vez que ela me abraçou. Talvez na casa dele os abraços sejam mais normais? Mas, vendo a mãe dele e pelo que ele me contou do pai, duvido muito.

De qualquer forma, ele logo percebe que se empolgou e se afasta, com o rosto todo corado.

— Foi mal — diz ele. — Eu não devia ter…

— Tudo bem.

Ele coça a nuca.

— Você mandou bem.

Não consigo conter o sorriso.

— Obrigada.

Não acredito que consegui. Não acredito que Anton me ensinou a abrir fechadura. Já aprendi muita coisa na vida, inclusive a diferença entre rochas sedimentares e ígneas, mas essa é a primeira coisa que tenho certeza de que vai ser muito útil. Agora sei como me libertar.

CAPÍTULO 30

AGORA

CASEY

É um mapa.

Eleanor tem um mapa feito à mão. Os rabiscos em azul têm um ar infantil, o que me faz pensar que foi ela mesma quem o desenhou. Ela esboçou as direções e escreveu os nomes das ruas. Fez tudo isso sozinha, com cuidado.

E fez uma estrela na parte de cima do mapa, no que parece ser seu destino final.

Esta casa.

Eleanor tem um mapa que leva direto até mim. Ela não apareceu por acaso na minha porta, vindo da estrada. Ela seguiu as instruções do mapa até chegar ao meu quintal, coberta de sangue e com um canivete na mão direita.

Mas... por quê?

— Casey?

É a voz de Eleanor.

Enfio o mapa no bolso na mesma hora, torcendo para que ela não perceba que eu o peguei. Ela sai do banheiro, finalmente sem estar segurando o canivete.

— Você tem uma escova de dentes para me dar? — pergunta ela.

Eu te dou uma escova de dentes se você prometer não me matar enquanto durmo, tenho vontade de responder.

Mas, antes que eu diga qualquer coisa, meus pensamentos são interrompidos por um rangido, do lado de fora da casa. Eleanor também escuta e parece assustada.

— O que é isso?

Dou um sorriso confiante, que esconde o pavor que sinto na boca do estômago. Desde que a tempestade começou, escutei vários sons ameaçadores lá fora, mas nenhum pareceu tão *próximo* quanto esse. Parece que o que quer que esteja lá fora está tentando entrar na cabana.

Pego a lanterna que está na mesinha de centro. Eleanor vai comigo até a porta, que abro um pouquinho. O vento continua muito forte e tenho medo de soltar a maçaneta e a porta sair voando. Forço a vista para enxergar na escuridão, iluminando o quintal com a lanterna. Paro quando vejo a árvore ao lado da casa.

Ela está quase sendo arrancada do chão. Está bastante inclinada para um lado, pendendo na direção da casa. E, a cada rajada de vento, a árvore se inclina um pouco mais.

Eleanor encara a árvore com os olhos arregalados.

— Essa árvore vai cair, Casey?

— Claro que não — minto. — Vai ficar tudo bem.

Ela estremece e abraça o corpo magro.

— Você promete. Promessa infinita?

Não posso fazer uma promessa infinita de que a árvore não vai cair. Nunca quebrei uma dessas promessas e acho bem possível que ela caia hoje à noite.

— Olha — digo —, não vou mentir. O vento está muito forte e pode ser que a árvore caia.

Eleanor parece muito assustada. Talvez tivesse sido melhor mentir. Ela é só uma garotinha, e tudo o que quer é um pouco de segurança.

— Mas — continuo —, vou ficar de olho nela. Se parecer que vai cair mesmo, eu te acordo. Mas aposto que ela não vai.

— Você vai ficar de olho na árvore? — pergunta ela, baixinho.

— Vou, sim.

— E se ela cair?

Não quero responder a essa pergunta. Tudo depende de onde a árvore cair, que por sua vez depende da direção da rajada de vento que vai derrubá-la. Se cair no quintal, vai ser inconveniente. Se cair em cima da casa, pode matar a gente.

E, mais cedo, ela estava inclinada na direção da casa.

— A gente pode se esconder embaixo da cama — digo. — Isso deve nos proteger.

Ou não. Sinceramente, não tenho ideia do que fazer, e isso me apavora. Estou tentando parecer confiante por causa de Eleanor, mas aquela árvore me deixa aterrorizada.

Por que, mas por que não fui com Lee quando ele me chamou para ficar na casa dele? Até onde eu lembro, não havia árvores enormes ameaçando cair em cima do telhado dele — e com certeza Lee é esperto demais para se colocar numa situação dessas. Eu poderia estar segura e aquecida agora, em sua sala de estar. Mas não. Tive de defender o meu *espaço*.

Apesar de que, se eu tivesse ido com Lee, Eleanor teria passado a noite sozinha naquele depósito úmido e gelado no quintal.

— Vamos entrar — digo.

Bom, se aquela árvore cair em cima da gente hoje à noite, não há nada que eu possa fazer. Não temos para onde ir. A essa altura, seria muito mais perigoso tentar chegar à casa de Lee.

— Vou pegar uns cobertores para você — digo para Eleanor. — O aquecedor parou de funcionar, então vai esfriar bastante aqui dentro.

— Obrigada — sussurra ela.

Deixo a menina na sala e vou até o armário do corredor buscar os cobertores. Eleanor disse que ia embora amanhã bem cedo, mas não acredito mais nisso. Ela tinha um mapa que a trouxe até a minha casa. Ela não parou aqui por engano. Ela veio por um motivo.

Mas ainda não sei qual é.

CAPÍTULO 31

Dou uma camiseta larga para Eleanor dormir, assim ela não precisa passar a noite com o moletom manchado de sangue. Em mim, a camiseta ficava um pouco grande, mas quando Eleanor sai do quarto, parece que está usando uma camisola. As pernas nuas aparecem por baixo, tão magras que tenho vontade até de chorar. Eu sei que meninas adolescentes, às vezes, têm distúrbios alimentares, mas, pela forma como ela devorou o espaguete, não acredito que seja o caso. Alguém era responsável por alimentar essa menina, e esse alguém, seja quem for, não estava fazendo isso direito.

Fico imaginando o que ela passou. O que a trouxe até aqui. Queria que confiasse em mim o suficiente para conversar.

Ela desaparece no banheiro de novo e, de repente, me dou conta de que não levou a mochila. Deixou no quarto.

É a minha chance.

Vou até o quarto, na ponta dos pés, o mais rápido que consigo. A mochila está encostada na cama, com a mancha de sangue ainda visível na lateral. O som da água correndo na pia do banheiro me diz que ela ainda vai demorar mais alguns minutos ali dentro.

Mas me vejo hesitando. E se houver algo realmente horrível dentro dela? Se eu encontrar uma cabeça decepada ali, vou ter pesadelos pelo resto da vida.

Além disso, tenho me esforçado para conquistar a confiança de Eleanor. Se ela me pegar fuçando as suas coisas, essa confiança vai evaporar num segundo e não terei nenhuma chance de recuperá-la.

Por outro lado, se houver algo terrível naquela mochila, preciso saber o que é. E preciso de mais informações sobre Eleanor, se quiser ajudá-la a sair dessa situação em segurança quando a tempestade passar. Eu não fiz uma promessa infinita de que não ia olhar nem nada disso.

Dou mais uma espiada rápida na porta do banheiro. Continua fechada. É agora ou nunca.

Minhas mãos tremem enquanto abro o zíper do compartimento maior. Sinto um alívio imediato ao ver que está cheio de roupas. Só roupas, nada mais.

Começo a vasculhar as peças, procurando um celular ou uma carteira, ou qualquer coisa com informações pessoais. Mas, conforme vou mexendo ali, noto que as roupas estão cada vez mais manchadas de sangue, e minhas mãos começam a ficar molhadas. Isso me parece estranho até que descubro a causa.

Uma toalha de rosto, completamente encharcada de um líquido vermelho-escuro.

Não descobri mais nenhuma pista sobre o que aconteceu com Eleanor para ela vir parar aqui hoje, mas foi alguma coisa ruim. Não tenho dúvida nenhuma disso.

Evito mexer na toalha para não sujar ainda mais as mãos de sangue. Fecho o zíper do compartimento maior da mochila e abro o bolso menor. A primeira coisa que vejo é o isqueiro que ela usou para me ajudar a acender as velas. Fico tentada a pegá-lo para mim, mas acho que ela não vai causar muito estrago com aquilo. O que eu queria mesmo era encontrar o canivete para ver se tinha sangue, mas não consigo encontrá-lo. Ela deve ter escondido em outro lugar do quarto. Talvez o mantenha sempre ao alcance da mão.

A única outra coisa no fundo do bolso é um caderno verde, úmido, mas legível. Eu o pego e estou prestes a abri-lo quando ouço uma voz vindo do banheiro.

— Casey?

O mais rápido que posso, fecho a mochila de novo, mas não guardo o caderno de volta. Corro para a sala e o escondo debaixo das almofadas do sofá, bem na hora em que Eleanor aparece na porta do banheiro.

— Casey? — diz ela, mais uma vez.

Viro para encará-la, com o coração na boca.

— Oi.

Ela sai do banheiro com a camiseta enorme cobrindo seu corpo frágil, as mangas quase escondendo os pulsos.

— Você tem um Band-aid?

— Tenho, claro. Vou pegar.

A primeira coisa que faço é correr até a pia da cozinha para lavar o sangue das mãos. Se ela vir o sangue, vai saber imediatamente que mexi em sua mochila. Com as mãos limpas, pego embaixo da pia o kit de primeiros socorros, que tem Band-aids e spray antisséptico. Tento levá-lo até o banheiro, mas Eleanor para na minha frente.

— Tudo bem. Só preciso do Band-aid.

— Para quê?

— Tenho um corte no braço.

— Quero ver. Tenho bastante experiência cuidando de machucados em crianças.

Ela olha para mim com a testa franzida.

— Eu consigo colocar sozinha.

— Tenho certeza de que consegue. Mas estou aqui, então você devia me deixar ajudar.

Eleanor me encara, e não consigo dizer se está considerando a ideia ou não. Mas então, com certa relutância, ela puxa a manga da camiseta para cima.

Ela tem uma escoriação feia na parte de trás do cotovelo esquerdo, que ainda está sangrando um pouco, embora seja muito menos sangue do que nas roupas da mochila. Ela deve ter caído e se machucado. Vai precisar de mais do que um simples curativo e fico aliviada que esteja me deixando desinfetar.

— Parece estar doendo — comento, abrindo o kit de primeiros socorros.

Ela apenas faz que sim com a cabeça, em silêncio.

Dobro a manga da camiseta para conseguir limpar o ferimento e, nesse momento, preciso conter um arquejo. Há um hematoma escuro na parte superior do braço dela. E tem a marca inconfundível de dedos.

Luto para não reagir, para não a deixar mais nervosa. Mas, por dentro, estou furiosa. Já era ruim o bastante alguém estar deixando essa garota passar fome. As queimaduras de cigarro eram horríveis. E agora esse hematoma violento. Se ela fosse uma das minhas alunas, eu teria ligado para o Conselho Tutelar assim que a visse.

— Sabe — digo —, se alguém estiver te machucando, você não precisa voltar para essa pessoa.

Eleanor me fuzila com o olhar.

— Ah, é?

Há certa exaustão na maneira como ela olha para mim, o que me deixa de coração partido.

— Estou falando sério. Sei que pode parecer que você não tem escolha, mas tem, sim. Juro.

Ela não responde. Em vez disso, está olhando para um quadro pendurado na parede do banheiro. É uma pintura de dois pássaros azuis e uma gaiola, um deles um pouco maior, prestes a sair da gaiola, e o outro, menor, esperando para voar junto. É uma pintura simples, amadora, jamais estaria numa galeria de arte, mas fico feliz toda vez que olho para ela.

— Gostei do seu quadro — diz ela.

— Na verdade — respondo —, foi meu pai que pintou.

Ele me deu quando fui morar sozinha depois que consegui meu primeiro emprego como professora. *Espero que isso faça você se lembrar de mim na sua casa nova*, disse ele. *Você vai fazer coisas extraordinárias.*

Ela faz uma careta quando passo iodo no machucado.

— Vocês são próximos?

— Éramos — respondo. — Ele morreu no ano passado.

— Sinto muito.

— Obrigada.

Enquanto faço o curativo, me permito pensar nele. Depois que minha mãe morreu, éramos só nós dois. Ele não era perfeito, mas fez o melhor que pôde. Sinto tanta falta dele que chega a doer. Se ele ainda estivesse aqui, eu não teria perdido o rumo. Provavelmente ainda teria meu emprego e não estaria presa numa cabana no meio do mato durante uma tempestade, com um telhado precário. Mesmo agora, meu primeiro instinto é ligar para ele e perguntar o que fazer com essa garota, e me dói saber que nunca mais vou ouvir os sábios conselhos do meu pai.

— Não conheço meu pai — diz Eleanor, de repente.

É a primeira informação pessoal que ela me dá, e eu a recebo com gratidão, feliz por ter outra coisa em que me concentrar.

— É mesmo?

— Ele abandonou a minha mãe antes de eu nascer — diz, com naturalidade. — Ele é uma pessoa horrível.

— Mas, se você nunca o conheceu, como sabe que ele é horrível?

— Bom, sei que alguém que abandona a própria filha deve ser horrível, né?

— Talvez ele tivesse um bom motivo?

— Não. — A voz dela se enche de ódio. — Ele não tinha um bom motivo. Tem gente que é simplesmente ruim, sabe?

Olhando para os hematomas no braço dela, não posso discordar. Alguém capaz de fazer isso com uma criança é, sim, *ruim*. E o homem que abandonou Eleanor a esse destino também deve ser.

— Mas — continua ela — acho que gente ruim sempre tem o que merece.

Termino de colocar o curativo e dou um passo para trás a fim de avaliar o resultado. Ficou bom.

Eleanor se vira para mim.

— Você acredita nisso, Casey?

— Acredito no quê?

Ela me fulmina com seus olhos azuis.

— Você acredita que toda pessoa ruim tem o que merece?

Não gosto da forma como ela está olhando para mim. Não era uma pergunta hipotética. Ela apareceu na minha propriedade, coberta de sangue, com um canivete na mão e um mapa que levava direto à minha casa. Parte de mim tem medo de que a resposta para essa pergunta possa decidir meu destino.

— Acredito — digo, por fim — que tudo acontece por um motivo.

Ela não pisca.

— É mesmo?

— É.

— Então — diz ela —, você é muito burra.

Com essas palavras, ela passa por mim e sai do banheiro. Volta para o quarto e fecha a porta atrás de si.

Mas o caderno dela ainda está comigo.

CAPÍTULO 32

ANTES

ELLA

Estou indo para o meu quarto quando percebo o cheiro.

Acabei de voltar da escola e minha mãe vai chegar em menos de uma hora. Ela não me deixa sozinha aqui a noite toda, mas não imagina o estrago que consigo fazer em menos de uma hora. Às vezes, consigo encher um saco de lixo com coisas e jogar numa lixeira na quadra de baixo, despistando minha mãe. Mas até isso é difícil — tenho de agir rápido. Antes, eu tentava enfiar lixo na mochila para jogar fora na escola, mas um garoto me viu fazendo isso, contou para todo mundo e agora não me arrisco mais.

Hoje à noite, eu nem estava planejando jogar nada fora. Tenho dever de casa para fazer. Tudo leva o dobro do tempo quando tento me concentrar sentada toda torta na minha cama.

Mas agora está ainda mais difícil de me concentrar por causa do cheiro.

Faz algumas semanas que venho sentindo esse cheiro. Quer dizer, vou ser honesta: minha casa inteira fede. O cheiro de cigarro é o mais forte de todos, no andar de baixo, mas qualquer cômodo da casa tem um odor desagradável. É uma mistura de cheiro de mofo com algo azedo. Por isso fico tão paranoica pensando que o pessoal da escola pode achar que eu também cheiro mal, embora Anton jure que inventou aquela história e que acha o meu cheiro bom.

De qualquer forma, mesmo já tendo notado o cheiro nas últimas semanas, hoje está pior. *Muito* pior. Está horrível no corredor, enquanto sigo em direção ao banheiro, mas consigo sentir até no meu quarto. Estou sendo obrigada a respirar pela boca para não vomitar.

Por fim, desisto de estudar para tentar descobrir de onde vem o cheiro.

Ele é mais forte no corredor e mais fraco quando entro no banheiro, então sei que não vem do meu quarto nem do banheiro. E, embora tenha um monte de papéis empilhados no corredor, não vejo nada que possa estar causando o cheiro. Resta só mais uma possibilidade.

O quarto da minha mãe.

É terminantemente proibido entrar no quarto dela, mas a porta não tem tranca, e o cheiro está me deixando maluca. Vou deixar a porta aberta e, se ouvir minha mãe chegando, saio correndo.

Bem devagar, como se pudesse ter alguém escondido lá dentro, abro uma fresta da porta.

De todos os cômodos da casa, o quarto da minha mãe é o pior. A cama dela é só um colchão de casal no chão, e metade está coberta de papéis e papelão. Ela literalmente divide a cama com lixo. Também tem uma mesa de plástico montada, coberta de papéis, e uns seis cestos de roupa suja espalhados pelo quarto, cheios de uma mistura de roupas e mais tralhas. Se não fosse tão nojento, seria terrivelmente triste.

E tudo indica que o cheiro ruim vem desse quarto. Sem dúvida.

Bom, pelo menos o fato de a cama ser só um colchão no chão significa que o cheiro não pode estar vindo de debaixo da cama.

Entro no quarto me esgueirando, torcendo em silêncio para que minha mãe não chegue. Não sei como ela consegue dormir aqui. O cheiro está tão ruim que sou obrigada a respirar pela boca. E, mesmo assim, ainda sinto o fedor. É um futum horrível, de coisa podre. Não ficaria surpresa se encontrasse um cadáver aqui dentro.

Ai, meu Deus. E se meu pai estiver morto esse tempo todo e o corpo dele estiver apodrecendo *em algum lugar aqui no quarto*?

Não, isso não é muito provável. Eu já teria percebido.

Reviro o cesto de roupa suja, mas não encontro a origem do cheiro. Suspeito que venha do armário embutido, mas fui proibida de abri-lo e ameaçada de morte. Só que, agora, sinto que o cheiro pode me matar de verdade. Então preciso entrar no armário. É legítima defesa.

Tento não respirar ao abrir a porta.

Como o restante da casa, o armário da minha mãe está abarrotado de roupas. Estão penduradas em cabides, tão apertadas umas contra as outras que nem sei como ela consegue ver o que tem ali, ou escolher o que vestir. Na maioria das vezes, ela usa o uniforme do trabalho. Na parte de baixo do armário, vejo mais roupas e um monte de sapatos. E mais uma coisa.

Lembro que, em outubro, minha mãe estava se gabando de uma promoção de abóboras no supermercado. Ela trouxe duas para casa, dizendo que a gente ia esculpir juntas. Só que eu não estava nem um pouco a fim de fazer isso porque já não tenho mais cinco anos, e ela perdeu o interesse, porque parece não gostar muito de mim. Nunca mais pensei nas abóboras nem no que poderia ter acontecido com elas.

Até agora.

Já faz pelo menos cinco meses que minha mãe comprou essas abóboras. Há cinco meses duas abóboras estão apodrecendo no fundo do armário dela. Qual é o *problema* dessa mulher? Como alguém deixa abóboras apodrecerem no armário durante *meses*? Como é possível que ela não tenha percebido nem se importado? Porque o cheiro está tão ruim que...

Levo a mão à boca. Não aguento mais. Corro o mais rápido que posso até o banheiro e vomito no vaso. Foi uma das piores coisas que já senti na minha vida.

E agora vou ter que limpar. Porque, se eu não limpar, minha mãe com certeza não vai. E o fedor só vai piorar.

Preciso ser rápida. Ela não vai gostar de me ver mexendo no armário dela. Quer dizer, ela até vai reconhecer que precisa limpar aquilo, mas vai querer fazer de um jeito específico e não vai ter tempo para isso agora, vai deixar para depois e o cheiro nunca vai passar. Preciso me livrar dessas abóboras antes que ela transforme isso num *drama*. Talvez ela nem perceba que sumiram, mas, se me vir jogando-as fora, vai surtar.

Luto contra uma nova onda de náusea ao descer para pegar sacos de lixo. Também acho uma caixa de luvas de borracha embaixo da pia da cozinha e, ao menos desta vez, fico grata por minha mãe ter literalmente qualquer coisa que alguém possa precisar. Bom, eu adoraria achar uma máscara para cobrir o rosto, mas não encontro nada do tipo. Pego dois sacos de lixo e um par de luvas e volto correndo para o quarto dela.

Empurro as abóboras podres para dentro do primeiro saco. Agora elas praticamente viraram um líquido, ou pelo menos é o que parece. Eu me esforço ao máximo para não vomitar de novo, mas é difícil. O cheiro é tão insuportável que entranha no meu nariz. Quase consigo sentir o gosto.

Depois que enfio aquela gosma laranja e preta dentro do saco, praguejando o tempo todo, penso no que fazer com o restante do armário. Algumas roupas da minha mãe não têm salvação, mas tenho medo de jogar fora. Porém o pior estrago aconteceu com um monte de papéis que estavam debaixo das abóboras. A maioria está encharcada e grudenta, com a tinta borrada ou ilegível.

Checo o relógio no meu pulso. Ainda faltam pelo menos trinta minutos para minha mãe chegar.

Vou jogar fora esses papéis. Não tem como ela aproveitar nada disso porque estão todos destruídos.

Enfio o máximo de folhas que consigo dentro do saco. Se minha mãe estivesse aqui, ela ia querer olhar uma por uma, e isso levaria horas ou até dias, mas não tem por que perder tempo. Nada disso tem salvação. Por fim, depois de me livrar de quase tudo, encontro um envelope de papel pardo. A parte de fora está um pouco úmida, mas ainda dá para ler o que está escrito com caneta preta:

ELLA

É um envelope com meu nome que eu nunca tinha visto antes. E é a primeira coisa que encontro nesse armário que parece valer a pena salvar. Claro que não vou saber se vale mesmo sem dar uma olhada no que tem dentro.

Olho no relógio de novo. Quinze minutos.

Abro o envelope com cuidado, sabendo que vou ter que colocá-lo de volta exatamente onde estava. Dentro há algumas folhas que parecem não ter sido atingidas pelo suco de abóbora. Não sei que documentos são esses, mas sei o que está por cima.

É a minha certidão de nascimento. Com o nome do meu pai escrito nela.

CAPÍTULO 33

Ignoro que o tempo está passando. Ignoro o fedor de abóbora que infesta o corredor. Ignoro tudo.

Porque sei quem é meu pai. Agora sei o nome dele.

John Carter.

Não só isso, mas sei que ele deve saber da minha existência. Não dá para colocar o nome de alguém numa certidão de nascimento sem o consentimento da pessoa, né? Pelo menos eu acho que não. Ele deve saber que tem uma filha e escolheu não fazer parte da minha vida.

John Carter.

Carter...

Minha cabeça está a mil, e sei que não tenho tempo, mas uma ideia me ocorre. E sei que não vou conseguir fazer mais nada até descobrir a verdade.

Guardo a certidão de nascimento na pasta e a escondo no fundo do armário. Fecho bem os sacos de lixo com as abóboras podres e arrasto tudo até o meu quarto, mesmo odiando levar isso para o meu espaço. Mas, se eu deixar no quarto da minha mãe, ela nunca vai se livrar daquilo. Eu preciso levar comigo.

Assim que chego ao meu quarto, eu me sento na cama e pego meu fichário na mochila. Começo a vasculhar as pastas até encontrar a lista da turma do oitavo ano. É uma lista com o nome de todos os alunos da minha turma, com o nome dos pais, telefones e endereços. O meu nome aparece com o da minha mãe e com o nosso número de telefone, mas sem endereço porque ela não queria que ninguém soubesse onde a gente mora. Mas não estou procurando as minhas informações.

Tem outro nome perto do meu na lista da turma. Brittany Carter. É o nome dela que procuro.

Meu coração dispara quando passo o dedo trêmulo pela planilha até o nome dos pais de Brittany. E é exatamente como eu lembrava:

Vanessa e John Carter.

John Carter é o pai da Brittany.

E, aparentemente, ele é meu pai também.

É terrível, mas faz sentido. Podemos até não nos parecer muito, mas temos os mesmos olhos azuis expressivos, que eu, definitivamente, não herdei da minha mãe. E lembro que, na quarta série, Brittany fez uma grande festa de aniversário na casa dela e convidou a turma inteira menos eu. Na época, levei para o lado pessoal, mas agora faz sentido os pais da Brittany não quererem me convidar, já que sou filha bastarda do pai dela.

— Ella?

Ai. Minha mãe chegou. Fecho o fichário com força, meu coração disparado. Quero confrontar minha mãe sobre o que descobri, mas, ao mesmo tempo, se eu admitir que mexi nas coisas dela, ela vai surtar. Nem quero imaginar o que ela pode fazer. Melhor ficar quieta e continuar minha investigação por conta própria.

— Ella!

A voz da minha mãe está mais alta agora, vindo da escada. E, por algum motivo, ela parece irritada. Repasso mentalmente como deixei o quarto dela. Eu estava com tanta pressa que só consegui pensar em tirar o saco de lixo de lá. Mas será que deixei alguma pista para trás?

Penso em esconder o saco de lixo, mas, antes que eu possa fazer qualquer coisa, minha mãe entra no meu quarto. Parece que saem faíscas dos olhos dela e o batom está um pouco borrado.

— Ella — rosna minha mãe. — Você estava no meu quarto?

Faço que sim com a cabeça, muda de medo, sem nem conseguir negar.

— Só por um segundo...

Não sei como ela faz isso, mas, imediatamente, nota o saco de lixo. Sinto um frio na barriga. Ela não vai mesmo querer pegar aquilo de volta e deixar no quarto dela, vai?

— O que é isso? — exige saber.

— É... tá podre, mãe..

Minha mãe cruza o meu quarto, desviando das roupas e das pilhas de papel que ela disse que ia guardar aqui, porque tenho "muito espaço". Ela agarra o saco de lixo e eu prendo a respiração, em parte porque estou apavorada e não consigo me mexer, em parte porque o cheiro é insuportável.

— Você pegou isso no meu quarto? — rosna para mim.

Abraço meus joelhos.

— É só lixo, mãe.

Ela abre o saco. Deve ter se acostumado com o cheiro, mesmo assim dá uma estremecida ao abrir. Ainda assim, não reage com nojo. Parece só estar com raiva.

— Você não tinha o direito de entrar no meu quarto para pegar isso — ruge ela.

— Me... me desculpa.

Os lábios dela se curvam para baixo, embora, por causa do batom borrado, quase pareça que ela ainda está sorrindo. Mordo o lábio inferior, esperando para ver se ela vai me deixar jogar aquilo fora.

Por favor, por favor, me deixe jogar isso fora. Por favor. Eu não aguento mais isso na minha casa.

Então, ela faz algo impensável.

Vira o saco de lixo e despeja tudo no chão do meu quarto.

O conteúdo voa para todo lado. Espirra em tudo. Tem gosma nas minhas roupas, nas pilhas de papel... Está infiltrando nas tábuas do assoalho. Preciso de todas as minhas forças para não vomitar de novo. O fato de meu estômago estar vazio ajuda.

— É isso que você quer? — pergunta ela. — Então pode ficar para você.

Ela sai batendo a porta. Agora o meu quarto tem aquele mesmo cheiro nauseante que havia se espalhado pelo corredor. Se antes eu já estava com dificuldade de me concentrar, agora não tenho nem ideia de como vou me livrar desse cheiro, mesmo se conseguir jogar tudo fora. Vou ter que viver com esse fedor horrível, nesta casa podre.

Não tem uma abóbora podre no quarto de Brittany Carter. O pai dela é professor na universidade, e aposto que ela tem um quarto lindo, sem aquário, sem mofo, sem pilhas de contas velhas. Ela tem um pai e uma mãe amorosos que dão tudo o que ela quer. Ah, e ela é tão linda quanto uma princesa da Disney.

Não é justo. John Carter também é meu pai. Não é certo ela ter tudo e eu viver assim, só porque o pai dela é casado com a mãe dela.

E eu vou fazer alguma coisa a respeito disso.

CAPÍTULO 34

AGORA

CASEY

Espero até ter certeza de que Eleanor está dormindo para mexer no caderno.

Apesar de ainda estar cansada por causa dos pesadelos da noite passada, não é difícil ficar acordada. Para começar, ainda estou usando as roupas do dia, que não tirei caso precisasse sair daqui às pressas. Se eu realmente *quisesse* dormir, teria sido um desafio. Minha cabeça continua a mil. Convidei uma garota que nunca vi antes para ficar na minha casa porque queria ajudá-la, mas agora talvez eu precise de ajuda.

Tem algo na presença de Eleanor que me faz pensar no dia em que fui demitida do colégio. Tenho evitado pensar nisso desde que vim para cá, mas ficar acordada neste sofá desconfortável desperta memórias tristes.

Tudo começou com Karisa Harrel. Ela não merecia nada daquilo. Eu levei aquela menininha para fora da escola e, então…

Fecho os olhos por um instante. Ainda consigo sentir o peso do taco de beisebol nas minhas mãos. Ouvir o vidro se estilhaçando por todos os lados. Os gritos.

Nunca vou me esquecer daquele dia. Sem chance.

Depois de uma hora deitada no sofá desconfortável, afundada em meus próprios pensamentos, eu me sento. Não sei dizer se Eleanor está dormindo. Ela pode estar acordada na cama assim como eu estou acordada no sofá. Mas o quarto está em silêncio e, quando chego perto da porta, acho que consigo ouvir sua respiração profunda.

Volto para o sofá e pego o caderno verde que escondi debaixo da almofada. A luz das velas é fraca, mas a lareira me dá claridade suficiente para enxergar. A capa é da cor de uma árvore de Natal, exceto pela mancha vermelha que devo ter deixado com os dedos.

A primeira coisa que procuro é um nome ou endereço na capa. Não é isso que os jovens fazem nessa idade? Marcar as próprias coisas?

Mas não tem nada.

E justo quando estou prestes a abrir o caderno, escuto um barulho vindo do quarto. Empurro rápido o caderno de volta embaixo da almofada, a tempo de ver a porta se abrir.

— Casey?

Eleanor está parada no vão da porta, esfregando os olhos. Ela vestiu meu suéter por cima da camiseta larga e está usando a calça limpa que eu lhe dei, que também é grande demais. Não a culpo por ter se agasalhado, porque o quarto está frio demais para ficar só de camiseta.

— Ei. — Sorrio para ela, tentando não parecer culpada. — O que aconteceu?

— Eu… eu não consigo dormir.

Mesmo depois de já tê-la identificado como alguém de uns 12 ou 13 anos, tem algo muito infantil nesse jeito de falar. Afinal, só crianças pensam em chamar um adulto para ajudá-las a dormir. Quando você é adulta, deita na cama e luta sozinha contra a insônia e os pensamentos sombrios. Sinto uma pontada de culpa por ela confiar em mim o suficiente para pedir ajuda, logo depois de eu ter mexido em suas coisas.

Eu me levanto do sofá.

— O que foi? Está com frio?

Ela dá de ombros.

Eu a acompanho até o quarto. Está frio, mas não tanto. Se estivesse frio demais, a chuva já teria virado neve. Uma rajada de vento sacode a janela e eu me pergunto se o barulho não está atrapalhando o sono dela. Ou talvez seja só o fato de estar numa cama estranha, numa cabana desconhecida, no meio do nada.

— Você precisa de alguma coisa? — pergunto. — Quer mais um cobertor?

Ela balança a cabeça.

— Estou com uns cinco cobertores já. Se colocar mais um em cima de mim, vou morrer sufocada!

— Quer leite?

— Por que isso me ajudaria a dormir?

Não faço ideia. Tenho bastante experiência em confortar crianças durante o dia, mas nunca no meio da noite. Não tenho filhos, nem vou ter, mas não é isso que a gente costuma oferecer para quem não consegue dormir? Leite morno? Só que nem tenho como esquentar o leite.

— Você pode só…? — Ela morde o lábio. — Pode se sentar aqui comigo?

O pedido dela mexe comigo. Eu me lembro de quando estava naquela idade estranha em que a gente já não é mais uma criança pequena, mas ainda se sente como uma de vez em quando.

— Claro. Posso, sim.

Eleanor volta para a cama e se encolhe debaixo das cinco cobertas. Está mesmo um pouco frio no quarto e tremo com meu moletom, mas tenho medo de que, se eu me levantar para pegar algo mais quente, ela desista da ideia de me deixar ficar no quarto. Então me sento na beirada da cama, mesmo com os braços e as pernas arrepiados de frio.

Ela puxa as cobertas até o queixo. À luz fraca das velas no quarto, o rosto dela parece ainda menor. Dá até para ver as sardas em seu nariz.

— Casey? — diz ela.

— Oi?

— Você pode me contar uma história?

Já li muitas histórias para as minhas turmas ao longo da minha carreira. Sem querer me gabar, mas sou bem boa nisso.

— Claro. Tenho vários livros aqui, posso ler algum para você.

— Não — diz ela, teimosa. — Quero que você invente uma história.

Sério? Tenho de *inventar* uma história? Isso não vai ser fácil. Não sou muito criativa. O que eu inventar vai acabar sendo um remendo de várias histórias que já li ao longo da vida.

— Tá bom — digo.

E agora ela está me encarando, esperando por uma história de ninar. Que ótimo.

— Certo, então… — Pigarreio. — Era uma vez, num reino muito distante, uma princesa chamada…

— Não. — Eleanor franze o nariz. — Não quero história de princesa.

— Não?

— Não tenho 5 anos.

— Desculpa — digo. — Que tipo de história você quer ouvir?

Ela pensa um pouco.

— Uma história de terror.

— Acho que isso não vai te ajudar a dormir.

— Vai, sim — insiste ela. — Eu adoro histórias de terror.

Tá bom, então. Tento puxar da memória todas as histórias assustadoras que já ouvi. Vou ter de me virar.

— Era uma vez… — começo a narrar.

— Histórias de terror não começam com "era uma vez..." — interrompe-me ela.

— A minha começa. — Puxo um fio solto da manga do moletom. — Então, era uma vez uma garota e o namorado dela. Eles estavam andando de carro. Só que o carro quebrou e ele precisou parar no acostamento. Ele disse que ia a pé até o posto de gasolina mais próximo e que ela devia ficar esperando no carro. — Faço uma pausa para ver se ela está prestando atenção. Seus olhos azuis estão arregalados, e pelo visto a história não está dando sono. — Aí, enquanto a garota está esperando no carro, ela ouve algo arranhando o teto, como se alguém estivesse tentando entrar. Ela começa a ficar apavorada, então vai para o banco do motorista e sai dirigindo.

— Espera — diz Eleanor. — O carro não estava quebrado?

— Começou a funcionar de novo, sei lá — digo, depois de uma pausa. — Talvez o motor só tenha superaquecido e precisasse esfriar um pouco.

— Parece que você não entende muito de carros.

Entendo bastante de carros. Meu pai me ensinou a trocar o óleo quando eu tinha 17 anos e consigo trocar um pneu com um pé nas costas. Mas também sei que discutir com uma pré-adolescente é perda de tempo.

— *Enfim*. — Dou uma olhada para ela. — A garota está dirigindo para fugir do barulho no teto do carro e é quando percebe que tem um caminhão atrás dela. Ele fica bem colado e começa a piscar os faróis sem parar, deixando a garota ainda mais nervosa. Ela acelera o máximo que consegue para chegar em casa, mas o caminhão fica atrás dela o tempo todo. Quando ela chega, o caminhão ainda está na sua cola. Ela desce do carro e o motorista do caminhão também desce e atira nela. Só que o tiro não pega na menina, ele acerta um homem que estava atrás dela, e ele cai morto no chão. — Faço uma pausa. — Aparentemente, tinha um homem escondido no banco de trás do carro, com uma das mãos em forma de gancho, e ele ia atacar a menina, mas, toda vez que tentava, o motorista do caminhão piscava os faróis.

— O que aconteceu com o namorado?

— Ah. — Penso rápido. — Quando a garota volta para o lugar onde o carro tinha quebrado, ela vê que o namorado foi assassinado e estava pendurado numa árvore, e o barulho de alguém arranhando o teto do carro era o tênis dele raspando ali. Além disso — acrescento —, ele estava usando uma gravata e, quando ela tirou a gravata, a cabeça dele caiu.

— *A cabeça* dele caiu?

— Sim, a gravata era a única coisa que ainda segurava a cabeça no lugar.

Eleanor olha para mim, pensativa.

— Que história péssima, Casey.

Dou uma gargalhada.

— O quê? Achei que foi boa!

— Não, você só misturou um monte de histórias de acampamento e deixou tudo meio sem sentido.

Não tenho como discordar.

— Bom, e você consegue contar uma história de terror melhor? — pergunto.

— Com certeza.

— Então vai nessa.

Eleanor lambe os lábios, concentrada. Estou curiosa para saber que tipo de história essa garota vai inventar. Quando fazia isso com meus alunos, as histórias que escreviam nas aulas sempre revelavam o que estava acontecendo na vida deles. Crianças escrevem sobre o que conhecem.

— Em uma noite escura e de tempestade — começa ela —, uma senhora chamada Cassie estava em sua cabana na floresta quando ouviu um barulho do lado de fora…

Uma senhora? Ok, melhor deixar para lá. Eu me inclino, curiosa para saber como essa história vai terminar.

— Tá, é um bom começo.

— Do nada — continua ela —, tinha uma menina escondida no depósito do jardim.

— Sério?

Eleanor me lança outro daqueles olhares fulminantes.

— Você pode, por favor, parar de me interromper a cada dois segundos? Estou *tentando* contar a história.

— Tá bom, desculpa — digo, erguendo as mãos num gesto defensivo, pensando em como sinto falta dos meus alunos do terceiro ano.

— *Enfim* — retoma ela —, Cassie não sabia como a menina tinha ido parar lá, mas, como estava caindo um temporal, convidou a garota para entrar. — Ela faz uma pausa dramática. — Dentro da casa, Cassie tentou ser gentil com a menina. Ofereceu um jantar e cookies, que eram um presente de um homem com quem ela não queria sair por algum motivo.

Ai. Estou começando a suspeitar que essa história toda é um julgamento descarado à minha vida pessoal. Será que é tão ruim assim eu não querer começar um relacionamento com Lee? Essa história está sendo bem crítica.

— Cassie tentou ser legal — diz Eleanor. — Fez uma coisa chamada promessa infinita, dizendo que nunca trairia a menina. Mas Cassie também era muito curiosa. Ficava fazendo um monte de perguntas, e a menina não gostava disso. — Ela faz uma pausa. — E aí, quando achou que a menina não estava prestando atenção, a mulher mexeu na mochila dela.

Ai, droga.

— Depois disso — continua ela —, a menina não pôde mais confiar em Cassie. A promessa infinita era só uma mentira que Cassie tinha inventado para fazer a menina acreditar nela. Assim que a tempestade passasse, Cassie contaria para outras pessoas que a menina estava lá. Ela planejava trair a menina.

De repente, sinto que minha boca fica muito seca.

— Isso… isso não é verdade…

Ela estreita os olhos para mim.

— Eu te interrompi quando você estava contando a *sua* história?

Na verdade, interrompeu. Várias vezes. Mas não adianta argumentar.

— Cassie deixou a menina dormir na cama dela — continua ela — e depois cochilou na sala. Mas, quando acordou, a menina estava em pé, olhando para ela. — Uma vela no cômodo bruxuleia, lançando um brilho estranho no rosto de Eleanor. — A menina não queria que Cassie contasse para ninguém que ela estava ali, então cortou os braços e as pernas de Cassie e usou os membros para alimentar o fogo da lareira, que estava quase apagando.

Sinto como se fosse engasgar. Essa é, sem dúvida, a pior história para dormir que já ouvi *na vida*.

— Mas os braços e as pernas deixaram o fogo forte demais — diz ela — e o fogo extrapolou a lareira. A menina correu, mas Cassie não conseguiu, porque estava presa no sofá, sangrando. Então ela morreu queimada na própria cabana, durante o nascer do sol. — Faz uma pausa dramática. — E, claro, nunca pôde contar para ninguém sobre a menina, então, de certo modo, ela até que cumpriu sua promessa.

Parece que vou deslocar a mandíbula, de tão boquiaberta que fico. Como se eu já não tivesse pavor da ideia de morrer queimada.

Pelo lado positivo, pelo menos eu não morri de disenteria na história.

— Você gostou da história? — pergunta Eleanor.

Só consigo olhar para ela. Preciso ficar esperta com *essa* menina.

— O bom — explica ela com paciência — é que o que está acontecendo nela é parecido com o que está acontecendo aqui, agora. E isso faz você ter medo de que talvez essas coisas possam acontecer *de verdade*. Entendeu?

Ah, entendi. Entendi muito bem.

Ela dá um bocejo alto.

— Estou com sono agora. Acho que vou tentar dormir de novo.

Eleanor puxa as cobertas até quase cobrir a cabeça. Não consigo deixar de me perguntar se ela realmente estava tendo dificuldade para dormir ou se só queria que eu ouvisse a história de terror sobre o que aconteceria comigo se eu contasse para alguém que ela está aqui.

Nem preciso dizer que essa história não vai me ajudar a dormir hoje à noite.

CAPÍTULO 35

ANTES

ELLA

— Não sei, não, Ella. Parece loucura.

Anton e eu terminamos o trabalho sobre as rochas, mas a gente continua se vendo. Foi ideia dele. Ele vivia me perguntando se eu estava livre depois da aula, e a gente passou a ir até um parquinho que fica mais ou menos no meio do caminho entre a minha casa e a dele. O parquinho quase sempre está vazio, tem só umas criancinhas pequenas demais para ir para a escola.

Agora, estamos lado a lado nos balanços, chutando os pedacinhos de madeira no chão enquanto conto para o Anton o que descobri. O assento de borracha aperta minhas coxas enquanto explico que Brittany e eu somos filhas do mesmo pai.

— Por que parece loucura? — pergunto. — Faz todo sentido.

Anton se balança para a frente e para trás, com o cabelo verde bagunçado. Ele não tem mais cheiro de cigarro, e isso significa que parou mesmo de fumar. Fico me perguntando se foi difícil.

— Só acho que, se ele fosse seu pai, você ficaria sabendo.

— Não se ele não quisesse que eu soubesse. Vai ver ele paga pensão para minha mãe.

Ele arrasta o tênis no chão.

— Não sei...

Como assim? Estava lá, preto no branco. John Carter é meu pai. Brittany é minha meia-irmã.

— Só acho que isso não é muito provável.

Franzo a testa.

— Por quê? Você acha que não sou boa o bastante para ser irmã da Brittany?

— Tá de brincadeira comigo? — Anton bufa. — Brittany Carter é uma patricinha metida. Ela é insuportável. Por que você ia *querer* ser irmã dela?

— Ela é a garota mais bonita da escola.

— É nada. — Ele afunda os tênis na terra, enquanto empurra o balanço para trás. — A Brittany é normal. Ela só *acha* que é a garota mais bonita da escola.

— Quem é mais bonita do que ela?

Anton me encara por um tempo sem responder, e sei que ele não consegue pensar em ninguém. Por fim, diz:

— Só estou dizendo que a Brittany é uma chata. Só pare de achar que ela é melhor do que você.

— Bom, de qualquer forma, ela pode ser minha meia-irmã.

— Mas ainda acho difícil de acreditar nisso.

— Nós duas temos os mesmos olhos azuis — argumento. — E minha mãe tem olhos castanhos, então eles vieram de outra pessoa.

— Nada a ver. Meus pais têm olhos castanhos e meu irmão mais novo tem olhos azuis.

Paro de balançar.

— Sério? Ele é adotado?

— Quem me dera. Mas não.

Enquanto penso sobre genética, uma mulher com um carrinho de bebê perto do escorregador olha feio para nós dois. Isso sempre acontece quando a gente está aqui, mesmo sem fazer nada de errado. Acho que a gente tem cara de encrenqueiro.

— Vocês são velhos demais para ficar no parquinho! — grita ela.

Anton mostra o dedo do meio para ela, o que me faz rir. Ele sorri para mim.

— Mas enfim — diz ele —, vamos supor que esse babaca *seja* mesmo o seu pai. E aí?

— Como assim?

— Tipo, o que você quer que aconteça? Quer conviver com a família da Brittany, é isso?

Mordo o polegar.

— Talvez? Qualquer coisa é melhor do que a minha mãe.

— Isso parece um pesadelo para mim. O que esse tipo de gente faz da vida? Aposto que eles passam o tempo discutindo sobre os livros que gostaram de ler.

— E vendo documentários — acrescento.

— Estrangeiros.

— Com legendas.

A gente ri, mas a verdade é que acho que deve ser bem legal a convivência na casa da Brittany. Neste momento, eu só queria uma geladeira que não estivesse cheia de comida podre.

Só que, se John Carter for mesmo meu pai, ele deve saber. Deve ter dito para minha mãe que não queria ter contato comigo. Se ele perceber que sou uma boa menina, talvez mude de opinião a meu respeito.

Tenho que tentar.

— Se você virar meia-irmã da Brittany — diz ele —, promete que não vai ficar metida e insuportável igual a ela?

Eu não acho que Brittany seja metida nem insuportável, mas ele está esperando uma resposta, então digo:

— Prometo.

— Ah, me lembrei de uma coisa. — Ele enfia a mão no bolso da calça jeans, toda gasta.

— Você trouxe um presente para mim? — Tento não parecer tão chocada quanto estou.

— *Não*. — A voz dele soa na defensiva. — Quer dizer... é só uma coisa que eu vi e que me fez lembrar de você. Então comprei. Para você.

Isso é literalmente a definição de presente. Mas tudo bem, se ele não quiser chamar de presente, não vou insistir. Só espero que ele não tenha roubado.

Então Anton tira do bolso um colar de prata tão bonito que fica difícil fingir que não é especial.

— Meu Deus! — exclamo.

— Você gostou? — pergunta ele. Tenta parecer casual, mas dá para ver que está esperançoso.

— Eu amei!

Pego a correntinha delicada, a coisa mais bonita que já tive, e, nesse momento, nem ligo mais se ele roubou ou não. Anton me ajuda a colocar, mas sei que vou ter que esconder embaixo da camiseta, porque minha mãe é contra eu usar acessórios.

Logo depois, Anton diz que precisa ir para casa. Eu também preciso. Ele pula do balanço primeiro e estende a mão para me ajudar a descer do meu. Acho surpreendente que ele sempre faça isso, porque não esperaria que Anton fosse do tipo cavalheiro, nem que me desse um presente sem motivo. Na verdade, ele tem me surpreendido de muitas formas.

Anton aperta minha mão antes de soltá-la.

— Mesma hora amanhã?

— Claro.

Ele sorri para mim mais uma vez. É engraçado porque, antes de a gente se conhecer de verdade, acho que nunca tinha visto Anton sorrir, mas agora ele sorri o tempo todo e eu adoro isso. Ele fica com os olhos pequenininhos e dá para ver todos os seus dentes, até aquele da direita que é um pouco lascado, provavelmente por causa de alguma briga. Espero que, quando eu finalmente fizer parte da família da Brittany, a gente continue sendo amigos.

CAPÍTULO 36

Não consigo parar de olhar para Brittany.

Eu sempre a admirei. E a invejei também. Quer dizer, quem não invejaria? Ela é linda, se veste superbem, tira notas ótimas e é a garota mais popular da nossa turma. Toda menina da escola quer ser a Brittany Carter.

E ela é minha irmã.

Hoje, entro na fila do almoço atrás da Brittany e da amiga dela, Meredith, mesmo tendo trazido almoço de casa e mesmo sem ter dinheiro. Mas Brittany e eu não nos sentamos perto uma da outra na aula, então essa é a única chance que tenho de ficar mais próxima dela. Preciso arriscar.

Brittany tem o cabelo mais brilhante e sedoso que já vi. De perto, na verdade, parece castanho-escuro. Ela tem uma espinha minúscula na testa, perto da raiz do cabelo, mas, tirando isso, a pele dela não tem mais nada. Não é oleosa, como acontece com muita gente da nossa turma. Eu me pergunto se ela segue alguma rotina de cuidados com a pele. Será que ela me contaria?

E os olhos dela são bem azuis. Idênticos aos meus.

Ela olha para trás e me vê ali, parada pertinho dela. Meu coração dispara.

— Oi — digo.

Ela hesita por um instante, como se estivesse pensando no que fazer.

— Oi — responde, enfim.

Abro a boca, tentando pensar em alguma coisa interessante para dizer para a grande Brittany Carter, mas, antes que eu consiga inventar alguma coisa, ela já se virou de novo para falar com Meredith. Ela cochicha alguma coisa no ouvido da amiga, que responde, e as duas caem na gargalhada. Será que estão falando de mim?

Quando chegamos ao fim da fila, onde pagamos o almoço antes de pegar a bandeja, Brittany e Meredith dão o dinheiro para Glenda, a moça do refeitório. Aí Glenda olha para mim.

— Hum... — Reviro os bolsos, mesmo sabendo que estão vazios. — Desculpa, acho que esqueci no armário.

Brittany e Meredith estão vendo tudo. Trocam olhares e voltam a rir. Meu rosto queima e saio da fila. Nem sei por que fiz isso. O dinheiro não ia aparecer no meu bolso só porque entrei na fila. Agora, Brittany deve achar que sou mesmo patética.

Pelo menos eu trouxe meu almoço. Não vou passar fome.

Enquanto sigo devagar até as mesas do refeitório, vejo Anton. Ele está sentado sozinho, e não com os amigos, que aliás se metem em tanta encrenca quanto ele. Ele acena para mim, como tem feito com frequência ultimamente. Eu me sento na frente dele, ainda com o rosto ardendo de vergonha.

Anton dá uma mordida no que parece ser um sanduíche de pasta de amendoim com geleia.

— Você precisa parar de pensar na Brittany e naquela família idiota dela — diz ele, lendo a minha mente. Ele anda bom nisso ultimamente.

Ele é a única pessoa para quem eu falei disso e gostaria que ele fosse um pouco mais compreensivo. Mas já é bom ter alguém com quem conversar.

— É a minha família também — argumento.

Ele balança a cabeça.

— Esquece isso. Ela não vale a pena.

Abro meu pacote de papel pardo e tiro as três fatias de pão que levei de lanche. Mas, assim que pego o pão, vejo aquela coloração marrom-esverdeada inconfundível. Mofo.

Merda. Eu tinha certeza de que tinha conferido. Devia ter trazido barrinha de proteína, mas as três primeiras caixas que encontrei estavam vencidas, e barrinha vencida machuca meus dentes.

Empurro o pão para longe, com o estômago roncando alto. Não sei como vou conseguir prestar atenção nas aulas da tarde com tanta fome. Parece que, daqui a pouco, meu corpo vai começar a se devorar.

— Ei — diz Anton, tirando da sacola dele um quadrado embrulhado em plástico filme. — Tenho um sanduíche extra, se quiser. Pasta de amendoim com geleia.

Sim, *é claro* que quero. Quero muito. Eu me seguro para não arrancar o sanduíche da mão dele e enfiar tudo de uma vez na minha boca. Mas também não quero parecer desesperada.

Anton percebe a expressão no meu rosto e empurra o sanduíche na mesa até deixá-lo na minha frente.

— Não é nada de mais — diz ele. Então dá de ombros. — É só um sanduíche.

E, quando ele diz que não é nada de mais, de repente não é mesmo. Como ele falou, é só um sanduíche. Eu o pego e começo a comer, e tenho de me lembrar de mastigar.

— Ei, Ella — diz ele. — Quer ir ao cinema depois da aula?

Faço uma careta.

— Não quero entrar de penetra no cinema.

Todo mundo sabe que Anton e os amigos vivem fazendo isso. Já ouvi todos eles se gabando. Mas não quero ser pega em um esquema assim. Não quero que meu pai ache que sou uma criminosa.

— A gente não precisa entrar escondido — diz ele. — Podemos comprar os ingressos.

Comprar os ingressos? Nem consigo pagar o almoço da escola.

— Não tenho dinheiro para ir ao cinema.

— Eu tenho. Posso comprar os ingressos.

— Mas eu não consigo te pagar.

— Não precisa.

Dou mais uma mordida no sanduíche. Anton já dividiu o almoço comigo e não quero ficar devendo o ingresso do cinema para ele também.

— Não estou muito a fim de ir ao cinema.

Anton parece decepcionado, mas não insiste. Ele não entende. Mesmo odiando o pai, pelo menos Anton sabe que cara o pai dele tem. Pelo menos o pai reconhece que Anton é filho dele. Ele não sabe como é viver a minha vida. Ninguém sabe.

CAPÍTULO 37

AGORA

CASEY

Não há a menor chance de eu dormir. Não quando existe a possibilidade, por menor que seja, de acordar e dar de cara com Eleanor alimentando o fogo com meus braços e minhas pernas.

Não consigo parar de pensar naquele caderno verde que escondi debaixo das almofadas. Estou morrendo de vontade de dar uma olhada nele, mas também não quero correr o risco de ser pega e perder a confiança dela, ainda mais agora que ela já sabe que fucei sua mochila. Eleanor está irritada comigo por fazer perguntas demais. Ela sabe que mexi nas suas coisas, mas não tenho certeza se percebeu que peguei o caderno. Se tivesse percebido, não teria falado alguma coisa? Não quero nem imaginar a reação dela se me pegasse no flagra folheando aquelas páginas.

Mas preciso ver o caderno. Tenho a sensação de que vou encontrar algo importante nele. Quero dizer, tudo que ela trouxe foram umas roupas e esse caderno.

Levo uma hora para criar coragem de pegar o caderno escondido embaixo da almofada. A capa verde lisa, com uma mancha vermelha, me encara. Quero abrir logo, mas já tive um vislumbre da mente de Eleanor e não gostei do que vi. E aquelas foram informações que ela decidiu compartilhar comigo. O que será que ela escreve em um caderno que não é para mais ninguém ver?

Respiro fundo e o abro.

Como a única luz é a que vem da lareira, não dá para enxergar muita coisa, mas as primeiras páginas parecem apenas rascunhos de aula de matemática. Nada de mais, só umas equações nas quais ela tem de descobrir o valor de x. Pelo que vejo, Eleanor parece boa em matemática.

Mas, conforme viro as páginas, percebo que ela começou a usar o caderno para se expressar artisticamente. Folhas com desenhos e mais desenhos, feitos com caneta vermelha, azul e preta. E todos horripilantes.

Além disso, os desenhos mostram a mesma coisa. Uma mulher de cabelo na altura dos ombros, corpo forte e maxilar quadrado. E, em cada um deles, essa mulher está sendo torturada.

Esfaqueada.

Decapitada.

Enforcada com uma corda que pende do teto, a língua saindo da boca de maneira grotesca.

O fogo estala na lareira. Vou folheando o caderno e sinto meu estômago embrulhar. E, a cada novo desenho, fico mais certa de uma coisa.

A mulher nesses desenhos sou eu.

Afinal, ela veio atrás de mim. Mas por quê? Por que essa garota me odeia a ponto de desenhar várias formas macabras de me matar? Eu nem sei o nome dela. Nunca vi essa menina na minha vida.

Ou será que a gente se conhece?

Sou professora do ensino fundamental I e, ao longo dos anos, muitos alunos já passaram pela minha sala de aula. Eu me orgulho de me lembrar de cada um deles, e o rosto de Eleanor não me parece familiar, nem seu nome. Mas dou aulas para o terceiro ano, e Eleanor deve ter uns 12, 13 anos. É possível que tenha mudado bastante desde então.

E se fui professora dela e não percebi que alguém estava maltratando Eleanor? E agora ela me culpa?

Claro, soa um pouco extremo. Será mesmo que essa garota é algum tipo de justiceira, que resolveu se vingar sistematicamente de todos os professores antigos? Parece coisa de outro mundo. Sem falar que é difícil acreditar que eu deixaria passar algo assim durante um ano inteiro de aula. Isso definitivamente não combina comigo.

E, no entanto...

Por que ela está aqui?

E o que pretende fazer comigo?

Apesar das chamas fortes da lareira, sinto um calafrio percorrer meu corpo. Tento me convencer de que esses desenhos são apenas isto: desenhos. E agora que desconfio das intenções dela, vou ficar atenta. Com certeza eu conseguiria fugir se fosse preciso e, se chegasse a esse ponto, acredito que seria capaz de imobilizá-la e desarmá-la, mesmo se estivesse com uma faca. Acho que ela não conseguiria me degolar.

Mas então um pensamento horrível me ocorre. E percebo como fui idiota.

Quando fui até o depósito no quintal, levei a arma comigo. E, quando voltei, guardei a arma no mesmo lugar de sempre. No fundo da gaveta da cômoda. No meu quarto.

Onde Eleanor está dormindo.

CAPÍTULO 38

Preciso pegar minha arma de volta.

Como pude ser tão estúpida a ponto de deixar uma arma acessível num quarto com uma criança? Mesmo que essa criança *não* quisesse me ver morrer de forma horrível, ainda assim é uma péssima ideia. Seja como for, Eleanor passou por um trauma enorme, está assustada e confusa — é a última pessoa que deveria ter acesso a uma arma.

Mas só porque deixei a arma lá não quer dizer que ela a tenha encontrado. Estava no fundo da gaveta, debaixo das minhas roupas. Provavelmente ainda está lá.

Não vou conseguir dormir enquanto não pegar a arma de volta.

Na verdade, esse é o *meu* quarto e a *minha* arma. Tenho todo o direito de entrar lá e pegá-la. Mas meu instinto é tentar fazer isso sem que Eleanor perceba. Já tomei algumas decisões péssimas hoje à noite, não preciso de mais uma.

Enfio o caderno de novo embaixo das almofadas do sofá. Tiro as pantufas, achando que vou fazer menos barulho sem elas. E vou andando devagar até a porta do quarto.

Como não podia deixar de ser, as dobradiças rangem alto quando abro a porta. Parece até um alarme de incêndio disparando. Prendo a respiração, com os olhos cravados na cama queen. Eleanor está deitada bem no meio e consigo perceber que seu peito sobe e desce com a respiração. Ela deve estar exausta.

O quarto está gelado, mais gelado do que antes e até mais frio que a sala, porque aqui não tem lareira. Quase consigo enxergar minha respiração. Ainda que, com certeza, tenha separado cobertas suficientes, espero que Eleanor esteja bem aqui. E ela conseguiu dormir, então não deve estar com tanto frio assim. Preciso parar de me preocupar com essa garota que quer me matar e pegar logo a droga da minha arma.

Cada tábua que piso range sob meus pés e o som ecoa pelo quarto. A cada passo, olho para a cama, certa de que ela acordou. Mas, por enquanto, tudo certo.

Chego até a cômoda e abro a primeira gaveta com cuidado, resultando em mais um rangido alto. Nunca tinha percebido como esta casa é barulhenta! Faz muito tempo que estou sozinha aqui. Abro a gaveta apenas o suficiente para enfiar a mão lá dentro.

Tateio o fundo da gaveta, esperando sentir o toque frio e reconfortante da empunhadura da Glock. Não a encontro de imediato, então puxo um pouco mais a gaveta e começo a afastar as roupas. Passo a mão por toda a base da gaveta, mas não encontro nada.

Cadê minha arma?

— Procurando alguma coisa, Casey?

Viro o rosto na hora. Fico de queixo caído ao ver Eleanor sentada na cama. Ela está usando meu suéter macio e felpudo por cima da camiseta e vestiu novamente a própria calça jeans. Um instante atrás, eu tinha certeza de que ela estava em um sono profundo. Agora, parece bem acordada.

E está apontando uma arma para a minha cabeça.

CAPÍTULO 39

ANTES

ELLA

Não consigo dormir.

Fico me revirando na cama, mas não consigo encontrar uma posição confortável. Quer dizer, minha cama já não é muito confortável normalmente, mas, por algum motivo, hoje ela parece pior. E o meu quarto ainda está com aquele cheiro de abóbora podre. Eu me livrei de tudo que foi contaminado pela gosma de abóbora, mas o cheiro não saiu. Às vezes nem percebo, mas agora não consigo ignorar. É provável que o cheiro nunca mais saia.

Por fim, eu me sento na cama. E imagino o que está acontecendo na casa dos Carter. Bom, Brittany deve estar dormindo no quarto dela. Mas talvez John e Vanessa ainda estejam acordados. Talvez estejam deitados na cama, vendo algum programa de TV antes de pegar no sono.

Se John for mesmo meu pai, isso faz da Vanessa minha madrasta? Não sei muito bem. Vanessa provavelmente estaria com raiva da minha mãe, já que ela teve um caso com meu pai, mas nada disso é culpa minha. Eu vi a mãe da Brittany uma vez, numa festa da escola, e ela parecia ser bem maternal. Sorria bastante, tinha um cabelo loiro com corte chanel e era meio gordinha, mas parecia alguém que dava bons abraços. Talvez ela fosse gentil comigo.

Mas uma coisa está clara agora. Nunca vou conseguir dormir se continuar pensando nisso.

Eu me levanto da cama e coloco um jeans relativamente limpo e um moletom com capuz. Assim que me visto, abro a gaveta de cima da pequena cômoda que fica ao lado da minha cama, que está cheia de canetas e lápis. Na verdade, todas as gavetas da cômoda estão cheias de canetas e lápis. Sempre que minha mãe encontra uma promoção de papelaria, compra um monte de coisas e enfia tudo aqui. Ela fica empolgada e vive dizendo que nunca mais vai precisar gastar dinheiro com caneta na vida, mas não demora muito e ela compra mais.

Porém não estou atrás de lápis nem de caneta. Quero uma coisa que está lá no fundo da gaveta. Uma coisa que minha mãe não sabe que eu tenho e que nunca vai saber, porque ela não tem paciência de fuçar essa bagunça toda.

É um estilete com lâmina retrátil.

Roubei da aula de artes no ano passado. O mais estranho é que a professora nem notou que tinha sumido. Ou talvez tenha notado, mas teve medo de ficar encrencada se contasse para alguém. De qualquer forma, na manhã seguinte, o estilete já estava bem escondido no meu quarto.

E, agora, eu o guardo no bolso do moletom.

Saio devagar no corredor. Parece que minha mãe já está dormindo ou foi para o quarto. Com o máximo de cuidado, passo pela porta do quarto dela e vou até a escada. É meio assustador descer as escadas no escuro com tanta tralha espalhada, mas agarro o corrimão e consigo descer numa boa. Sigo por uma das trilhas livres até a porta da frente e calço meus tênis.

Não estou planejando ir para nenhum lugar específico. Só preciso caminhar um pouco para espairecer e tomar um ar. É perfeitamente seguro. Moramos em um bairro bom. E, se por acaso acontecer alguma coisa, tenho o estilete para me defender.

Está um pouco frio e fico feliz por ter pegado uma jaqueta leve. Minha intenção era só dar uma volta no quarteirão, mas, quando chego ao fim do quarteirão, não viro a esquina. Eu me pego indo para um lugar bem específico.

Ainda me lembro do endereço de Brittany na lista da turma. Nem é tão longe assim.

Não sei dizer por que estou indo para lá. Consigo ouvir a voz de Anton na minha cabeça, dizendo que estou sendo burra e que não devia pensar nessa família. Mas como vou fazer uma coisa dessas se eles são a *minha* família? A família da qual nunca me deixaram fazer parte?

Levo apenas quinze minutos para chegar à casa de Brittany. A propriedade tem dois andares — branca, com detalhes em azul — e é bem maior do que a minha casa ou o apartamento onde Anton mora. Não chega a ser uma mansão, mas é bonita. Tem até uma cerca branca em volta, embora não tenha tranca nem nada. Consigo facilmente seguir o caminho até a porta da frente.

Não sei bem o que estou fazendo ao me esgueirar pela lateral da casa dos Carter. Quero dizer, é madrugada. Não dá para bater à porta esperando que me convidem para comer cookies e bater um papo. Isso não vai acontecer.

Acho que só quero ver como a casa é por dentro. Quero ver como teria sido minha vida se eu fosse filha legítima de John Carter, e não fruto de um caso que ninguém pode saber. Quero ver como poderia ter sido minha vida. Como *deveria* ter sido minha vida.

Vai que deixaram a porta dos fundos aberta.

Enquanto contorno a casa, escuto uma voz na minha cabeça, talvez seja Anton me dizendo que não faça isso. Dizendo que não é uma boa ideia. Que é uma *péssima* ideia. Que eu devia dar meia-volta.

Mas seguro firme o estilete no meu bolso e continuo andando.

CAPÍTULO 40

A porta dos fundos da casa dos Carter dá para a cozinha. Tem uma janela grande na porta e consigo ver a geladeira e o fogão. Mas não se parece em nada com a minha cozinha. Está escuro, é difícil ver os detalhes, mas percebo que o chão não está grudento nem cheio de latinhas e garrafas plásticas. As bancadas estão limpas, dá para colocar pratos e comida ali. Dá para cozinhar de verdade. Parece... uma cozinha normal.

Fico imaginando o que eles têm na geladeira. Posso apostar que não têm nenhum iogurte vencido. Nem um potinho sequer.

Imagino o café da manhã na casa dos Carter. Posso apostar que a Sra. Carter faz algo no fogão todas as manhãs, porque o dela não está entulhado de panelas e comida estragada. Posso apostar que, quando ela prepara panquecas, elas têm carinhas sorridentes feitas com mirtilo e até gotas de chocolate. Se eu morasse com eles, pediria gotas de chocolate nas minhas panquecas.

Enquanto imagino essa cena, quase consigo sentir as gotas derretendo na minha boca. Meu estômago ronca.

Minha mão esquerda ainda aperta o estilete enquanto a direita vai até a maçaneta da porta dos fundos. Eu não achava que estaria destrancada mesmo, mas, para minha surpresa, a maçaneta gira. Com cuidado, empurro a porta.

Eu não devia fazer isso. Não mesmo. Mas será que seria tão ruim assim só dar uma olhadinha? Quer dizer, se John Carter é meu pai, essa também é meio que a minha casa, não é?

Fico imaginando como é o quarto da Brittany. Aposto que a mãe dela deixa a cama arrumadinha todas as manhãs. A cômoda deve estar cheia de roupas limpas e dobradas, com cheiro de amaciante. Ela sem dúvida tem uma escrivaninha, talvez com alguns livros da escola, um computador e, com certeza, não tem aquário.

De repente, nada no mundo parece mais importante do que ver o quarto de Brittany. E seria tão fácil. A porta da casa está destrancada, então eu não teria arrombado nem nada assim. Se eu for bem silenciosa, acho que consigo subir as escadas e encontrar o quarto dela. É tão tarde que ela já deve estar no terceiro sono. Aposto que eu conseguiria dar uma olhada em tudo sem ninguém perceber.

E se ela acordar? Bom, estou com meu estilete. Não que eu fosse esfaquear Brittany ou coisa parecida, mas, se eu mostrasse a lâmina e dissesse para ela não gritar e não chamar os pais, acho que ela não faria nada disso.

Mas, antes mesmo de abrir a porta um pouco mais, escuto uma explosão de latidos furiosos. Minhas pernas ficam bambas e fecho a porta com força. Meu plano de ir ao quarto de Brittany já era. Meu Deus, eles têm um *cachorro*. Um cachorro grande, bravo, com muita baba escorrendo da boca.

É minha deixa para sair correndo.

Ainda bem que o cachorro está preso dentro de casa e não consegue me alcançar. Corro o mais rápido que posso, para bem longe da casa dos Carter. Só me atrevo a olhar para trás uma vez e vejo a luz de um quarto no andar de cima acesa.

Será que eles me viram?

Esse pensamento me deixa extremamente nervosa. Eu estaria encrencada de verdade se alguém me pegasse rondando a casa de outra pessoa no meio da noite. Onde eu estava com a cabeça? Tudo o que eu queria era encontrar meu pai.

Minha adrenalina está nas alturas depois de quase ter sido devorada pelo cachorro, e sei que não vou conseguir dormir. Confiro o relógio no meu pulso: são duas da manhã. Se minha mãe acordasse e visse que não estou na cama, ficaria preocupada, mas ela dorme tão pesado. Se não fosse pelo ronco alto, você acharia que ela está morta.

De qualquer forma, não quero voltar para casa, então fico andando sem rumo. Ou pelo menos acho que é sem rumo, mas então percebo que estou perto da casa de Anton. Como já estou quase lá, termino de percorrer a distância que falta. É tarde, mas talvez ele ainda esteja acordado.

O conjunto habitacional onde Anton mora é quieto à noite, e fico aliviada por estar com o estilete. O apartamento dele fica no segundo andar, e demoro um pouquinho para descobrir qual é a janela do seu quarto. Parece que a luz está apagada, mas não está totalmente escuro. Talvez ele ainda esteja acordado.

Antes que eu mude de ideia, pego uma pedrinha no chão e arremesso na janela. Fico olhando para cima, esperando, e nada acontece. Então, arremesso outra pedrinha.

Depois da segunda, a luz do quarto acende. Não vejo ninguém na janela e, por um instante, fico preocupada, achando que errei o apartamento. Mas então Anton aparece atrás do vidro e arregala os olhos ao me ver. Ele escancara a janela.

— Ella! — sussurra Anton, a uma altura suficiente para que eu ouça. — O que você está fazendo aqui? — Antes que eu consiga responder, ele balança a cabeça. — Espera. Vou descer.

Espero na frente do prédio dele, ainda segurando com força o estilete no bolso, e cerca de dois minutos depois Anton aparece, usando um moletom e uma calça jeans rasgada. Apesar de estar bem acordado, ele boceja ao se aproximar de mim.

— O que você está fazendo aqui? — repete ele.

Penso no momento em que fiquei parada do lado de fora da casa dos Carter com o estilete no bolso. Quase entrei e cheguei muito perto de... Bom, nem sei exatamente do quê. Daí o cachorro apareceu e me assustou. Pensando bem, talvez tenha sido melhor assim. Enquanto penso nisso tudo, começo a tremer e cruzo os braços na frente do peito para tentar me controlar.

Ele franze a testa.

— Ella? Está tudo bem?

Eu queria poder contar para Anton o que fiz hoje à noite, mas ele não entenderia. Ele acha bobeira que eu queira fazer parte da família de Brittany. Mesmo odiando o pai dele, pelo menos ele tem um. Tem até um irmão. A casa dele não é como a minha.

— Estou bem — respondo, e isso é tudo que consigo dizer. — Desculpa te acordar.

— Você não me acordou.

— Acordei, sim.

— Não acordou — insiste ele, mas o cabelo bagunçado diz o contrário.

Olho para os meus tênis, que são um número menor do que deveriam e apertam os meus dedos. Três anos atrás, teve uma liquidação numa loja e minha mãe comprou cinco pares de tênis que eram, na época, um número maior que o meu pé. Passei um ano com eles grandes demais, depois um ano em que serviram, e, agora, eles estão pequenos. Mas a minha mãe diz que não dá para comprar outros tênis, porque temos vários pares "em perfeito estado".

— Vou te levar para casa — diz Anton delicadamente.

— Não precisa — falo. — É aqui perto.

— É perigoso você andar sozinha.

— Eu me viro. — Enfio a mão no bolso do moletom, pego o estilete e o mostro para ele. — Tenho com o que me defender.

— Caramba, Ella! — Ele fica de boca aberta e não sei se está surpreso ou impressionado. — Você anda com isso por aí?

— Nem sempre.

— Se te pegarem com isso na escola, você vai ser expulsa na hora. — Ele faz uma pausa. — E a escola ia ser um saco sem você.

— Vou tomar cuidado — digo, e falo sério.

Ele faz um gesto com a cabeça na direção da minha casa.

— Eu vou com você. Quero te acompanhar.

Para falar a verdade, ainda estou um pouco trêmula, então deixo que ele me acompanhe. A gente quase não conversa, porque Anton ainda está com sono, mas é bom ter a companhia dele. Às vezes, o ombro dele encosta no meu enquanto a gente anda e ele sorri para mim.

CAPÍTULO 41

Hoje Anton pegou detenção na escola.

Dessa vez nem foi culpa dele. Eu vi tudo. Um garoto foi mexer com ele no corredor e começou a provocar, e claro que Anton respondeu na mesma moeda. Mas foi o outro garoto que bateu *nele*. Anton nem revidou. Ele me disse que está se esforçando muito para não pegar detenção, só para a gente poder passar mais tempo juntos, mas é difícil para ele não entrar em briga por causa de um negócio chamado falta de "controle de pulso". Eu não sei bem o que isso significa e Anton também não soube explicar direito. Sei que pulso tem a ver com batimento cardíaco. Então isso quer dizer que ele tem algum problema no coração? Mas ele me parece saudável.

Enfim, não adiantou nada. Anton nem bateu no outro menino e mesmo assim acabou pegando dois dias de detenção, e hoje é o segundo. Pelo menos ele não foi suspenso.

Então, em vez de ir para o parque ou fazer alguma coisa com Anton, estou sozinha.

A princípio, eu ia direto para casa. Mas, nos últimos tempos, mal consigo respirar dentro de casa, principalmente por causa da fumaça. Não aguento mais. Morar em qualquer outro lugar seria melhor do que morar na minha casa.

E, de qualquer forma, minha mãe não espera que eu chegue tão cedo.

Acabo indo em direção à universidade. Ouvi Brittany comentar que o pai é professor lá. Ele dá aulas de sociologia, seja lá o que for isso. Parece um pouco com zoologia, embora vários nomes de matéria terminem com *logia*, tipo *biologia* e *astrologia*.

Não estava planejando ir até lá, mas, meia hora depois, entro no campus da universidade. Uma vez lá, não sei direito onde fica o Departamento de Sociologia, mas pergunto para algumas pessoas e alguém finalmente aponta para um prédio de tijolos claros que deve ter uns cinco andares.

Quando chego ao prédio, preciso de um código para entrar, mas seguram a porta para mim e consigo passar direto. Tem um diretório com os nomes e procuro o de John Carter. Por sorte, está em ordem alfabética, então encontro rapidinho:

Dr. John Carter.

Meu pai tem doutorado. Isso é incrível. Minha mãe não chegou a terminar o ensino médio, embora fique brava quando alguém toca no assunto.

Normalmente, eu não teria coragem de visitar meu pai no trabalho. Mas o estilete escondido no bolso pequeno da minha mochila me dá confiança. Anton me disse que não levasse o estilete para a escola, porque daria problema se eu fosse pega, mas duvido que aconteça. E eu não pretendo de fato *usá-lo*. É só para me sentir segura.

Pego o elevador até o terceiro andar. Não tenho um plano. Mas sei que quero ver meu pai. Quero falar que sei quem ele é e quero contar como foi minha vida nesses últimos treze anos.

Quando ele souber da verdade, vai querer me ajudar, com certeza. A menos que ele seja uma pessoa horrível.

Quando chego ao terceiro andar, ando um pouco pelos corredores até encontrar a porta. Tem uma plaquinha dourada que diz: *Dr. John Carter*. E embaixo do nome dele: *Professor de Sociologia*.

Meu pai é professor. Um professor *de verdade*. Sinto uma coisa que nunca tinha sentido antes na vida.

Orgulho.

Hesito por um instante antes de bater à porta. Fico ouvindo para ver se alguém vem atender, mas está tudo quieto. Acho que a luz está apagada lá dentro. Talvez ele não esteja aqui. E me pergunto se devo esperar.

— Brittany? É você?

Minha cabeça se vira na direção da voz. Uma mulher gorda de meia-idade, com cabelo castanho-escuro cortado curto, está vindo em minha direção. Cruzo os braços e dou um passo para trás. Mal posso acreditar que fui pega antes mesmo de conseguir falar com meu pai.

— Brittany? — A mulher pisca, com um sorriso simpático no rosto. — Nossa, é você mesmo? Brittany, como você cresceu! Faz tanto tempo que não te vejo!

Ela me confundiu com a Brittany. É óbvio que ela não faz a menor ideia de que cara Brittany tem.

— Oi — digo, tímida.

— Meu Deus! — suspira ela. — Acho que a última vez que te vi você tinha uns 5 anos! E estava usando a fantasia de bailarina mais fofa do mundo!

Óbvio.

— Eu sou a Bettina — diz ela. — Assistente do Dr. Monroe. Aposto que você não se lembra de mim.

Faço que não com a cabeça.

— Quantos anos você tem agora? Uns 10? Ou 11?

— Tenho 13 — respondo.

— Tem 13! — Bettina leva a mão ao peito. — Nossa Senhora, como o tempo passa! Você sempre foi tão pequenininha.

A verdadeira Brittany Carter é vários centímetros mais alta do que eu. Provavelmente porque ela tem comida de verdade em casa e pode comer quando quer.

— Ouvi dizer que você só tira nota dez na escola — comenta Bettina. — Seu papai tem muito orgulho de você.

Será que minha mãe já falou com orgulho das minhas notas? Duvido muito.

— É... — murmuro.

— E qual é sua matéria preferida?

— Ciências — respondo com sinceridade. — Adorei aprender sobre genética no ano passado.

Ela sorri ainda mais.

— Sempre foi uma menina esperta. Esperta *e* bonita.

Como será que é ouvir elogios o tempo todo? Nem consigo imaginar. Será que Brittany fica cansada disso? Eu não me cansaria nunca.

— Bom, seu papai está numa reunião agora — ela me informa. — Mas venha comigo. Vou pegar uns lanchinhos para você comer enquanto espera.

A mesma voz que me mandou sair correndo da casa dos Carter no outro dia agora está dizendo para eu ir embora daqui enquanto ainda dá tempo. Fingir ser Brittany Carter não vai acabar bem. Mas, por outro lado... ela falou em lanchinhos. E estou com muita fome.

— Obrigada — digo. — Eu adoraria um lanchinho.

Bettina sorri para mim.

— Que menina educada! Dá para ver que seu papai criou você direitinho.

Está dando tudo certo. Aposto que nem vou precisar do estilete que está na minha mochila.

CAPÍTULO 42

AGORA

CASEY

Eleanor está com a arma.

Se existisse um prêmio para a pessoa mais estúpida do mundo, eu ganharia, só por ter deixado uma arma de fogo ao alcance de uma menina visivelmente perturbada. Antes de vir para cá, tudo o que ela tinha era um canivete. Sim, é possível matar alguém com um canivete, mas não é nem de longe tão fácil quanto com uma arma de fogo. E agora ela tem os dois, graças a mim.

— Ei… — Levanto as duas mãos. — Isso aí… isso aí é meu.

— É seu? — A voz dela tem um tom levemente sarcástico. — Então tenho que te *devolver*?

A janela treme quando uma rajada de vento atinge a cabana. Se ao menos a tempestade parasse. Aí eu poderia entrar na caminhonete e ir embora daqui. Se ela deixasse, claro.

— Por favor, eu quero te ajudar — digo. — Você não vai querer fazer uma coisa dessas.

— Fazer o quê? — Na luz fraca do quarto, consigo apenas vislumbrar a sobrancelha arqueada dela. — Você nem sabe o que vou fazer com você.

Bem, tenho uma ideia. Eu vi o caderno.

— Você pelo menos sabe atirar? — pergunto.

— Dou um jeito. Sei onde fica o gatilho.

É, disso eu não duvido.

— Olha… — Preciso tentar ganhar essa menina na conversa. Será que isso tudo é um caso de erro de identidade? Como ela pode me odiar tanto a ponto de querer fazer aquelas coisas horríveis comigo, se a gente acabou de se conhecer? — Não sei o que você está pensando, o que você está planejando fazer…

Antes que eu consiga terminar a frase, um estrondo alto ecoa pela casa. Toda a estrutura treme, e os olhos de Eleanor se arregalam de medo, mesmo com ela segurando a arma.

— O que foi isso? — sussurra ela. De repente, ela soa tão jovem. Como uma garotinha assustada.

Não tenho certeza, mas tenho um bom palpite.

— Veio lá de fora. A gente precisa ver o que foi.

Ela estreita os olhos. Eleanor não confia em mim e não posso culpá-la, depois de tudo o que ela passou. Meu cérebro está a mil, tentando pensar em uma forma de tirar aquela arma dela. Se eu conseguisse fazê-la largar a arma por um instante…

— Você vai na frente — ordena ela, balançando a arma para mim. — Anda.

Começo a me virar e ela rosna:

— Fique com as mãos levantadas!

Obedeço. Essa garota está morrendo de medo, e pessoas apavoradas fazem besteiras. Tipo apertar o gatilho da arma. Preciso manter a calma, porque essa é a única forma de acalmá-la também.

Vou andando devagar para fora do quarto e Eleanor vem logo atrás. Não consigo vê-la, mas posso *sentir* a arma apontada para as minhas costas. Quando passo pelo sofá da sala, noto que as almofadas estão um pouco fora do lugar por eu ter escondido o caderno ali embaixo. Rezo para que Eleanor não perceba. Porque, se perceber…

Melhor nem pensar nisso.

Sigo até a porta. Nenhuma de nós está de casaco, e eu estou descalça. Deixei minhas pantufas na sala e minhas botas estão guardadas no fundo do armário, com os outros calçados. A chuva ainda fustiga as janelas e a gente não vai conseguir ir muito longe sem nenhuma proteção.

— Posso pegar minhas botas? — pergunto.

Eleanor pensa por um instante.

— Não.

Eu me dou conta de que ela nem precisaria atirar em mim. Se me trancasse para fora de casa no meio da tempestade, só com um moletom e uma calça jeans, sem casaco nem botas, eu provavelmente não sobreviveria à noite. E seria uma noite terrível.

Se isso acontecesse, eu teria de tentar chegar à casa de Lee. Ele me acolheria, e sua casa fica apenas a uns oitocentos metros daqui. Mas até essa curta distância, numa tempestade dessas, pode ser fatal.

Eleanor cutuca a minha lombar com a arma exatamente quando um trovão sacode os alicerces da casa.

— Abre a porta.

Por causa do vento, tenho dificuldade para empurrar a porta, então minhas mãos tremem. Uso o peso do corpo e a empurro com força. Por fim, o vento diminui por tempo suficiente para que eu consiga abrir uma fresta e sair. Levanto os olhos para o céu, carregado de nuvens escuras e ameaçadoras. Um raio rasga as nuvens e então vejo o que causou aquele estrondo assustador.

A árvore gigantesca em frente à minha casa caiu.

Eu temia que isso acontecesse durante a noite, que ela caísse em cima da casa e nos esmagasse, por isso me recusei a fazer uma promessa infinita garantindo que ela não cairia. Apesar do que Eleanor pensa, eu realmente cumpro minhas promessas. Mas não foi isso que aconteceu. Ela não caiu em cima da casa.

Caiu no depósito do quintal.

Eleanor está do meu lado, tentando enxergar em meio à chuva, encarando a tempestade e a pilha de lama e madeira esmagada sob a árvore que destruiu o depósito. Não sei se há lágrimas nos olhos dela ou se é só água da chuva. Ela parece abalada com o que vê: um universo paralelo em que está morta debaixo daquela árvore gigante.

— Você salvou a minha vida — sussurra ela.

Faço que sim com a cabeça.

— Eu avisei que não era seguro ficar lá.

Ela parece não saber o que dizer. Fica ali parada, olhando para o depósito, piscando sem parar. Ainda está segurando a arma, mas parece vacilar. Não sei se as mãos dela tremem de frio ou por outro motivo.

— Vamos entrar — murmura ela.

Desde que encontrei aquele caderno cheio de desenhos da minha própria morte, eu me arrependi de ter deixado essa garota entrar na minha casa. Mas, agora, não me arrependo. Ela teria morrido naquele depósito. Não importa o que aconteça comigo, não me arrependo de ter impedido que isso acontecesse. Uma menina precisava de ajuda e eu a ajudei.

Se bem que posso mudar de ideia daqui a uma ou duas horas.

CAPÍTULO 43

— Quero que você vá até a despensa — diz Eleanor — e pegue o rolo de silver tape.

Ao ouvir as palavras "silver tape", minhas pernas ficam bambas. Essa história não vai acabar bem. Se ela tivesse me perguntado se eu tinha um rolo de silver tape, eu teria mentido e dito que não. Ela deve ter visto.

Queria nunca ter comprado essa maldita fita. Mas, também, quem não tem silver tape em casa? Eu não sou uma dona de casa de Beverly Hills.

De qualquer forma, faço o que ela manda. Pego o rolo de silver tape e entrego para ela.

Eleanor bate no máximo na altura do meu ombro, e nem sou alta. Ela precisa levantar a cabeça para olhar para mim, e seus olhos azuis parecem enormes no rosto que é muito pálido, a não ser pelas sardas no nariz. Ela tem o queixo meio pontudo e um nariz delicado, e tudo isso faz Eleanor parecer mais uma fada do que uma assassina. Se eu não tivesse visto o sangue, jamais acreditaria que ela seria capaz de machucar alguém.

— Senta naquela cadeira da cozinha — ordena ela.

Ai, não. Ela vai me prender na cadeira.

Um dos desenhos do caderno me vem à cabeça. Era exatamente essa cena. Eu presa a uma cadeira com silver tape. Mas não era só isso.

No desenho, eu estava amarrada à cadeira e tinha sangue escorrendo da lateral da cabeça, onde a orelha havia sido decepada. Meus lábios também sangravam e havia um buraco onde meu olho direito deveria estar.

Isso só está acontecendo porque dei a arma de bandeja para Eleanor.

— Não — arquejo. — Por favor, não faça isso. *Por favor*.

Ela balança a Glock, apontando direto para o meu rosto.

— Eu disse *senta*.

Quase penso em tentar pegar a arma, porque levar um tiro talvez seja melhor do que viver aquela cena do desenho. Mas não consigo. Prefiro ganhar tempo.

Eu me sento na cadeira, com as mãos no colo. Mas ela balança a cabeça.

— Mãos atrás das costas — diz ela.

Droga. Eu estava torcendo para que ela prendesse meus pulsos na minha frente. Mas Eleanor ainda está apontando a arma para mim, então não estou em posição de discutir. Tento manter os pulsos o mais afastados possível, na esperança de conseguir me soltar depois.

Penso que talvez essa seja minha única chance de escapar. Não tem como Eleanor amarrar meus pulsos enquanto segura a arma, pelo menos acho que não. Posso tentar me virar e tirar a arma dela. Mas e se ela atirar em mim? Ou pior, e se *eu* acabar atirando *nela* por acidente?

Não posso correr esse risco.

Com os pulsos presos, percebo quão indefesa estou. Ela pode fazer o que quiser comigo e não vou ter como reagir.

E, para piorar, Eleanor decide atar meus tornozelos e prendê-los às pernas da cadeira. Depois disso, passa uma tira de fita ao redor do meu peito. Estou praticamente colada à cadeira. Mas por que fui comprar um rolo novinho de silver tape na semana passada? Eu me odeio por estar sempre tão preparada.

O único ponto positivo é que ela não tapa a minha boca com fita. Mas por que ela faria isso? Se eu gritasse, ninguém conseguiria ouvir. Até Lee está longe demais para me salvar.

Quando Eleanor termina, ela dá um passo para trás e admira seu trabalho.

— Tente se soltar.

Olho para ela.

— Não consigo.

Ela aperta os olhos, como se não tivesse certeza. Mas, por fim, assente e abaixa a arma.

— Ótimo.

As velas da cozinha já estão com quase metade do pavio queimado — devem ser umas duas ou três da manhã —, mas ainda consigo ver os traços do rosto dela, que parecem ainda mais ameaçadores à meia-luz. Não consigo parar de pensar naquele desenho. A mulher presa à cadeira, sangrando, sem uma orelha e sem um olho.

Não posso deixar isso acontecer comigo.

Mas o que posso fazer? Não consigo nem me *mexer*.

— Por favor — sussurro. — Por que você está fazendo isso?

Eleanor me encara, inclinando a cabeça.

— Não é nada pessoal.

Nada pessoal? Ela me escolheu a dedo. Veio até minha casa sabe-se lá de onde com um caderno cheio de desenhos terríveis de mim. Como isso pode não ser pessoal?

— Não sei o que eu fiz, mas me desculpa.

— Eu disse que não é *pessoal* — rebate ela, irritada. — Tá bom?

Não entendo o que ela quer dizer. Isso só não seria pessoal se ela fosse uma assassina de aluguel. E eu realmente não acho que essa garotinha esteja sendo paga para estar aqui. Só estou nessa situação porque fui burra o bastante para deixá-la entrar na minha casa e praticamente colocar uma arma na sua mão.

— Já volto — diz Eleanor.

Ai, não. Ela vai pegar o canivete.

CAPÍTULO 44

ANTES

ELLA

Bettina fica impressionada com a quantidade de comida que consigo devorar.

Em meia hora, acabo com quase tudo que tinha num prato que sobrou do almoço. São basicamente frios e queijo, mas tudo está tão gostoso. Nada tem aquele gosto azedo estranho que eu normalmente preciso ignorar. Está tudo fresco e delicioso.

— Nossa, você estava com fome! — exclama Bettina. — Como consegue ser tão magrinha?

Termino de tomar uma caixinha de suco de maçã que não parece estar virando sidra.

— Eu não almocei hoje — digo, o que é verdade.

Estou mastigando mais um pedaço de presunto quando ouço o som de vozes masculinas vindo do corredor.

Bettina se anima.

— Parece que a reunião acabou. Aposto que seu papai não vai demorar. Vou avisar que você chegou.

Os frios reviram no meu estômago cheio. Não era nessas circunstâncias que queria encontrar meu pai. Não quero que ele ache que sou uma mentirosa. Mas eu nunca disse, exatamente, que era Brittany. Aquela mulher simplesmente *presumiu*. Eu só respondi às perguntas dela. Não foi minha culpa.

— Sua filha está na copa — diz Bettina ao meu pai, a voz agora distante. Isso não é exatamente uma mentira.

— Brittany? — pergunta ele, surpreso. — O que ela está fazendo aqui?

Tenho alguns segundos antes que ele entre na copa. Engulo o presunto que está na boca e passo a mão no cabelo para ajeitá-lo. Não sou tão bonita quanto Brittany. Nunca serei. Mas isso não devia ser importante, devia?

Os passos se aproximam e arrumo minha postura na cadeira. Preciso parecer absolutamente perfeita para ele ver que sou uma boa menina. Afinal, é óbvio que Brittany nunca visita o pai no trabalho, e aqui estou eu, tirando um tempinho do meu dia para vir vê-lo. Ele tem que valorizar isso.

Alguns segundos depois, um homem aparece na porta. Eu o reconheço, provavelmente de eventos da escola e talvez de vê-lo pela cidade. Ele é alto, tem um ar distinto, cabelo castanho já grisalho nas têmporas e uma barba grisalha bem-cuidada.

Quando me vê, arregala os olhos por trás dos óculos e parece me reconhecer. Tento forçar um sorriso, mas ele sai meio torto.

— Oi — solto, num guincho.

— *Você*. — A voz dele está rouca e nada gentil. — O que você está fazendo aqui?

— Eu... — Minhas mãos estão úmidas de suor. Enxugo na calça jeans, arrependida por não ter pensado em vestir algo melhor. — Eu queria conversar com o senhor.

Ele contrai o músculo do maxilar.

— Era você que estava rondando nossa casa há algumas noites? Minha mulher ouviu a porta abrir e depois viu uma pessoa correndo pelo quintal.

Será que Vanessa Carter sabe da minha existência? Isso talvez tornasse as coisas mais fáceis. Mas, se a família inteira sabe que ele tem outra filha, dói ainda mais o fato de ele nunca ter me assumido.

Ele balança a cabeça e olha para mim com os olhos azul-escuros. Olhos azuis iguais aos de Brittany e iguais aos meus.

— E dizer para Bettina que você é minha filha…

Eu sou sua filha, é o que quero dizer, mas minha boca ficou seca.

— Você precisa deixar minha família em paz — diz ele, firme. — Entendeu?

Meu lábio inferior treme. Não sei exatamente o que eu esperava ao vir até aqui, mas certamente não era essa reação hostil. Achei que, no mínimo, ele me daria alguma explicação sobre por que não me quer em sua vida. Mas, em vez disso, ele só parece bravo. E meio envergonhado.

Os ombros do meu pai caem.

— Vamos. Eu te levo para casa.

Deixo o prato de frios na copa, mesmo que tenha ficado tentada a levá-lo. Em vez disso, sigo meu pai até a rua. Ele é tão alto que mal bato na altura de seus ombros, e tem uma postura excelente. Não fala comigo, mas também não anda na minha frente, então não preciso correr para acompanhá-lo. Além disso, ele tem um cheiro bom. De perfume ou loção pós-barba, ou sabe-se lá o que homens adultos costumam usar.

O carro dele, um Prius azul, está estacionado num pátio atrás do prédio da Sociologia. Ele abre a porta do carona para que eu entre. Na verdade, não tenho altura suficiente, mas minha mãe sempre me deixa ir no banco da frente, e parece que o Dr. Carter também não se importa.

— Qual é o seu endereço? — pergunta ele, com os dedos pairando sobre o visor do GPS no painel.

Achei que ele saberia onde eu moro. Que estivesse de olho em mim. Mas, pelo jeito, não. Dou meu endereço e me sinto ainda mais desanimada.

— Não sei no que você estava pensando — diz ele, enquanto dirige pelas ruas, saindo da universidade e seguindo para a minha casa, em Medford. — Mas isso não pode se repetir.

Fico cutucando um furo na minha camiseta, que alargo até que meu dedo caiba.

— Me… me desculpa. Eu só queria conversar.

Ele lança um olhar para mim ao parar num sinal vermelho.

— Sobre o *quê*?

O tom da voz dele é tão ríspido que me faz estremecer. Obviamente, ele não tem nada para me dizer.

— Eu só…

Quero perguntar por que ele não quer nada comigo. Consigo entender que ele não queira nada com a minha mãe. Quer dizer, às vezes, nem eu quero. Mas não fiz nada para ele. Custava reconhecer que sou sua filha?

Mas não consigo dizer nada. Porque, se eu começar a falar, vou acabar chorando. Então, fico quieta ali no banco do carona, abraçada à minha mochila. Sinto o contorno tranquilizador do estilete no bolso da mochila e, por um instante, penso em pegá-lo. Fico imaginando o que ele diria se me visse com ele na mão. Acho que deixaria de ser tão babaca.

Mas não pego o estilete. Na verdade, a gente não fala mais nada enquanto ele dirige. Meu pai estaciona na frente da minha casa e eu me encolho ao perceber que ele vai me acompanhar. Minha mãe também não vai gostar nada disso. Mas ele sai do carro e me segue até a porta.

Coloco a chave na fechadura torcendo para que, assim que eu abra a porta, meu pai me deixe em paz. Mas ele só fica parado ali, esperando que eu entre. Que vergonha.

Mas talvez seja bom. Talvez, quando ele vir minha casa, entenda o que estou passando. Talvez sinta que precisa me resgatar. Talvez resolva agir como um pai de verdade.

Considero um bom sinal o fato de conseguir abrir a porta quase toda sem esbarrar em nenhuma garrafa ou em qualquer outro tipo de lixo. Minha mãe já está em casa — consigo ouvir a TV — e, quando ela escuta o barulho da porta se abrindo, grita:

— Ella, adivinha? Pedi uma pizza!

Ótimo. Justo na noite em que não estou com fome.

Infelizmente, meu pai resolve entrar na casa. Ele arqueja ao ver o estado da sala. Parece que vai vomitar, mas talvez seja só pelo cheiro. Minha mãe está sentada no colchão fumando, mas pula do sofá improvisado e apaga o cigarro quando vê meu pai entrar

— Ella! — exclama minha mãe. — Eu não sabia que você estava acompanhada! Você devia ter me avisado!

Meu pai se enrijece.

— Desiree, preciso falar com você sobre a sua filha.

Sua filha. Péssimo sinal.

Minha mãe ajeita o uniforme de trabalho imundo, como se esse fosse o problema. Como se enfiar a camisa para dentro da calça fosse mudar o fato de que a casa está um caos.

— Me desculpa mesmo, John. — Ela me fuzila com o olhar. — O que ela aprontou agora?

— Ela tentou invadir a minha casa duas noites atrás. — Meu pai tensiona o maxilar. — E, hoje, ela apareceu no meu trabalho fingindo ser a Brittany. Como você pode imaginar, isso foi muito desagradável.

— Eu imagino! Sinto *muito* mesmo! — Minha mãe limpa as mãos na calça bege do uniforme. — Ella, o que deu em você?

Não aguento mais isso. Cansei das mentiras e do faz de conta. Agora que todo mundo está aqui, na mesma sala, eu me recuso a mentir de novo. Vou obrigar os dois a contar a verdade. De um jeito ou de outro, a gente vai virar uma família feliz.

Nem que eu tenha que usar meu estilete para fazer isso acontecer.

— Eu sei que o Dr. Carter é meu pai — digo.

Ele fica completamente pálido.

— O *quê?*

— Ella — rosna minha mãe —, de onde você tirou uma ideia absurda dessas?

Levanto o queixo.

— Encontrei minha certidão de nascimento. Aquela que você estava escondendo de mim.

— Meu Deus — diz meu pai, passando a mão no cabelo.

Olho para os dois. Meus pais, juntos no mesmo cômodo, como eu sempre sonhei. Apesar de que minha mãe parece furiosa e meu pai parece... Bem, nem sei dizer. Ele parece meio chocado.

— Ella — diz minha mãe. — O Dr. Carter *não* é seu pai. Meu Deus, como você pôde pensar uma coisa dessas?

Ela diz isso com tanta firmeza. Se eu não tivesse visto minha certidão de nascimento, acharia que ela estava dizendo a verdade.

— Você está mentindo. Eu vi o nome do meu pai. É John Carter.

— É — diz ela, que parece ter desistido da discussão e reacendeu o cigarro. — Seu pai se chama John Carter, mas não é esse John Carter. É outro cara que tem o mesmo nome.

As palavras dela são como um tapa na cara. Será que é verdade? Eu tinha tanta certeza de que esse homem era meu pai quando vi a certidão, mas, pensando bem, John e Carter são nomes bem comuns. Nem me passou pela cabeça que poderia ser outro John Carter.

Só que tem tanta coisa que não faz sentido. Então como é que o Dr. Carter sabe quem eu sou? Por que ele está agindo de um jeito tão estranho comigo?

— Desculpa, John — diz minha mãe para o Dr. Carter, que aparentemente *não* é meu pai. Que sorte a dele.

Ela o acompanha até a porta e ele parece ansioso para dar o fora daqui. Quando deixei que ele me trouxesse até aqui, imaginei que talvez fosse me salvar, mas isso não vai acontecer. Ele não quer nada comigo, o que acho justo, já que não é meu pai.

Assim que o Dr. Carter vai embora e minha mãe fecha a porta, ela se vira para mim. Eu me preparo para ouvir seus gritos e talvez ser trancada no armário. Ou até apanhar. Mas, em vez disso, ela cai na gargalhada.

— Ai, meu Deus! — exclama ela, ofegante. — Ella, você realmente achou que *aquele homem* era o seu pai? Acha mesmo que, se você tivesse um pai *assim*, você seria burra desse jeito?

Meu rosto queima.

— Não entendi. Como ele sabia quem eu era? E quem você era?

— Você não lembra? — Ela ainda está rindo. — Quando você estava no quarto ano, empurrou aquela filhinha linda dele do alto do escorregador e ela quebrou o braço. Foi um escândalo, tivemos um monte de reuniões por causa disso. — Ela balança a cabeça. — E depois você ficou chateada porque ela não te chamou para a festa de aniversário, como se ela fosse te convidar depois de você ter quebrado o braço dela! Quem ia querer você lá?

Ouvindo minha mãe falar, acho que me lembro dessa história. Para mim, não parecia *lá* grande coisa na época, mas, claro, não era eu com o gesso no braço.

— E você achou que *ele* era o seu pai! — Ela ri. — Meu Deus, como você é iludida.

O que me irrita é que ela está rindo disso tudo. Eu preferia que ela estivesse com raiva. O fato de ela não estar brava *me* deixa com raiva. Com tanta raiva que fecho meus punhos e sinto vontade de bater nela. Mas é claro que jamais faria isso.

— Então, quem é meu pai de verdade? Quem é o outro John Carter?

Minha mãe para de rir e cruza os braços.

— Tudo bem. Você já tem 13 anos. Já pode saber a verdade.

Meu coração dispara. Esperei por isso a vida inteira. Mas, agora que ela vai me contar, percebo que não tenho certeza se quero saber.

— Seu pai foi preso — diz ela. — Quando você tinha 2 meses.

— Preso? — sussurro. — Por quê?

— O idiota arrumou uma briga num bar e bateu num cara até não poder mais. — Ela assume uma expressão sombria. — Isso é coisa que se faça quando tem uma namorada e um bebê em casa contando com você? Ele é um imbecil. Não tem controle nenhum, igualzinho a você. Enfim, Johnny foi preso por lesão corporal e, quando foi solto, não quis saber da gente. Nunca tentou entrar em contato e não sei nem dizer onde ele está.

Comecei o dia achando que meu pai era um professor de sociologia e terminei descobrindo que ele é um ex-presidiário. Não é à toa que minha mãe não consegue parar de rir.

— Será que...? — Engulo o bolo que sinto na garganta. — Posso ver uma foto dele?

Ela estreita os olhos.

— Para que você quer ver uma foto daquele inútil?

— Eu... só quero. Ele é meu pai.

— Rasguei todas as fotos que eu tinha. — Quando vê a expressão de choque no meu rosto, ela dá de ombros. — Ele nunca vai fazer parte da nossa vida. Melhor assim.

— Mas ele é meu *pai*! — Meus olhos começam a ficar marejados de lágrimas. — Você não tinha o direito de fazer isso!

— Fique à vontade para ir atrás dele — rebate ela. — Mas não ache que ele vai querer alguma coisa com você. E ele não tem culpa. Quem ia querer uma filha como você?

É demais para mim. Descobrir que o Dr. Carter não é meu pai, que meu pai na verdade é um ex-presidiário e que minha mãe ainda acha tudo isso uma piada. Mas não quero chorar na frente dela, então subo as escadas o mais rápido que consigo sem escorregar nos papéis idiotas que ela deixa por toda parte. Só paro quando entro no meu quarto, então me jogo na cama e choro no travesseiro até dormir.

CAPÍTULO 45

AGORA

CASEY

Preciso me soltar.

Seja lá o que a Eleanor estiver fazendo no quarto, demora uma eternidade. Já faz uns dez minutos e ainda estou aqui, sentada, esperando que ela volte para me esquartejar com o canivete. Meu coração bate tão forte que chega a doer no peito. É capaz de eu ter um ataque cardíaco antes que ela volte.

Dá para rasgar silver tape. Se eu conseguisse achar alguma coisa afiada na cozinha, alguma quina ou superfície áspera, poderia esfregar os pulsos e me soltar. E, se conseguisse soltar as mãos, também soltaria as pernas.

Mas como vou fazer isso se nem consigo me mexer?

Pressiono os pés no chão, tentando empurrar a cadeira pela cozinha, mas, em vez disso, ela só inclina para trás. Paro na mesma hora. Se eu cair, é capaz de quebrar os pulsos.

Eu me lembro de quando era criança e meu pai estava consertando nosso sofá — com silver tape, claro. Ele adorava esse troço. Se eu tivesse me casado, apostaria que ele teria feito meu vestido de casamento com essa fita. (Ou, no mínimo, se o vestido rasgasse, ele o consertaria com ela.)

Quando estava remendando o sofá, ele me disse: *Quer que eu te mostre o que fazer caso alguém prenda seus pulsos com silver tape?*

Não é o tipo de coisa que a maioria dos pais ensinaria para uma filha, mas era *exatamente* o tipo de coisa que *meu* pai me ensinava.

Eu me sentei numa cadeira da sala e ele prendeu meus pulsos com a fita, bem apertado. Depois deu um passo para trás: *Pronto, tente se soltar.*

Eu tentei. E me debati por uns cinco minutos enquanto ele só observava. No fim, já estava quase arrancando a pele para conseguir sair dali. Quando viu que eu estava frustrada, ele me fez parar.

Casey, o segredo é a velocidade e a força, revelou ele.

Você tem de levantar os braços acima da cabeça e descer com tudo contra as costelas. Aí a fita arrebenta. Tentei e, apesar de ter só 14 anos na época — quase a mesma idade de Eleanor —, consegui arrebentar a fita na primeira tentativa. Eu me soltei.

Mesmo com os pulsos presos para atrás, talvez haja uma forma de me soltar.

Estico os braços o máximo que consigo, mesmo sentindo dor nos ombros. *Casey, o segredo é a velocidade e a força*. Respiro fundo e jogo os pulsos com tudo contra a cadeira ao mesmo tempo que tento separá-los.

Uma onda de dor atravessa meus pulsos, quente, intensa, a ponto de encher meus olhos de lágrimas. Fico um tempo parada, respirando fundo, esperando a dor passar. Tento não entrar em pânico. Vou me soltar. Preciso me soltar.

Tento separar os pulsos e ver se a fita cedeu um pouco. Levo menos de um segundo para perceber que não fiz progresso nenhum.

Meus olhos se enchem de lágrimas de frustração. Meu pai me ensinou exatamente como sair dessa situação e, se meus braços estivessem presos na minha frente, e não atrás de mim, eu conseguiria. Mas Eleanor fez questão de me imobilizar. *Não consigo me mexer. Estou presa*.

Ela é muito mais esperta e mais cruel do que parece.

Penso nas marcas de cigarro nos braços finos da menina, nos hematomas. Quando a vi pela primeira vez, achei que fosse uma vítima. Mas agora não tenho tanta certeza disso.

Preciso sair daqui.

CAPÍTULO 46

Fico duas horas esperando que Eleanor volte.

Duas horas lutando com a silver tape, na esperança de afrouxar os pulsos o suficiente para me soltar. Fico suada no processo, apesar da cabana gelada, mas não faço progresso nenhum. Meus pulsos e ombros latejam, mas estão tão presos quanto estavam duas horas atrás. Ela realmente fez um ótimo trabalho quando me prendeu aqui.

Finalmente, a tempestade passou. Ainda chove, mas o vento diminuiu bastante. Continuo sem luz e presumo que o telefone ainda esteja mudo, mas, se meus braços ou minhas pernas estivessem soltos, conseguiria fugir com facilidade.

Em vez disso, virei uma refém aqui. E não tenho ideia do que Eleanor pretende fazer comigo.

Quero dizer, tenho ideia, sim.

Hoje, em algum momento, Lee com certeza vai passar aqui para ver como estou. Ele vai ficar preocupado, pensando que talvez o telhado tenha caído, ou que aquela árvore enorme tenha tombado sobre a casa, e vai aparecer aqui para conferir se está tudo bem. Eu queria ter aceitado a oferta de passar a noite na casa dele. Não acredito que achei que *ele* era o vilão, quando havia algo muito pior à minha espera. Em contrapartida, se eu tivesse ido para a casa de Lee, Eleanor teria passado a noite no depósito e morrido com a queda daquela árvore. Mesmo depois de tudo o que ela fez comigo, não queria que isso acontecesse.

De qualquer forma, como o sol ainda não nasceu, vai demorar para Lee me procurar. Arriscando um palpite, eu diria que são cinco da manhã. Pode levar umas cinco ou seis horas até ele pensar em passar aqui.

Então escuto a maçaneta da porta do quarto girando.

O fogo da lareira já apagou, mas as chamas de algumas velas ainda bruxuleiam, e o céu abriu o suficiente para que entre um pouco de luz pela janela. Eleanor sai do quarto, vestida e de casaco, o cabelo ruivo preso num rabo de cavalo, a mochila pendurada no ombro. E, na mão direita, ela segura o canivete. Com a lâmina à mostra.

— Oi, Casey — diz ela.

Fico olhando para Eleanor. Não sei se fico furiosa por ela ter me deixado amarrada aqui a noite toda ou apavorada com o que ela vai fazer em seguida. Um suor frio escorre pela minha nuca. Estou apavorada.

— Onde está minha arma? — pergunto.

— Está comigo — responde ela. — Desculpa, mas preciso dela.

Pelo menos Eleanor não está apontando a arma para mim.

Meu olhar se concentra no canivete que ela segura com firmeza. A visão me deixa arrepiada. Cada vez que fecho os olhos, vejo aquele desenho no caderno. A mulher presa na cadeira, sendo torturada — esquartejada — ainda viva.

— O que você vai fazer? — pergunto, com a voz embargada.

— Eu já te disse. — Seus olhos azuis encontram os meus. — Vou garantir que a justiça seja feita.

Ela deixa a mochila cair no chão com um baque e vem na minha direção.

O pânico toma conta de mim.

— Não. *Não.* Por favor, não faça isso.

— Casey — diz ela —, cadê o meu caderno?

Se ela sabe que mexi na mochila, não me surpreende que tenha percebido que peguei o caderno. Mas este é o pior momento possível para ela chegar a essa conclusão. Tudo o que posso fazer é negar. Não sei por que ela está com raiva de mim, mas não quero que roubo seja adicionado à minha lista de ofensas.

— Caderno?

Ela dá mais um passo na minha direção, o canivete firme na mão direita.

— Não se faça de boba. Tinha um caderno na minha mochila. Cadê ele?

Só consigo balançar a cabeça, minha boca está seca demais para que eu consiga responder. Meu coração bate tão forte que meu peito dói. Eu poderia devolver o caderno, mas, por algum motivo, não quero.

Ela continua se aproximando. A lâmina brilha à luz das velas e sinto que vou desmaiar. Tenho uma boa tolerância à dor, mas não acho que vou conseguir aguentar a lâmina rasgando minha pele.

— Tá bom — diz ela. — Que seja. Fique com o caderno. Não me importo.

Ela está a menos de um passo de mim. Se eu pudesse esticar o braço, conseguiria tocá-la.

— Eu estou implorando — digo. — Por favor. Seja lá o que eu tenha feito, me dê uma chance de me redimir.

Ela não diz uma palavra. Só continua vindo na minha direção.

— *Por favor.* — As lágrimas começam a arder nos meus olhos. — Juro que sou uma boa pessoa. Salvei a sua vida, não salvei?

Eu quero te ajudar. Qualquer coisa que você precisar, eu estou aqui. Eu *juro*.

Sou uma boa pessoa. Sou *mesmo*. Tá bom, já fiz algumas coisas na vida que não foram lá muito certas. Uma delas foi suficiente para eu ser demitida e para minha vida desmoronar. Mas eu sempre tive boas intenções. De verdade.

Agora Eleanor está atrás de mim. Consigo ver a sombra dela no chão e é assim que percebo que ela está se abaixando. Sinto sua respiração quente na minha nuca. O desenho mostrava uma mulher sem uma orelha e sem um olho — é o que ela pretende fazer comigo. E, amarrada desse jeito, eu me sinto completamente indefesa. Há muito tempo não me sentia assim.

Fecho os olhos e me preparo para o primeiro corte. Quase consigo sentir o fio da lâmina entrar na minha pele, cortar a pele, a gordura e o músculo. Talvez até o osso. Sinto tanto medo que volto a abrir os olhos de repente.

Então vejo a sombra de Eleanor erguer a lâmina no ar. E descer o braço com tudo.

CAPÍTULO 47

ANTES

ELLA

Não quero conversar com Anton no meio do refeitório, então a gente combina de se encontrar atrás da escola depois da aula. Ele tomou o maior cuidado hoje para não se meter em encrenca e evitar pegar detenção de novo. Está se esforçando muito para ter o controle de pulso. Tomara que consiga. Eu não quero que aconteça nada com o coração de Anton. Se algo acontecesse com ele, eu não saberia o que fazer. Ele é meu único amigo.

Quando chego ao local combinado, Anton está sentado num banco me esperando, com a mochila entre as pernas. Quando me vê, ele abre um sorriso, mas hesita um pouco quando percebe a expressão no meu rosto.

— Ella — diz ele. — O que foi?

Eu me sento ao lado dele no banco e conto tudo. *Tudo*. Conto que andei rondando a casa dos Carter, que fui procurar o Dr. Carter na universidade e até que meu pai de verdade tinha sido preso. Quando falo dessa última parte, quase me arrependo. Esse não é o tipo de coisa que você sai contando por aí. Anton não vai mais querer andar comigo depois de saber do meu pai.

Mas, estranhamente, ele não parece se incomodar nem um pouco.

— Sorte sua não fazer parte daquela família metida — diz ele.

— Você acha mesmo?

— É sério — insiste ele. — Eles acham que são melhores do que todo mundo, mas não são. Pode acreditar.

— Bom, eles são melhores do que um cara que foi parar na cadeia. — Abaixo a cabeça. — Não acredito que meu pai seja um criminoso. Por favor, não conte para ninguém.

Ele põe a mão no peito.

— Eu nunca contaria. Juro. Pode confiar em mim, Ella.

— Eu sei. — Começo a arranhar a madeira do banco, com força suficiente para deixar uma marca. — É tão injusto! Gente como a Brittany já nasce numa família incrível, com pais amorosos que gostam dela de qualquer jeito. E ela não precisou fazer nada para merecer isso.

— É injusto mesmo — concorda ele.

Cerro os dentes.

— A gente devia fazer alguma coisa para equilibrar o jogo, sabe?

Anton coça o cabelo verde.

— Já sei! A gente podia colocar creme depilatório no xampu dela, aí todo o cabelo dela vai cair. Minha mãe tem um monte disso no banheiro — diz Anton.

Penso um pouco, depois balanço a cabeça.

— Não, se a gente fizer isso, ela vai surtar, e cabelo cresce de novo. — Ergo os olhos. — A gente tem que fazer alguma coisa *permanente*. Que acabe com a vida dela.

— Nossa! — As sobrancelhas dele sobem até a linha do cabelo. — Quero morrer seu amigo.

— O que quero dizer é que... se é para fazer alguma coisa com a Brittany, tem que valer a pena. Ela tem que sofrer *de verdade*.

— Ou então... — Ele me lança um sorriso torto. — Quem sabe a gente esquece a Brittany, porque ela é um lixo e não vale a pena. E gosto ainda mais de você agora que sei, com certeza, que vocês não são irmãs.

Minha raiva começa a aliviar um pouco e, de algum jeito, eu me pego sorrindo para ele. Os sorrisos de Anton são mesmo contagiantes.

— Você gosta mais de mim agora?

— Gosto — confirma ele. — E olha que eu já gostava *bastante* antes.

— É... é sério?

— Claro que é. — Ele parece surpreso com a pergunta. — Você é incrível. É inteligente. Não aceita desaforo de ninguém. E... — As bochechas dele ficam um pouquinho vermelhas. — Acho você a garota mais bonita da escola inteira.

E, quando diz isso, ele estende a mão por cima do banco e segura a minha.

Não é a primeira vez que Anton segura a minha mão. Ele já fez isso outras vezes, quando estava me levando para algum lugar ou me ajudando a descer do balanço. Mas essa é a primeira vez que ele simplesmente segura minha mão do nada. E não me incomodo.

Na verdade, é bem legal.

Anton tem razão. Não importa quem seja meu pai. Dane-se esse idiota que foi preso. Vou me virar muito bem sem ele. E quem liga para Brittany Carter com seu sorriso falso e sua vida perfeita?

Anton se aproxima um pouco mais de mim no banco enquanto continuamos de mãos dadas. Eu nunca tinha dado a mão para um menino assim antes. Fico preocupada com a possibilidade da minha mão suar demais, mas ele parece não se importar ou nem percebe. Então ele se inclina na minha direção. Meu coração dispara, à espera do que vai acontecer.

E aí a porta dos fundos da escola se abre de repente.

Já é ruim ser interrompida, mas é ainda pior quando vejo quem cortou o nosso clima: Brittany Carter e sua melhor amiga, Meredith. Que ótimo.

— Ah! — Os belos olhos azuis de Brittany se arregalam ao ver nossas mãos entrelaçadas. — Então vocês estão, tipo, *namorando*? — Ela olha para Meredith e as duas caem na gargalhada. — Que coisa mais *fofa*.

Anton fica vermelho na hora. Largo a mão dele e enfio a minha no bolso do casaco. Não acredito que, depois de tudo o que aconteceu, Brittany ainda esteja tentando estragar meu dia.

Vá embora, imploro em silêncio. *Deixe a gente em paz*.

— Aliás — continua Brittany —, fiquei sabendo do mal-entendido com o meu pai. Ouvi quando ele contou para a minha mãe. Que dó de você.

Sinto meu rosto pegar fogo. Queria ter uma resposta à altura, falar algo bem ruim para ela, mas não me vem nada à cabeça. O que você diz para uma pessoa que é perfeita? No fim, é Anton que responde:

— Ella nunca quis fazer parte da sua família de merda.

— Hum, não foi isso que eu ouvi — diz Brittany, cantarolando.

Pelo canto do olho, vejo a mão direita de Anton se fechar num punho. *Lembre-se do controle de pulso, Anton. Não vá se meter em encrenca*.

Mas ele não vai fazer nada. Ele nunca bateria numa menina.

— Enfim — diz Brittany —, vou deixar os dois pombinhos a sós. Vocês foram feitos um para o outro.

Eu me levanto de repente.

— O que você quer dizer com *isso*?

Ela dá de ombros.

— O pai dele é um bêbado e a sua mãe é uma acumuladora. Pelo menos foi o que o meu pai disse. E vocês são pobres. Parece uma combinação perfeita.

Acumuladora. No fundo, eu sempre soube que era isso que minha mãe era. Mas ninguém nunca tinha dito essa palavra em voz alta. Anton, pelo menos, nunca falou. E ouvir isso saindo da boca da Brittany dói mais do que eu imaginava. Dou um passo para a frente.

— Retire o que você disse — ameaço.

— Ué, por quê? — Ela pisca, fingindo inocência. — É verdade, não é?

Cerro os dentes.

— Não, *não* é.

— Claro que é — rebate ela, como se nem valesse a pena discutir. — É por isso que você vem para a escola com roupa suja e fedida. E por isso também que você tem que roubar a porcaria do almoço dos outros.

Uma veia pulsa na minha têmpora esquerda. Isso não é mais verdade, porque Anton tem trazido sanduíches para mim todos os dias. Abro a boca para dizer isso, mas não consigo. E o pior é que ela ainda não terminou de falar.

— Você pelo menos toma banho? — pergunta Brittany. — Ou lava o cabelo?

Tomo banho todos os dias. Se tem uma coisa que não falta lá em casa é sabonete e xampu.

— Ella é cheirosa! — diz Anton, de repente. Mesmo que ele tenha sido a pessoa que me chamava de Fedorella. — Pelo menos ela não é uma idiota metida.

— Óooo. É só isso que você tem para dizer, Peterson? Não é à toa que vai ser reprovado em todas as matérias — diz Brittany, rindo com seus dentes perfeitamente alinhados e brancos.

Dá para ver que os pais dela tiveram dinheiro para pagar pelo aparelho. — Vocês se merecem. Os dois são patéticos.

Não é justo. Não é justo que uma garota tão bonita tenha também uma família perfeita. E que, mesmo assim, seja *cruel* desse jeito. Sinto uma veia latejando na minha têmpora e talvez seja meu problema de controle de pulso, mas acabo empurrando Brittany com força. Sorte dela que deixei o estilete em casa.

O empurrão nem chega a desequilibrar Brittany. Eu achava que ela iria embora depois disso. Ela não ia querer brigar comigo de verdade. Meninas como Brittany não fazem isso. Mas, para minha surpresa, ela me empurra também — *com força*.

Brittany tem uma estatura média para nossa idade, mas eu sou uma das menores e mais magras da turma. Então, quando ela me empurra, tropeço, perco o equilíbrio e caio.

Consigo ouvir Anton puxar o ar com força ao encarar Brittany. Ele já estava bravo com o que ela estava dizendo, mas, agora que Brittany me empurrou, o rosto dele fica vermelho de raiva.

— Qual é o seu problema, hein? — questiona ele.

— Não foi nada — digo depressa, limpando as mãos.

Mas ele nem me escuta. Está concentrado em Brittany.

— Como você teve coragem de empurrar ela assim?

— Ela me empurrou primeiro! — grita Brittany, com a voz estridente. — Sua namoradinha é totalmente maluca!

Agora ele está quase roxo de raiva e perdeu qualquer controle de pulso que tinha antes. Ele avança na direção de Brittany e me lembro daqueles pesos que ele guarda no armário e com os quais treina todos os dias. Um segundo depois, ele acerta um soco no lindo rosto de Brittany.

— Sua metida de merda — diz ele, com raiva. — Você vai se arrepender. De *tudo*.

Ela cai no chão com um impacto maior do que eu caí. E, se fosse só isso, talvez ficasse tudo bem. Ela ia acabar com um olho roxo e Anton talvez fosse suspenso pela milésima vez. Não seria ótimo, mas em alguns dias tudo voltaria ao normal.

Só que Anton já não está mais pensando direito. Ele já não vê mais nada de tanta raiva. Não tem mais *nenhum* controle de pulso. Ele pega uma pedra grande no chão, quase do mesmo tamanho daquela que usei para derrubar Devin, e a levanta acima da cabeça.

— Você não é melhor do que ninguém, Brittany — diz ele. — E não é melhor do que Ella.

Então ele dá com a pedra no lindo rosto de Brittany Carter. E de novo.

E de novo.

Meredith não para de gritar e chorar, enquanto a gente escuta o som tenebroso dos ossos frágeis do rosto de Brittany sendo esmagados. Anton acaba com todos os dentes brancos e perfeitos dela. Grito o nome dele sem parar, tento agarrá-lo, mas ele me empurra para longe. Parece que está em transe. Ele continua batendo nela com a pedra e, até aparecer um professor que consegue segurá-lo, já tem muito sangue. *Muito sangue*.

Quando os paramédicos colocam Brittany na ambulância, ela está inconsciente e irreconhecível. Anton permanece de cabeça baixa o tempo todo, e dois professores ficam em cima dele para que não se mexa. A polícia chega pouco depois e, assim que isso acontece, uma coisa fica muito clara.

Eu nunca mais vou ver o Anton.

CAPÍTULO 48

AGORA

CASEY

Eu me preparo para sentir uma dor dilacerante — a lâmina queimando ao entrar na minha pele, o sangue escorrendo pelo meu pescoço. Passei as últimas duas horas esperando por isso, mas estar preparada não torna a experiência menos aterrorizante.

Só que, estranhamente, não sinto nada do que esperava.

Agora, o que sinto é que posso mexer os tornozelos. Então me dou conta de que Eleanor cortou a fita que atava minhas pernas e meu tronco à cadeira.

— Você me soltou — digo, ofegante.

É claro que ela mudou de ideia. Talvez, no fim das contas, tenha decidido não me torturar depois de eu ter salvado sua vida.

Eleanor dá a volta na cadeira.

— Esse lugar parece meio deserto e não quero que você morra. Acho que você consegue soltar os braços sozinha.

Com essas palavras, ela pega a mochila no chão. Dá uma última olhada na sala e abre a porta. Fica parada ali por um instante, encarando o que deve ser meu quintal destruído, com um lampejo de medo no rosto delicado.

— Você vai embora? — pergunto.

Ela vira a cabeça depressa e me lança um olhar sarcástico.

— Uau, como você adivinhou?

Eu tinha certeza de que Eleanor havia me amarrado à cadeira com a intenção de me torturar. Passei as últimas duas horas imaginando minha morte lenta e agonizante. E agora ela não só não fez nada disso como ainda me deu a chance de me soltar. E está indo embora.

Cinco minutos antes, eu daria qualquer coisa para ser libertada assim, mas, agora que vejo Eleanor saindo pela porta, percebo que errei feio com ela. Traí sua confiança e, agora, a menina está indo em direção à floresta sozinha. O que vai acontecer com ela? E se ela encontrar alguém ainda pior do que a pessoa que apagou os cigarros em seus braços?

— Espere! — digo. — Podemos conversar um minuto?

Ela me encara, incrédula.

— Conversar? Você quer *conversar*?

Ela ainda está com o canivete na mão direita. Minha arma provavelmente está na mochila. Ela é extremamente perigosa. E, mesmo assim...

— É perigoso ficar perambulando por aí — digo. — Tem muitos galhos caídos, muita lama e você está de tênis.

De novo, um olhar de incerteza passa pelo rosto dela, mas ela ignora o que quer que seja.

— Vou ficar bem.

— Então vá com as minhas botas — ofereço.

Ela olha para meus pés descalços.

— Não vão servir para mim.

É bem provável que não sirvam mesmo. Mas vejo como algo positivo o fato de ela ao menos ter considerado.

— Antes de ir embora, pelo menos deixa eu fazer o café da manhã para você.

— Por quê? Para ganhar tempo até o telefone voltar a funcionar e você poder chamar a polícia?

— Não. Fiz uma promessa infinita, lembra?

— Essa história de promessa infinita é papo-furado e você sabe disso — diz ela.

Chamo Eleanor mais uma vez, peço que espere, mas ela não me dá ouvidos. Em vez disso, sai e bate a porta com tanta força que a cabana inteira treme.

Droga.

Tá bom, fracassei em tentar me aproximar de Eleanor. Talvez nunca mais a veja e só me resta torcer para que a próxima pessoa a cruzar o caminho dela tenha um bom coração. Quanto aos desenhos em seu caderno, talvez eu nunca descubra por que ela fez aquilo. Mas ela não me machucou. Não encostou um dedo em mim.

Agora que minhas pernas estão soltas, tento me levantar. É difícil, mas consigo sair da cadeira. Como meus pulsos ainda estão presos, dou uns passos para trás até chegar ao balcão da cozinha. Sabe quando dizem que você está de mãos atadas quando não pode fazer nada para resolver uma situação? Eu nunca tinha entendido essa expressão, até agora. Mas é realmente muito difícil fazer *qualquer* coisa quando se está literalmente com as mãos atadas às costas.

Consigo abrir a gaveta da cozinha e estou prestes a tatear em busca de uma faca, mas então percebo que a borda da gaveta é afiada. Esfrego a silver tape que envolve meus pulsos na gaveta até sentir que está cedendo. Dou um puxão com força e, pronto, estou livre.

Soltei meus braços!

Levo uns quinze segundos esfregando os pulsos para fazer o sangue circular de novo, então pego uma das lanternas que deixei na mesa da cozinha e vou direto para o meu quarto. Dou uma olhada na pilha bagunçada de cobertores em cima da cama. Mas o que me interessa de verdade é o que está dentro da cômoda.

Abro a primeira gaveta, tateando lá dentro. Não é surpresa que a arma não esteja ali. Eleanor deve ter levado embora.

Que ótimo. Mas, vendo pelo lado bom, ela não atirou em mim.

Não tenho ideia do que fazer agora, então arranco os lençóis da cama e coloco tudo no cesto de roupa suja — vou lavar assim que a energia voltar. O sol ainda não despontou no horizonte, mas pelo menos a tempestade passou. Ainda está chovendo, mas agora é só uma garoa. Em algum momento, vou ter de pegar minha caminhonete e ir até a delegacia para contar o que aconteceu. Queria saber o sobrenome de Eleanor ou alguma outra informação sobre ela. Tudo o que posso dizer à polícia é que ela é uma pré-adolescente ruiva e sardenta, que claramente foi vítima de maus-tratos, e que apareceu na minha cabana, me ameaçou, me amarrou e agora desapareceu. Talvez essa descrição já ajude, se alguém estiver procurando por ela. Mas, se não for o caso, não vai fazer diferença.

Continuo sem luz. Pego o telefone e, como era de se esperar, ele continua mudo. Eu me jogo no sofá, sabendo que preciso reacender a lareira, porque a cabana parece uma geladeira, mas não tenho forças. Sinto que poderia dormir o dia inteiro.

Pego o caderno verde que encontrei na mochila de Eleanor e que escondi debaixo da almofada. Passo os olhos pelas páginas mais uma vez, usando a lanterna. Meu Deus, essa garota tem uma mente perturbada.

Por sorte ela não chegou a fazer nada comigo do que está desenhado aqui. Ainda não consigo entender por que ela veio atrás de mim. O que será que eu fiz?

Viro uma das páginas com desenhos e percebo que os olhos da mulher foram preenchidos com círculos pretos. Folheio mais algumas páginas e vejo que, em todos os desenhos, os olhos estão desenhados assim. E noto mais uma coisa. Em cada um deles, Eleanor fez um pontinho logo abaixo da curva dos lábios da mulher. Como se aquilo fosse uma pinta.

Hum. Estranho. Por que ela me desenharia assim?

Quanto mais olho para as imagens, mais sinto que cometi um erro terrível. Sinto um frio na barriga. Agora que Eleanor foi embora e que meu medo passou, tenho cada vez mais certeza.

A mulher desses desenhos não sou eu.

Tenho olhos azuis e, embora Eleanor tivesse uma caneta azul, ela não usou a cor certa. Não tenho nenhuma pinta embaixo da boca. E, agora, olhando com mais atenção, o nariz da mulher é reto e pontudo, diferente do meu. Entrei em pânico, mas não tinha motivo para isso. Eleanor nunca imaginou me torturar nem me matar. Ela tinha raiva de outra mulher. Alguém que, num rabisco malfeito, era parecida comigo.

Isso não significa que eu não esteja preocupada com ela. Nem que não esteja profundamente angustiada com a mulher retratada nesses desenhos. Mas aquela garota nunca quis me machucar. Fui eu que me apavorei à toa.

Apesar de que nada disso explica o mapa que levava até minha casa.

Folheio o caderno todo de novo sob a luz da lanterna. Quando termino, encontro uma página que não tinha visto antes. Talvez a mais importante de todas. Se ela queria o caderno de volta, era por causa desta página.

Olho para a folha e fico tonta. Meu Deus. Agora, finalmente, entendo.

Isso muda tudo.

CAPÍTULO 49

ANTES

ELLA

Minha mãe vai ter que me buscar na escola.

É isso o que acontece quando o seu namorado quase mata uma garota na porrada. Não que Anton fosse meu namorado — fico repetindo isso sem parar —, mas é o que diz a versão que Meredith decidiu contar para todo mundo. Eu empurrei a Brittany, aí meu namorado surtou e desceu o cacete nela.

Não sei o que aconteceu com Anton. Fico perguntando, mas ninguém me conta. Ele foi levado pela polícia.

Minha mãe passa uma eternidade na sala do diretor, conversando com Garber. Espero sentada numa daquelas cadeiras de plástico do lado de fora, onde já passei muitas horas da minha vida. Mas nunca foi tão ruim ficar aqui. Todo o resto parece fichinha perto do que estão me acusando agora.

Quando minha mãe sai da sala do diretor Garber, dá para ver que ela está transtornada. Ela me agarra pelo braço e me levanta.

— Vamos, Ella.

— O que aconteceu? — pergunto.

Ela crava as unhas na minha pele.

— Eu disse *vamos*.

Ela obviamente não vai me contar mais nada enquanto estivermos aqui, então vou com ela até o carro, o Buick velho que é, de longe, o carro mais detonado do estacionamento. Quando entro no carro, só consigo pensar no Prius do Dr. Carter.

— Vou ser presa? — pergunto, enquanto ela liga o motor.

— Não. — Ela lança um olhar de nojo para mim. — Você foi suspensa por uma semana. Mas parece que não vão prestar queixa... por enquanto.

Ou seja, ainda pode acontecer.

— Fique sabendo — diz minha mãe —, que a coitada daquela garota vai precisar de uma cirurgia para reconstruir o rosto. Seu namorado quebrou quase todos os ossos da cara dela.

Parece que faz milhões de anos que eu disse para Anton que queria fazer alguma coisa que mudasse a vida da Brittany para sempre. Foi ele que disse para eu não dar bola para ela, que não valia a pena. Por que ele foi perder a cabeça? *Por quê?*

Claro, a resposta é óbvia. Porque ela me empurrou. Porque ela me derrubou. Porque ela falou coisas horríveis sobre mim.

Tento engolir o choro ao imaginar o que deve estar acontecendo com Anton agora. As mãos dele estavam sangrando quando ele foi levado pela polícia, algemado.

O resto do caminho até a nossa casa é feito em silêncio. Ainda bem, porque sei que, se eu falar qualquer coisa, vou começar a chorar. E prometi a mim mesma que nunca mais ia chorar na frente da minha mãe. Mas, depois, quando ela estaciona o carro e a gente está indo em direção à porta de casa, ela quebra o silêncio.

— Não acredito que você tinha um namorado — resmunga, enquanto revira a bolsa cheia até a boca, procurando a chave. A bolsa dela é tão desorganizada quanto a nossa casa, então ela sempre leva uma eternidade para encontrar qualquer coisa.

— E, pior de tudo, tinha que ser logo aquele delinquente do Peterson. Qual é o seu *problema*, Ella?

— Ele não é meu namorado — murmuro.

— Pois agora não é mesmo. — Ela finalmente encontra a chave e abre a porta, entrando primeiro. — Ele vai acabar preso por causa disso. E com razão. — Um monte de garrafas cai no chão quando ela abre a porta e sou atingida por um cheiro forte de fruta podre. — Garotos assim... só dão problema.

— Anton é legal — digo. — Ele é do bem.

— Ele é *legal*? — Minha mãe levanta o olhar, surpresa. — Você viu o que ele fez com aquela menina, não viu?

— Ela provocou.

— Não seja idiota, Ella. — Minha mãe larga a bolsa no chão do corredor, numa pilha de tralhas, que é o lugar oficial dela. — Anton Peterson não é legal. E, se ele *fingiu* ser legal com você, foi só para te levar para a cama. Ele não vale nada, que nem você.

Não sei do que ela está falando. Anton é legal e, definitivamente, não estava tentando me levar para a cama. A gente nem chegou a se beijar.

Mas se Brittany não tivesse aparecido naquela hora...

Tudo teria sido diferente.

— De qualquer forma, nenhum homem presta — continua minha mãe, com uma expressão arrogante, enquanto se vira para me encarar no corredor. — Se quer um conselho, é melhor ficar longe deles. Eles agem como se quisessem ficar com você para sempre, e, assim que conseguem o que querem, somem.

Os lábios dela se contorcem num sorriso amargo, e penso naquele cara com quem ela tem saído nas últimas semanas. Acho que ele conseguiu o que queria e parou de ligar. Sei o que isso significa: muito mais compras, muito mais lixo acumulado. Talvez mais um aquário que ela vai querer guardar no meu quarto para eu ter que dormir no chão.

— Não é culpa minha que ninguém queira você — digo. — Isso não significa que todos os meninos são horríveis.

Eu não devia ter dito isso. Minha mãe me fuzila com os olhos e fecha os punhos.

— Como é que é?

Ela está ficando furiosa, mas cansei de me importar. Eu *quero* que ela fique furiosa. Quero muito brigar com ela só para sentir alguma coisa além dessa sensação horrível no meu peito.

— Você afastou meu pai — acuso, e me sinto mais confiante enquanto penso nisso tudo. — Você afastou Chip. E também esse cara novo. É culpa sua a gente estar sozinha.

— Você tem mesmo muita coragem. — Minha mãe dá um passo na minha direção, mas não vou recuar desta vez. — É tudo culpa *sua*. Nenhum homem quer ficar com uma mulher que tem uma filha que nem você. Por isso tenho que te esconder no armário, para você não estragar tudo.

— Você está botando a culpa *em mim*? — retruco. — Você não pode estar falando sério! Quem é que ia querer morar aqui? Assim… com você? Eu é que não quero.

— Você é uma *vagabunda* ingrata! — grita ela. — Peça desculpa agora.

— Não vou pedir desculpa! — grito. — É verdade! A gente está sozinha por culpa sua!

Se antes eu já tinha passado do limite, agora estou a quilômetros dele. E estou feliz, porque ela merece. Tudo de ruim na minha vida é culpa *dela*.

Os traços bonitos de minha mãe são tomados pela raiva, e dou um passo para trás, percebendo quão perto estamos do armário no corredor. Mas ela é mais rápida do que eu. Ela agarra meu braço — *com força* — e, mesmo lutando o máximo que posso, minha mãe consegue me jogar lá dentro com tanta violência que meu ombro bate na parede. Estou tão brava que mal sinto a dor. E já estou pronta para brigar.

Ela bate a porta com força e, um segundo depois, a chave gira na fechadura.

— Você vai ficar aí até pedir desculpa.

— Nunca vou pedir desculpa! Nunca!

— Tá bom. — A voz da minha mãe está carregada de raiva. — Então pode *ficar* aí a noite inteira.

Depois dessas palavras, escuto os passos dela pelo corredor. Ela vai me deixar aqui sem jantar. Talvez a noite inteira. Não seria a primeira vez.

Fico ali, naquele espaço minúsculo, tentando me concentrar para não entrar em pânico. Meus dedos tocam a correntinha de prata que Anton me deu e que uso todos os dias. Com cuidado, eu a puxo para fora da camiseta. Pendurado nela, está o pequeno clipe de papel que venho carregando comigo.

Esta não é a primeira vez que minha mãe me tranca no armário do corredor.

Mas vai ser a última.

CAPÍTULO 50

Espero até ter quase certeza de que ela está dormindo.

Preciso ter cuidado. Quando minha mãe perceber que consigo sair do armário mesmo depois de ela trancá-lo, é provável que reforce a porta. Talvez coloque uma corrente na parte de cima para garantir que eu não consiga sair de jeito nenhum. Então, esta é minha única chance. Preciso fazer valer a pena.

Fico sentada no armário por cerca de quatro horas, até depois da meia-noite. Ainda está com cheiro de fruta podre, mesmo depois de eu ter conseguido jogar fora os pêssegos mofados quando minha mãe não estava em casa. Para tirar o fedor da cabeça, fico cantarolando baixinho e aproveito para ir moldando o clipe de papel do jeito que Anton me ensinou. Ele tem que ficar bem reto, com a pontinha dobrada. Esse é o segredo.

Por fim, fico de pé e me encosto na porta. Aproximo os lábios da superfície de madeira.

— Mãe? — chamo. — Mãe!

Nada.

Ela está dormindo. O turno dela começou cedo hoje e, quando isso acontece, ela geralmente dorme antes da meia-noite. A barra está limpa.

Agora preciso sair daqui.

Esta fechadura é um pouco diferente da do armário de Anton. Pratiquei várias vezes lá e melhorei bastante, mas isso não quer dizer que vou conseguir abrir este armário. Um suor frio começa a escorrer pela minha nuca quando percebo que talvez não consiga destrancar a porta e tenha que passar a noite inteira aqui.

Queria que Anton estivesse comigo. Ele me ajudaria. Com certeza conseguiria abrir esta porta.

Você consegue, Ella. Você é a garota mais casca-grossa que eu conheço.

Por um instante, meus olhos ficam marejados de lágrimas. Eu não consigo. Não sou capaz. Anton acreditou em mim, mas estava errado. Ele não devia ter acreditado na gente.

Como foi que tudo deu errado tão rápido? Não é justo. Não é justo que pessoas como Brittany Carter tenham tudo e pessoas como eu não tenham nada.

É claro que, agora, Brittany tem seus problemas também.

Quando estou prestes a largar o clipe de papel e desistir, escuto um clique. Ai, meu Deus. Consegui destrancar a porta.

Você conseguiu!

Saio do armário aos tropeços, com o coração na boca, temendo encontrar minha mãe parada em frente à porta, pronta para me jogar de volta lá dentro. Só que aí ela faria de um jeito que eu não conseguiria sair.

Mas minha mãe não está ali. A casa está escura e silenciosa. Ela deve estar dormindo.

Isso significa que não posso fazer barulho.

Vou andando devagar até a escada. Como sempre, os degraus estão cobertos de papéis, mas ainda existe aquele caminho estreito por onde dá para passar. Subo até o último degrau, dando uma olhada no quarto da minha mãe para ver se a luz está apagada. Então começo a empurrar, com cuidado, a pilha enorme de papéis que está no alto da escada, controlando com as mãos para que as folhas caiam sem fazer muito barulho. Repito o processo nos degraus seguintes até que todos fiquem quase totalmente cobertos de papel. No fim, a escada vira uma cachoeira de papel velho.

Depois, vou até a sala de estar. O sofá improvisado com os colchões também está coberto de papéis e roupas jogadas, então chuto tudo para o lado até soltar o colchão que fica em cima. Ainda bem que é um colchão de solteiro e que já está bem gasto, então consigo erguê-lo sem muita dificuldade. Quero dizer, tenho que fazer um pouco de esforço, mas consigo levá-lo até a escada. Um pouquinho inclinado, ele se encaixa perfeitamente nos degraus. Se antes já era difícil descer aquelas escadas, agora ficou quase impossível. Por fim, pego o segundo colchão e o apoio na parte de baixo da escada, impedindo totalmente a passagem.

Dou um passo para trás, avaliando meu trabalho. A essa altura, já seria bem difícil descer as escadas, mas ainda não é impossível, se alguém estiver realmente determinado. Não, tenho que fazer mais alguma coisa.

Passo os vinte minutos seguintes empilhando o máximo de roupas, caixas de *mac and cheese* e barrinhas de proteína que consigo em frente aos colchões, bloqueando por completo a base da escada. A pilha é quase do meu tamanho, bate na altura dos meus ombros. Se eu quisesse, daria para fazer com que tivesse o dobro da minha altura — de tanto lixo que tem só na sala. Mas não quero passar a noite toda fazendo isso.

Agora só falta uma peça para completar o quebra-cabeça.

Além do clipe de papel, tem mais uma coisa que levo sempre comigo: o isqueiro que Anton me deu quando decidiu parar de fumar. Enfio a mão no bolso para pegá-lo. O isqueiro é verde, da cor do cabelo dele.

Eu me agacho do lado de uma das várias pilhas de papel. Pego a folha de cima da pilha e vejo o que está escrito nela. Por ironia, é um e-mail da orientadora da escola falando de mim.

Ella demonstra sérios sinais de instabilidade emocional e, mais uma vez, pedimos enfaticamente que você a leve para fazer acompanhamento psicológico. Como você ainda não providenciou um terapeuta para ela, estamos enviando novamente uma lista de profissionais que podem atendê-la dentro do seu orçamento...

Quase dou risada. É claro que minha mãe nunca me levaria para a terapia. Porque aí eu poderia contar para alguém como a gente vive. Então ela teria que admitir o que fez comigo.

É tentador atear fogo nesse e-mail e jogar na pilha de papel. Mas fico pensando na ideia que isso pode passar. Preciso ser mais esperta. Meu pai pode não ser professor de sociologia, mas eu não sou burra.

Em vez disso, pego um dos cigarros da minha mãe no cinzeiro lotado de bitucas. Coloco o cigarro entre os lábios. Por um instante, sinto um gosto horrível, mas logo o cigarro acende e posso tirá-lo da boca.

Jogo a bituca acesa na pilha de papéis. E espero.

Leva alguns segundos para que comece a pegar fogo. Mas, assim que a primeira folha queima, as chamas se espalham rápido pela pilha toda. O primeiro andar da casa está tomado de papel. Vai queimar depressa.

Deixo o isqueiro de Anton na mesinha da sala. Odeio ter que abandonar uma coisa que ele me deu, porque quase não tenho nada para me recordar dele, mas não tenho escolha. Não quero que a polícia encontre um isqueiro no meu bolso.

Uma segunda pilha de papéis pega fogo. Logo, a casa toda vai estar em chamas. Eu me dou conta de que não tem absolutamente nada aqui dentro que eu queira salvar. Nada.

Então saio pela porta.

Do lado de fora da casa, paro para observar pela janela o fogo crepitando e tomando conta de tudo, e é quando percebo a gravidade do que acabei de fazer. Acabei de condenar minha mãe a morrer queimada.

E meu pai é o próximo.

CAPÍTULO 51

AGORA

CASEY

A última página do caderno tem mais um desenho.

Todos os outros desenhos eram de mulheres — mais especificamente de uma mulher — sendo torturada, mas esse é de um homem. Ele está caído no chão, numa poça de sangue, e há uma garota ruiva, cheia de sardas, em pé sobre ele, segurando uma faca.

E, logo acima do desenho, há um nome e um endereço.

Enfio a mão no bolso para pegar o mapa que encontrei no chão da sala. Desdobro o papel e o examino melhor, com a lanterna. Agora percebo que não entendi o mapa direito. Olhei depressa, à luz da lareira, e presumi que, como a garota estava aqui, o destino final era a minha casa. Mas agora vejo que esse não era o objetivo. O mapa leva para outra casa, a quase um quilômetro daqui.

A casa de Lee.

Eleanor não estava atrás de mim. Ela desenhou um mapa confuso e acabou vindo parar aqui, em vez de ir para a casa de Lee. Mas ela estava atrás *dele*. Ela pretende torturar *Lee*. E matá-lo.

A menina ficou me fazendo perguntas sobre ele enquanto comia os cookies de chocolate. Achei que estivesse me provocando abordando minha vida amorosa, ou a falta dela, mas estava enganada. O interesse dela por ele era outro, apesar de eu ainda não ter certeza do porquê.

E agora Eleanor saiu daqui para ir atrás dele. E eu praticamente dei uma arma para ela.

Ai, meu Deus. Lee…

E o pior é que o sol ainda nem nasceu. Lee deve estar dormindo. Ela vai conseguir pegá-lo de surpresa e fazer o que quiser.

Preciso avisá-lo.

Pego o telefone, mas, antes mesmo de levar o fone até o ouvido, já sei que ele continua mudo. Os telefones não estão funcionando. E devem continuar assim por mais alguns dias.

Preciso ir até a casa dele. É o único jeito.

Dá para ir de carro, mas seria preciso pegar a estrada principal e fazer um desvio. E não sei como estão as estradas de terra neste momento. Há uma grande chance de ter uma árvore caída, bloqueando o caminho. Não, é melhor ir a pé mesmo.

Levo a lanterna até o armário e pego meu casaco mais quente e minhas botas impermeáveis. Nas melhores condições, levo uns dez minutos para chegar à cabana de Lee. Agora que a terra virou lama, vou ter de ir com cuidado para não escorregar e torcer o tornozelo. Vou levar pelo menos vinte minutos, talvez mais.

E, quando eu chegar à casa de Lee, pode ser que seja tarde demais.

Ao sair da cabana, vejo que meu quintal parece ter sido atingido por um furacão na noite passada. Com a árvore caída e o depósito destruído — os pedaços espalhados pela grama —, dá para ver que a situação não é boa. Ontem, disse para Rudy que aquela árvore podia cair e agora ele vai ter de lidar com o problema mais cedo do que imaginava. Mas não posso me preocupar com isso agora. Já fico aliviada por ela não ter destruído minha caminhonete.

A trilha até a cabana de Lee passa por uma clareira na floresta. Começo a seguir a trilha, me perguntando se Eleanor fez esse mesmo trajeto quando saiu da minha casa uns quarenta e cinco minutos atrás. Ela cortou a silver tape dos meus tornozelos para que eu conseguisse me soltar, mas não me deu tempo para impedir o que está prestes a acontecer. Isso significa que, sabe-se lá o que ela pretende fazer, vai fazer depressa.

Já percorri alguns metros pela floresta quando vejo: uma pegada. Quer dizer que estou no caminho certo. Foi por aqui mesmo que ela passou e, se eu continuar, vou encontrá-la.

Enquanto sigo pela floresta, começo a me perguntar se estou tomando a decisão certa. Digamos que eu chegue à casa de Lee e, por um milagre, ela ainda não o tenha matado. E aí? Ela está com a arma. Não tenho como impedi-la.

Eu devia ter pegado a caminhonete e ido até a delegacia. Teria sido mais sensato. Mas ia levar uma eternidade. São uns vinte minutos de carro até a delegacia mais próxima, isso se as condições forem boas, e, depois de encontrar um policial e convencê-lo a me ajudar, ele teria de fazer o trajeto até a cabana. Isso daria uma hora de vantagem para Eleanor atirar na cabeça do meu amigo. Ou cortar a orelha dele. Ou cegá-lo.

Não, estou fazendo a coisa certa. Preciso ir até lá e, de algum jeito, convencer aquela garota de que ela está cometendo um erro. Afinal, por que ela iria querer matar Lee? Isso não faz o menor sentido para mim.

Mas, em compensação…

Sempre senti uma coisa estranha em relação a Lee. Apesar de ele parecer simpático e sincero, nunca confiei de verdade nele. Ele sabia muito sobre mim… e estava interessado demais.

Além disso, que tipo de homem se lembra do aniversário de uma mulher com quem não está tentando dormir? Isso, por si só, já era suspeito.

Se Eleanor odeia Lee tanto assim, deve ter um bom motivo para isso. Não estou dizendo que ele mereça morrer, mas alguém machucou muito aquela garota, e quem quer que tenha feito isso merece pagar pelo que fez.

Depois do que parece uma eternidade me embrenhando no mato, finalmente vejo a cabana de Lee. Acelero o passo, minhas botas espirrando lama e encharcando a barra da calça jeans. Raios alaranjados de sol começam a despontar no horizonte — está quase amanhecendo —, mas as janelas da cabana de Lee continuam todas escuras.

Exceto por uma. Que está escancarada.

Considero a possibilidade de que a janela tenha ficado aberta por acaso, que não tenha relação com Eleanor. Parece muito improvável, já que, quando ele foi dormir, um temporal estava caindo aqui fora. Ele com certeza fechou todas as janelas, mas talvez não tenha trancado todas. Se a janela está aberta, então é porque ela a encontrou destrancada e entrou por ali. Ela está na casa dele.

Será que é tarde demais?

No caminho até aqui, fiquei tentando entender por que Eleanor estaria com tanta raiva de Lee. Afinal, parecia que ela mal o conhecia, então Lee não deve ter sido o responsável pelas queimaduras nos braços dela. E, mesmo assim, ela o odeia. Veio atrás dele com um canivete na mão e agora está com uma arma. Ela quer vê-lo morto.

Nada disso ainda não faz muito sentido para mim, mas eu me lembro da conversa que tivemos no meu banheiro, quando ela ficou olhando aquele quadro com os dois pássaros.

Não conheço meu pai. Ele deixou a minha mãe antes de eu nascer. Ele é uma pessoa horrível.

Acho que gente ruim sempre tem o que merece.

E agora tudo faz sentido.

Eleanor, que nunca conheceu o pai, saiu numa espécie de missão para encontrá-lo e garantir que ele pague pelo mal que lhe causou. E essa missão acabou aqui, na cabana de Lee.

Lee é o pai de Eleanor.

Agora ela pretende matar Lee, puni-lo por ter sido abandonada com a mãe abusiva. Não sei os motivos que ele teve para não cumprir seu papel de pai, mas não acho que ele mereça morrer por causa disso. A não ser que exista alguma coisa que eu ainda não sei.

Preciso entrar lá e fazer Eleanor enxergar as coisas com clareza. Impedir que ela faça algo terrível — algo de que talvez se arrependa. Algo capaz de arruinar sua vida.

E, neste mundo, não existe ninguém melhor do que eu para convencê-la disso. Porque sei exatamente como ela se sente.

CAPÍTULO 52

ANTES

ELLA

Estou sentada na parte de trás de uma ambulância, com as portas abertas e enrolada em um cobertor. Tem uma paramédica comigo, e ela olha para mim, preocupada. De tempos em tempos, começo a tossir. No começo, eu estava meio que fingindo, mas agora é de verdade. Tem muita fumaça no ar. Está difícil de respirar.

— Vocês vão me levar para o hospital? — pergunto.

Ela segura minha mão.

— Vamos, sim. Mas você parece bem, então estamos esperando para…

Ela não termina a frase. Quando os bombeiros chegaram, eu falei para eles que minha mãe ainda estava lá dentro. E agora estou esperando para ver se eles vão conseguir salvá-la. Não fui eu que chamei os bombeiros, foi um vizinho. Quando os caminhões chegaram, o fogo já tinha se espalhado e o cheiro forte de madeira queimada tomou conta do meu nariz. Mesmo assim, o incêndio ainda tinha um cheiro melhor do que o dos cigarros da minha mãe. Ou o das abóboras podres.

Não é possível que ela tenha escapado. De jeito nenhum.

Ou será que é?

— Os bombeiros estão se esforçando muito para encontrar a sua mãe — diz a paramédica gentilmente. — Se ela ainda estiver lá dentro, eles vão fazer de tudo para salvá-la.

Fecho os olhos e consigo fazer com que algumas lágrimas caiam. Imagino minha mãe acordando assustada com o som dos alarmes de incêndio. Disparando pelo corredor e então vendo aquela montanha de papéis cobrindo as escadas. Imagino os olhos castanhos dela se arregalando ao perceber o que estava acontecendo e tentando descer as escadas de qualquer jeito. Talvez escorregando e caindo, quase conseguindo escapar, mas finalmente dando de cara com a parede de colchões.

Imagino minha mãe se dando conta de que ia morrer queimada numa casa com todas as suas tralhas.

E que tudo aquilo estava acontecendo por minha causa.

Um policial fardado se aproxima da ambulância. Ele olha para mim rápido e faz um gesto com o dedo chamando a paramédica. Ela se levanta e vai falar com ele. Os dois conversam baixo. Tento entender o que estão dizendo, mas o barulho é demais. Meus ouvidos ainda estão zumbindo por causa das sirenes. No entanto, a expressão do policial é séria.

A paramédica volta para a ambulância e senta-se ao meu lado. Passa um braço pelos meus ombros e me aperta.

— Querida, eu sinto muito.

Olho para ela.

— Parece que… — Ela faz uma careta, como se não quisesse dizer o que tem para falar. — Sua mãe não sobreviveu.

Por um instante, quase não acredito. Eu sabia o que estava tentando fazer, mas não achei que fosse dar certo. Fico ali, sem saber como reagir.

Chore. Chore, sua idiota.

A princípio, é difícil fazer com que meus olhos fiquem marejados. Mas, depois que começo a chorar, não paro mais. Gotas grandes e pesadas escorrem pelo meu rosto e enxugo as lágrimas com as mãos. Minha mãe se foi. Ela cuidou de mim a vida inteira e me amava do jeito dela, embora não soubesse demonstrar. E eu matei minha mãe.

Queria que ela tivesse se importado mais comigo do que com *coisas*. Ela nem sempre foi assim. Quando eu era pequena, ela me amava mais do que tudo. Nada disso teria acontecido se ela não tivesse mudado.

E, agora que ela se foi, não tenho mais ninguém. Nem Anton, que está preso em algum lugar por tentar me defender. Todo mundo que se importava comigo neste mundo se foi.

A paramédica me abraça apertado. Choro com a cabeça encostada no ombro dela, encharcando sua roupa, enquanto ela acaricia meu cabelo.

— Ai, querida. Vai ficar tudo bem. Pode chorar.

Ela me abraça por um bom tempo, até meu choro diminuir. Por fim, eu me afasto, enxugo as lágrimas e fungo bem alto. Ela tira um lenço do bolso e me dá para assoar o nariz.

O policial continua ali, parado, observando nossa conversa com paciência. Essas pessoas são tão gentis. Às vezes, esqueço que ainda existe gente boa no mundo.

— Sinto muito — diz o policial delicadamente. — Vamos levar você para o hospital e entraremos em contato com sua família.

Boa sorte com isso. Não tenho família. Ninguém que se importe comigo. Não mais.

A paramédica aperta meus ombros de leve.

— Eu vou com você, Ella. Vou ficar com você até que sua família chegue.

É, quero ver.

— Pode me dizer seu nome completo, por favor? — pergunta o policial.

Enxugo mais algumas lágrimas com o lenço sujo, engolindo o nó que se forma na minha garganta. A paramédica e o policial me encaram, esperando a resposta.

— Meu nome é Ella — respondo, por fim. Depois penso melhor e digo meu nome completo. — Elizabeth Casey.

CAPÍTULO 53

AGORA

ELIZABETH "ELLA" CASEY

Sim, eu matei minha mãe.

Ela era uma pessoa horrível. Horrível com os outros e horrível com ela mesma. Quando cresci, entendi que ela tinha uma doença que a fazia agir daquele jeito. Mas as queimaduras de cigarro nos meus braços foram culpa dela.

Os anos que passei com minha mãe, especialmente os últimos, foram meio que um inferno. Foi por isso que parei de usar o nome que ela me deu, Elizabeth, e adotei meu sobrenome — eu estava desesperada para deixar aquela vida para trás. Na minha opinião, ela teve sorte de morrer queimada.

Mas, ainda assim, foi errado. Não tive *controle de pulso*. Ela merecia pagar pelo que me fez, mas é difícil viver com o fato de que fui eu que tirei a vida dela. Já se passaram mais de vinte anos, e ainda acordo daquele pesadelo, presa naquela casa em chamas.

Eu não devia ter matado minha mãe. Devia ter contado para algum adulto tudo pelo qual eu estava passando e deixado que me levassem para um lugar seguro.

Quero dizer que entendo a raiva de Eleanor. Já senti essa mesma raiva. Convivi com essa raiva por muitos anos, sei exatamente como essa menina se sente. Sei que está prestes a fazer uma besteira e não quero que ela faça isso. Não quero que ela passe o restante da vida tendo pesadelos com isso.

Só que, quando penso em todo aquele sangue na roupa dela quando apareceu na minha casa, fico com medo de já ser tarde demais.

Mesmo sabendo que a porta vai estar trancada, tento girar a maçaneta. Não gira. Na verdade, tenho uma chave da cabana de Lee lá na minha cozinha, mas estava tão nervosa que não me lembrei de pegar. Penso em bater à porta, mas meus olhos vão direto para a janela aberta. Sou maior do que Eleanor, mas acho que ainda consigo passar por ali.

Levo a mão à corrente de prata que ainda uso no pescoço, avaliando minhas opções. Faz muito tempo que não abro uma fechadura. Ainda consigo — tenho certeza disso —, mas não quando cada segundo conta. Pela janela vai ser mais rápido.

Assim que começo a subir pela janela, eu me arrependo profundamente dessa decisão. E também me arrependo de todos os cookies que comi no último ano. Por um milagre, consigo me espremer pela abertura, mas perco o equilíbrio no meio do caminho e acabo estatelada no chão da sala.

E, quando levanto o olhar, vejo Eleanor com uma expressão impossível de decifrar. Minha Glock está na mão direita dela.

— O que você está fazendo aqui, Casey? — pergunta ela, num tom impassível.

Eu me sento com cuidado, sem fazer movimentos bruscos porque não quero que ela se assuste.

— Cadê o Lee?

— Ele ainda está dormindo. — Fica nítido que ela estava ali na sala, tentando tomar coragem para fazer o que vem sonhando há sabe-se lá quanto tempo. — Mas acho que daqui a pouco ele acorda.

Eu me levanto devagar, com as mãos erguidas. Quero que ela veja que não tenho intenção nenhuma de machucá-la.

— Ele é seu pai, né?

Eleanor franze o nariz cheio de sardas.

— Como você sabe? Ele falou de mim?

A esperança nos olhos dela me parte o coração. Mas não posso mentir.

— Não falou — admito. — Mas juntei as peças. E… você se parece com ele.

Os dois realmente são parecidos. Agora que sei a verdade, está na cara. O cabelo é diferente, mas os olhos e o nariz são os mesmos.

— Então você sabe — diz ela — que ele abandonou minha mãe. Antes mesmo de me conhecer. E me deixou com aquele *monstro*.

— Eu sei o seu lado da história, mas não sei o dele. A gente não sabe por que ele foi embora.

— E que motivo ele teria para fazer isso? — explode ela.

— A gente não tem como saber se não perguntar. — Ergo uma sobrancelha. — Você não quer mesmo dar uma chance para que ele se explique?

Eleanor me encara com desdém.

— Você não entende.

— Na verdade… — Puxo a manga do casaco, revelando o antebraço nu por baixo. Era o que eu queria mostrar para ela. As cicatrizes de queimadura de cigarro não são muito diferentes das dela. — Eu entendo, sim. Pode acreditar.

Eleanor arregala os olhos. Mas, antes que ela consiga responder, o rangido da porta do quarto chama nossa atenção. Ela vira a cabeça e levanta a arma bem a tempo de ver Lee sair do quarto de pijama xadrez, o cabelo castanho-claro bagunçado, ainda com cara de sono. Mas ele desperta de verdade quando vê a garota na sala com uma arma na mão.

— Mas o que…? — Ele olha para mim e para Eleanor, tentando entender o que está acontecendo. — Casey?

— Não se mexa. — Eleanor balança a arma na direção dele. — Coloca as mãos para o alto.

Lee levanta as mãos acima da cabeça com uma expressão confusa.

— Isso só pode ser um mal-entendido.

— Não tem mal-entendido nenhum. — A voz de Eleanor é fria. Ela tenta conter a emoção, mas dá para ver o ódio fervilhando em seus olhos. — Seu nome é Lee Traynor?

Lee continua com as mãos erguidas. Parece ainda mais confuso do que assustado, o que é um erro.

— É, sim…

As mãos de Eleanor tremem.

— Você abandonou minha mãe e eu. Você foi *embora*. E vai pagar por isso.

— Espera. — Lee começa a abaixar as mãos, mas Eleanor dá um passo à frente, e ele levanta as mãos de novo. Ele me encara com os olhos arregalados. — Casey, você sabe o que está acontecendo aqui?

Balanço a cabeça. Eu vim até aqui para salvar meu amigo. Mas agora que estamos os dois aqui e ela está com a arma apontada para Lee, a verdade é que quero ouvir o que ele tem a dizer. Quero saber por que ele fez o que fez. Meu pai sempre dizia que não existe nada mais importante do que a família, e Eleanor foi traída pela própria família.

Para o bem de Lee, espero que ele tenha uma boa explicação.

— Vamos com calma — diz Lee, com a voz meio trêmula. Enfim ele entende a gravidade da situação. Que ela pode mesmo matá-lo aqui, agora. — Por favor… me diga… qual é o seu nome?

Eleanor bate o pé no chão, num gesto que a faz parecer bem mais jovem do que suspeito que seja.

— Você *sabe* o meu nome! Você é meu *pai*!

Lee puxa o ar com força e passa a mão pelos cabelos já bagunçados.

— Eu juro que não... desculpa. Você... tem certeza de que sou seu pai?

O rosto de Eleanor está ficando da cor do cabelo dela.

— Tenho! Acha mesmo que eu cometeria um *erro* assim?

— Não, claro que não. — O rosto de Lee também está corado. — Desculpa, é que... por favor, me ajude a tentar entender o que está acontecendo aqui. Qual é o seu nome?

— Eleanor Kettering. — Ela franze a testa ao ver a expressão dele. — Todo mundo me chama de Nell, mas claro que você não sabe disso, porque abandonou a minha mãe antes mesmo que eu nascesse.

Lee continua sem reação.

— Sua mãe é...?

— Minha mãe é Jolene Kettering.

Lee fica pálido.

— Jolene...

Parece que ele vai admitir, afinal.

— Meu Deus — murmura ele e se mexe de leve. — Ela me pediu dinheiro, mas nunca me contou...

— Agora me diz por que você fez isso! — Os olhos de Eleanor, ou melhor, *de Nell*, estão marejados de lágrimas. — Por que você abandonou a gente?!

Ela aponta a arma diretamente para ele e a sala fica em completo silêncio, exceto pelo som da chuva lá fora, enquanto esperamos para ver o que Lee vai dizer. Ele encara a garota, a boca entreaberta, lutando para encontrar uma resposta. A raiva dela parece crescer a cada segundo de silêncio.

Meu Deus, ela vai mesmo matar Lee. Não sei se consigo impedir que isso aconteça sem tomar um tiro também, mas preciso tentar.

— Nell — começo, o mais calma que consigo, usando o apelido que agora sei que ela gosta —, por favor, abaixe a arma e dê uma chance para que ele se explique. Por favor, Nell.

— Não! — Ela não abaixa a arma nem um centímetro. — Eu quero ouvir por que ele abandonou a gente. *Agora!*

— Eu... eu não abandonei — gagueja Lee. Ele olha para mim, desesperado. — Nell, eu juro, eu...

— Não adianta mentir! Você conhece a minha mãe. Você acabou de admitir!

— Lee — digo com calma. Quero que ele saia vivo dessa, mas não acho que Lee esteja entendendo do que essa garota é capaz. Eu a vi coberta de sangue, e as roupas na mochila estavam encharcadas também. — Conte a verdade para ela.

— Nell — diz ele, lutando para manter a voz firme. — Sinto muito, mas a verdade é que eu nunca nem namorei a Jolene. Eu conheço a sua mãe, mas a gente nunca... sabe... O que eu estou tentando dizer é que não posso ser seu pai. Não tem como. — Ele não desvia os olhos dela. — Juro para você. Por que você acha que sou seu pai?

— Porque eu encontrei o seu nome! — Nell olha para nós dois, visivelmente nervosa. A mão que segura a arma treme, e meu medo é que ela acabe disparando por acidente. — Estava na pasta com a minha certidão de nascimento! Seu nome, um endereço antigo e um número de telefone. Por que ela colocaria isso lá se você não fosse meu pai?

— Porque — diz ele — ela estava namorando o meu irmão. *Ele* deve ser seu pai. Como eu disse, ela me procurou bem na época que você deve ter nascido, pedindo dinheiro, mas nunca me contou o motivo. Achei que era um golpe, porque ela era esse tipo de pessoa. Deve ser por isso que meu nome estava na pasta com a sua certidão de nascimento. Eu não fazia ideia de que ela...

Nell franze a testa. Ela parece não acreditar nele, mas ao mesmo tempo tenho certeza de que reconhece que a prova que tinha de que ele é seu pai não é lá muito convincente.

— Então cadê ele? Cadê o meu pai?

Lee a encara por um momento, como se lutasse para encontrar a melhor forma de dar uma notícia horrível. Por fim, ele desiste.

— Sinto muito, Nell — diz ele, baixinho —, mas faz um bom tempo que meu irmão morreu.

Nell o encara por um instante, então cai de joelhos e começa a se debulhar em lágrimas.

CAPÍTULO 54

A boa notícia é que Nell devolve a minha arma.

A má notícia é que não conseguimos fazê-la parar de chorar. Ela enterra o rosto nas mãos, e seu choro é tão forte que seu corpinho balança. Lee olha para mim, perdido, e eu me agacho ao lado dela. Abraço Nell e me lembro daquela paramédica legal me abraçando depois que minha mãe morreu.

Quero dizer, depois que eu a matei.

Precisamos acalmar Nell. Essa é a primeira coisa a fazer. A segunda é descobrir onde está a mãe dela. Porque sabemos que o pai está morto. Pelo menos sabemos que não foi ela que o matou.

Consigo convencê-la a se sentar no sofá. Ela ainda chora, com o rosto vermelho e o nariz escorrendo. Eu me sento ao seu lado, Lee pega uma caixa de lenços de papel e se junta a nós. Ele ainda está de pijama, mas não faz menção de trocar de roupa.

— Sinto muito, Nell — diz ele, de novo. — Pelo que sei, meu irmão nunca soube que você existia. Se ele soubesse…

— Quando...? — Nell levanta o olhar, lutando para falar entre os soluços. — Quando foi que ele... que ele morreu?

— Há doze anos — responde ele. — Quantos anos você tem?

— Eu tenho 12.

A expressão de Lee se entristece profundamente.

— Ele me contou que sua mãe estava grávida, mas achava que ela tinha perdido o bebê. Eu também achei. Não fazia ideia...

— Como... como foi que ele morreu?

— Num acidente de carro. — Lee abaixa a cabeça. — Ele estava dirigindo, o outro carro não parou quando devia e acabou batendo nele. O tipo de coisa que acontece.

Mais algumas lágrimas escorrem pelas bochechas dela.

— Vocês eram próximos?

— Éramos. — Lee entrega outro lenço para ela. — Para falar a verdade, ele era o meu herói. Eu teria feito qualquer coisa por ele. E sei que ele ia querer que eu ajudasse a cuidar de você. Então, se a sua mãe precisar de ajuda...

A fala dele desencadeia uma nova onda de choro nela. Nell cobre o rosto com as mãos, soluçando. Lee parece não saber o que fazer, então começo a esfregar as costas dela com a mão, fazendo círculos.

— Nell — pergunto —, sua mãe sabe onde você está?

Ela balança a cabeça, devagar.

— Ela está procurando você?

— Eu... eu acho... — Nell levanta os olhos para mim, os cílios pálidos carregados de lágrimas. — Acho que ela pode estar morta.

Os olhos azuis de Lee ficam arregalados, mas eu não estou tão surpresa assim. Vi Nell quando ela chegou, coberta de sangue. Também notei que ninguém emitiu um alerta de desaparecimento. Já estava preparada para uma confissão dessas.

— Ela teve uma briga feia com o namorado. — Nell limpa os olhos com as costas da mão. — Ela e Jax brigam o tempo inteiro e gritam muito um com o outro. Eu queria que eles terminassem, mas é ele que arranja droga para ela, então ela continua com ele.

Hesito, mas já sinto vontade de ligar para o Conselho Tutelar, mesmo sabendo que o telefone está mudo.

— Minha mãe estava nervosa, porque achou que ele tinha traído ela, então começou a gritar e a bater nele. Eu não sei o que aconteceu, só sei que, de repente, Jax puxou um canivete do bolso e... e acho que ele esfaqueou minha mãe. — Ela olha para mim, desesperada por compreensão. — Ela era ruim comigo, às vezes, mas eu não queria que ela morresse. Juro que não queria. — Balança a cabeça com força.

Eu abraço Nell e deixo que chore, relembrando que minha mãe também era horrível comigo quando eu tinha a idade dela. A história dela se parece muito com a minha.

Exceto, claro, pelo fato de que eu queria, sim, que a minha mãe morresse.

— Tinha tanto sangue... — diz Nell, com a voz aguda e a cabeça encostada na minha camiseta, já encharcada de lágrimas. — Eu tentei ajudar, mas não sabia o que fazer. E aí o Jax começou a botar a culpa em mim. Ele ficou falando: "O que foi que você fez, Nelly? Eles vão te mandar para a cadeia!"

— Que absurdo! — digo, indignada.

— Mas não é tão absurdo assim. — Ela passa a mão no rosto de novo. — Eu vivia me metendo em confusão na escola, sempre por causa de briga. E eu estava coberta de sangue. Então... eu fugi. — Ela olha rápido para Lee. — Só que eu não sabia para onde ir. Mas me lembrava do seu nome e do seu endereço, e fui até lá. O zelador disse que você tinha se mudado, mas ele sabia seu endereço novo. Eu procurei um mapa no meu celular e agora estou aqui.

— Com uma *arma*? — diz Lee, ainda visivelmente abalado por ter tido uma Glock apontada para ele.

— Eu não ia usar. — Nell esconde o rosto no meu ombro, evitando encarar Lee. — Mas no tempo que levei para chegar até aqui, fui me convencendo de que... — Ela inspira com dificuldade. — Bom, você não me queria quando eu era bebê. Achei que você não fosse me querer agora também. E aí... fiquei com raiva.

Parece que Lee não sabe o que dizer. Ele esfrega as têmporas com as pontas dos dedos, como se estivesse tentando organizar os pensamentos.

— A gente precisa chamar a polícia — diz, enfim.

Nell se encolhe no sofá, abraçando os joelhos, chorando baixinho. Eu a impedi de machucar Lee, mas talvez a garota tenha perdido a mãe. E o fato de a mãe ter sido uma pessoa horrível, capaz de ferir uma criança indefesa, não faz com que Nell sinta menos a falta dela.

Mas Jolene Kettering ainda pode estar viva. Sim, ela foi esfaqueada. Mas isso não quer dizer que morreu. Embora, para falar a verdade, tivesse uma quantidade considerável de sangue nas roupas de Nell. *Tanto sangue*, como a própria menina observou.

— Por favor, não chame a polícia. — Ela olha para nós dois com um desespero tão evidente que parece acreditar que a gente vai ligar para a polícia neste exato momento, mesmo que os telefones não estejam funcionando. Como se ela achasse que fosse ser presa a qualquer instante. — Eles vão achar que fui eu, com certeza. E, se ela estiver viva, provavelmente vai *dizer* que fui eu só para proteger Jax.

— Ninguém vai achar que você esfaqueou a sua mãe — diz Lee. — Você só tem 12 anos.

— *Por favor*. — Ela está transtornada. — Não quero que me levem embora. Se não me mandarem para a cadeia, vão me internar em algum lugar.

— Nell... — Lee começa a dizer, mas, antes que possa terminar a frase, eu o interrompo.

— Já que os telefones não estão funcionando, eu mesma vou até a delegacia — ofereço. — Vou contar tudo o que aconteceu e vou garantir que eles deixem você com a sua família, em segurança. Vou garantir que eles não te machuquem nem te levem embora.

— Você não pode prometer isso — diz Nell, fungando.

— Posso, sim. — Coloco a mão no peito. — É uma promessa infinita, Nell. Deixa comigo, vai dar tudo certo. Sou professora e meu trabalho é proteger crianças.

— Casey. — Lee franze a testa, como se não confiasse totalmente em mim. — Talvez eu devesse ir falar com a polícia.

— Não — digo, com calma. — Você fica aqui com a sua sobrinha. Vou resolver essa história.

Deus sabe que essa não seria a primeira vez.

Lee solta um longo suspiro. Ele sabe que tem um caminho difícil pela frente. Se Jolene Kettering estiver morta — e como o pai da menina também está —, talvez ele seja o parente mais próximo. E a responsabilidade passa a ser dele, se estiver disposto. E talvez Lee não esteja.

— Nell — diz ele, em voz baixa —, você tem algum tio, tia ou avó com quem possa ficar?

Ela balança a cabeça, devagar. Tudo isso é dolorosamente familiar.

Mas Lee não hesita.

— Então saiba que, se a sua mãe estiver morta, vou cuidar de você. E você pode morar comigo, se quiser. Eu prometo.

Olho para Lee com um respeito que não existia antes. Ele sempre pareceu um cara decente, mas eu achava que havia coisas que ele não me contava, o que me deixava desconfiada. Só que agora ele está se oferecendo para cuidar de uma criança que nem é filha dele, e dá para ver que não está falando da boca para fora. Lee é um homem bom.

— Casey vai pedir que a polícia veja como a sua mãe está — diz ele. — Enquanto isso, quer ver umas fotos do seu pai? Eu tenho várias.

Devagar, Nell faz que sim com a cabeça. Ainda chora, mas não parece mais prestes a hiperventilar. Talvez ela fique bem.

Lee não sabe, mas vou garantir que ela fique bem.

Porque não vou até a delegacia. Tenho planos muito diferentes para garantir que Nell nunca mais precise sofrer nas mãos daquela mulher horrível. Está na hora de acabar com essa angústia.

CAPÍTULO 55

ANTES

ELLA

O cinto de segurança me prende ao banco do carona, no SUV da assistente social que cuida do meu caso, a caminho de New Hampshire, a quase cem quilômetros por hora.

A assistente se chama Amara. Ela é uma mulher grande, com cabelo crespo e preto cortado bem curtinho, que adora me dar ótimos abraços. Na primeira vez que a gente se viu, ela fez isso logo de cara. O abraço durou uns bons cinco minutos. No começo, eu não fui muito fã, mas quando ela finalmente me soltou, queria continuar abraçada a ela e lágrimas escorriam pelo meu rosto.

Coitadinha, disse Amara. *Você passou por tanta coisa*.

E ela não estava falando só da morte da minha mãe no incêndio. Ela sabia que minha mãe era acumuladora. Sabia que eu estava "perigosamente abaixo do peso". Sabia das queimaduras de cigarro nos meus braços. Ela não sabia de tudo, senão eu provavelmente estaria onde Anton está agora, mas sabia de bastante coisa.

Anton está bem. Não ótimo, mas ele não tem do que reclamar. A gente não se vê desde aquele dia horrível e não sei se algum dia vamos nos ver de novo, porque Anton vai passar muito tempo no centro de detenção, mas ele me mandou uma carta dizendo que estava sobrevivendo. Escrevi uma carta enorme em resposta, e Amara jurou que a entregaria para ele. Falei para Anton que, mesmo que a gente não pudesse se ver, pelo menos podíamos escrever um para o outro. Sinto muita, muita falta dele.

— Estamos quase chegando — diz Amara, quando saímos da estrada principal.

Sinto um nó na garganta. A gente está no carro há mais de uma hora e passei esse tempo todo com medo deste momento. Mas, a menos que Amara cause um acidente, o que não parece muito provável, vamos chegar ao nosso destino a qualquer minuto.

A cidade parece tranquila. Mais tranquila que Medford. Vejo umas crianças andando de bicicleta e algumas pessoas de carro, mas tudo tem aquele ar de cidade pequena. Acho que não seria um lugar tão ruim assim para terminar de crescer.

Embora muita coisa dependa da pessoa com quem vou morar.

Amara estaciona na frente de um prédio pequeno. Desliga o carro, olha para mim e as covinhas nas bochechas aparecem quando ela sorri.

— Então, Ella — diz Amara. — Pronta para conhecer o seu pai?

Será que estou? Passo as mãos na saia cor-de-rosa que Amara me ajudou a escolher para esta ocasião e ajusto a faixa que segura meu cabelo castanho-avermelhado, mais castanho e menos avermelhado a cada dia que passa. Dou para ela o que deve ser um sorriso amarelo, mas estou me esforçando.

— Você está linda — diz ela. — Ele vai te adorar.

Minha mãe me disse que meu pai tinha sumido depois que saiu da prisão, então achei que morar com ele não fosse uma opção. Mas, quando o serviço social contou o que tinha acontecido e disse que eu precisava de um lar, aparentemente ele estava ávido por me acolher. Contou para Amara que, anos antes, depois que saiu da cadeia, procurou minha mãe porque queria fazer parte da minha vida, mas ela não deixou. Disse que ele não prestava e que não queria um ex-presidiário na família.

Mas, na real, ela devia ter medo de que ele a obrigasse a jogar fora toda aquela tralha.

E agora vou ter que morar com esse homem que nunca vi na vida, mas que dizem ser meu pai. Aliás, ele foi preso por lesão corporal, mas parece que virou um cidadão exemplar desde que saiu da cadeia. Dizer que estou apavorada seria um eufemismo.

— O apartamento dele é direitinho — diz Amara. — Muito organizado. Só tem um quarto, mas seu pai disse que vai dormir no sofá e deixar o quarto para você. E que vai começar a procurar um com dois quartos.

— Tá bom — concordo. A melhor parte é saber que o apartamento é organizado.

A gente desce do carro e entra no prédio do meu pai. Ele mora no terceiro andar, então pegamos o elevador. Eu trouxe uma mala pequena, cheia de roupas que Amara me ajudou a comprar. Isso é tudo que tenho no mundo — não é muito, já que tudo queimou no incêndio. Mas não me importo de ter perdido minhas coisas. Tudo cheirava a abóbora podre, de qualquer forma.

Quando a gente chega à porta do apartamento, começo a entrar em pânico. Minhas mãos não param de tremer e um milhão de pensamentos passa pela minha cabeça. Depois de todo esse tempo, finalmente vou conhecer meu pai. Ele é meu pai mesmo — fizeram até aquele teste e passaram um cotonete na minha bochecha, por dentro da boca, para ter certeza. Mas, no fundo, ele é um completo desconhecido. E se eu não gostar dele? E se ele não gostar de mim? E se a gente até se der bem, mas ele roncar muito alto e não me deixar dormir? E se a gente se der bem, ele não roncar, mas tiver um gosto horrível para música e ficar ouvindo porcaria o tempo inteiro?

Quando começo a pensar assim, parece que nada vai dar certo.

Um segundo depois, a porta se abre. Um homem de uns 40 anos está parado ali, com um sorriso nervoso. Meu pai, imagino. Eu estava morrendo de medo de conhecer esse estranho, mas, agora que estou olhando para ele, parece que me é superfamiliar. Não sei por quê.

— Oi, Elizabeth... Ella — diz meu pai.

— Oi — respondo baixinho.

A gente fica uns segundos em silêncio, até que Amara se intromete, toda empolgada.

— Vocês dois são muito parecidos!

É aí que me dou conta. Ele me parece tão familiar porque se parece comigo. O rosto dele é muito parecido com o que vejo no espelho: os mesmos olhos azuis, o mesmo cabelo castanho com reflexos avermelhados, o mesmo nariz com a ponte um pouco saliente, o mesmo formato do queixo. E, quando Amara diz isso, ele abre um sorrisão, como se ela tivesse feito o maior elogio do mundo.

— Faz um bom tempo que quero te conhecer, Ella — diz meu pai, falando rápido, como se estivesse animado ou nervoso, como eu mesma faço às vezes. — Liguei para sua mãe um monte de vezes e ela nunca me deixou falar com você. Cheguei a bater na porta da casa de vocês, mas ela disse que ia chamar a polícia se eu aparecesse lá de novo. E como eu ainda estava em liberdade condicional, fiquei com medo de voltar para a cadeia. Ela até tentou me convencer de que você não era minha filha, mas eu nunca acreditei nisso, nem por um segundo. Você é a cara da minha mãe, que Deus a tenha.

Uma nova onda de ressentimento contra minha mãe me invade. Tem dias em que me arrependo do que fiz, mas o sentimento não dura muito. Eu devia era ter feito isso antes.

— A gente tem muita conversa para colocar em dia. — O sorriso dele fica ainda maior. — Por favor, entrem.

Amara e eu entramos no apartamento. A primeira coisa que me chama a atenção é que tudo está arrumado. O sofá é limpinho, o carpete parece recém-aspirado e não tem uma peça de roupa suja à vista. É o completo oposto da casa onde eu morava, e gosto muito disso. De verdade.

Amara se inclina e sussurra no meu ouvido.

— E aí, o que você está achando?

Tudo que consigo fazer é concordar com a cabeça, feliz.

Hoje, antes de vir para cá, Amara me prometeu que, se eu não me sentisse pronta, não precisaria passar a noite aqui — e ela me levaria de volta. Quando ela está pronta para ir embora, meu pai olha para mim.

— E aí, Ella? Você quer ficar aqui?

A resposta é óbvia. Eu não conseguiria nem imaginar voltar para o abrigo agora que posso ficar aqui.

— Quero.

— Que bom. — Os olhos dele ficam apertados quando meu pai sorri, de um jeito que já amo. — Porque quero muito que você fique. Não tem nada mais importante do que a família.

Eu concordo. E, pela primeira vez, sinto que estou com alguém da minha família que se importa comigo. Aqui, com meu pai.

— Você sabe o que é uma promessa infinita? — pergunta ele.

Balanço a cabeça.

— É o tipo mais forte de promessa que existe — explica ele. — Às vezes, as pessoas prometem coisas que não vão cumprir. Mas, quando alguém faz uma promessa infinita, assume um compromisso para a vida toda. — Ele olha nos meus olhos. — E quero que saiba que sempre vou cuidar de você. Isso é uma promessa infinita.

— E o que acontece se a pessoa quebra uma promessa infinita?

— Ela fica com disenteria — diz ele.

Depois disso, tudo muda. Meu pai não é perfeito — ele é um ex-presidiário e um alcoolista em recuperação —, mas ele faz de tudo para me dar um lar de verdade. Sempre tem comida na geladeira e a gente acaba se mudando para um apartamento de dois quartos, onde tenho meu próprio espaço. E ele nunca, nem uma vez, tenta me trancar dentro de um armário.

Amara contou para ele como era minha vida em Medford. Às vezes, ele me diz o quanto sente muito por tudo — que só se afastou porque achava que minha mãe estava cuidando bem de mim, que não queria atrapalhar a minha vida. Se soubesse como era de verdade, teria lutado pela minha guarda. *Ella, me desculpe por não ter te ajudado mais*. Ele também me pede desculpa por ter feito a coisa horrível pela qual acabou sendo preso.

Com o tempo, eu me abro com ele sobre tudo o que aconteceu na casa da minha mãe. No começo, só conto algumas coisas. A comida podre na geladeira. Os milhares de papéis espalhados por toda parte. Ficar trancada no armário por horas.

Mas, ao longo dos anos, à medida que passo a confiar mais nele, vou revelando mais. E quando já estou com 17 anos, falo sobre minha última noite naquela casa. E conto que coloquei fogo em tudo com a minha mãe lá dentro.

Assim que as palavras saem da minha boca, eu me arrependo. Eu e meu pai ficamos muito próximos, mas admitir algo assim é demais. Eu não devia ter contado. Ele não vai entender. Vai pensar que tenho algum problema e que devia ser internada. Às vezes, eu mesma penso isso.

Mas, quando a verdade vem à tona, ele segura firme a minha mão.

Você fez bem, Casey, diz ele. *Ela mereceu*.

Quase me esqueço de que esse é o homem que espancou outro cara a ponto de mandá-lo para o hospital. Por isso que foi preso. Ele me contou que o homem que ele agrediu não era um desconhecido qualquer num bar. Era um cara que estava dormindo com a namorada dele — a minha mãe.

Quando alguém merece ser punido, diz ele, *às vezes cabe a você fazer justiça*.

Meu pai me ensinou muita coisa ao longo dos anos. Mas essa é uma lição que nunca vou esquecer.

CAPÍTULO 56

AGORA

CASEY

Nell anotou o endereço da casa dela e me deu uma chave para que eu entregasse ambas as coisas para a polícia. Mas não é o que eu vou fazer.

Em vez disso, passo reto pela delegacia e pego a estrada para Massachusetts. Se Lee soubesse o que estou fazendo agora, teria um ataque. Mas ele não entende. Ele não trabalhou na área da educação por muitos anos e não sabe que, quando se trata de abuso infantil e negligência, muitas coisas passam pelas brechas do sistema. Ele nunca morou com a minha mãe.

Por isso tive de mentir para ele.

Depois da tempestade de ontem à noite, fiquei preocupada com a possibilidade de ficar presa em uma das estradas secundárias que levam até a rodovia, mas dei sorte e o caminho não está tão ruim quanto eu imaginava. A chuva parou totalmente e, embora haja alguns pontos de alagamento, não me deparei com nenhum no caminho. Está tudo correndo bem.

Não vejo a hora de conhecer a mãe de Nell.

Seguindo a estrada, rumo ao meu destino, não consigo evitar e acabo me lembrando do dia em que fui demitida. Desde que me mudei para cá, tento não pensar nisso, mas agora deixo a lembrança vir.

Tudo começou com Karisa Harrel.

Karisa estava na minha turma havia cerca de um mês quando se abaixou para pegar um lápis de cor e eu vi um hematoma nas costas dela. O formato lembrava demais uma fivela de cinto. Outro machucado surgiu pouco depois, além de outras marcas nos bracinhos dela, e as explicações que ela dava nunca me convenciam, ainda mais somadas ao fato de que ela quase não falava. Ela se retraía sempre que eu chegava perto. É claro que denunciei o caso para o Conselho Tutelar, mas nada aconteceu.

Um dia, Karisa apareceu com um hematoma no pescoço. Parecia que alguém tinha apertado o pescoço dela com alguma coisa.

Fui falar com a diretora. Àquela altura, eu já estava desesperada, porque acreditava que a vida de Karisa estava ameaçada. Fiquei furiosa quando a diretora repetiu que já tínhamos feito a denúncia, que o Conselho Tutelar não havia encontrado nada de errado. Era trabalho *deles* investigar a situação na casa dela, e a gente não podia fazer nada.

Só que o pai de Karisa era policial. Obviamente, ele usou sua influência para impedir que a menina fosse retirada daquela situação.

Naquele dia, quando o pai de Karisa apareceu para buscá-la, eu me recusei a entregar a menina. Não consegui — não com aquelas marcas assustadoras no pescoço dela. Não com ela agarrada às minhas pernas. Mais uma vez, a diretora interveio e deixou Karisa ir embora com o pai. E talvez a história terminasse aí. Poderia ter terminado. Mas meu pai tinha morrido dois meses antes, e eu não estava nada bem.

Então peguei um taco de beisebol que estava junto com o equipamento esportivo no campo ao lado da escola e acabei com o carro do Sr. Harrel antes que alguém tivesse chance de me segurar. Eventualmente, conseguiram me fazer parar, o que foi bom porque o próximo passo teria sido usar o taco contra o próprio Sr. Harrel. Se eu tivesse feito isso, agora estaria na cadeia, e não numa cabana no meio do mato.

A diretora disse que tive sorte por ele não prestar queixa. Mas é claro que fui demitida.

A pior parte — o que mais me dói nessa história — é que não consegui ajudar Karisa. Soube por uma amiga que ainda trabalha na escola que ela continua morando com os pais. É isso que me tira o sono à noite.

Meu pai teria ficado chateado comigo por ter feito aquele escândalo todo com o taco de beisebol, porque coisas assim viram um problema depois. Foi esse tipo de atitude que fez meu pai ser preso. Mas ele acreditava em fazer justiça com as próprias mãos. E nunca me julgou pelo que eu fiz com minha mãe. Ele entendeu que foi o que ela merecia.

Desta vez, vou ser mais inteligente.

CAPÍTULO 57

A chave da casa de Nell está no bolso da minha calça jeans.

Ao passar pela fronteira com Massachusetts, penso no que vou dizer para Jolene. Nós duas precisamos ter uma conversa séria sobre o que ela fez com a filha e o que vai fazer para protegê-la daqui para a frente, começando por se livrar de Jax. Claro que, se ela já estiver morta, não tem o que conversar. Problema resolvido.

Jolene Kettering mora numa cidade pequena. Se duvidar, o lugar que ela alugou, que fica no porão de uma casa, deve custar até menos do que a cabana onde eu vivo. A casa inteira parece estar a uma telha quebrada de ser condenada. O andar de cima está com as luzes apagadas. Ótimo. Não tem mais ninguém em casa, o que significa que ninguém vai ouvir a gente.

Ao contornar a casa para chegar à entrada do porão, não consigo evitar pensar na casa onde cresci, que era bonita por fora, mas horrível por dentro. Por mais que eu tenha pesadelos com o incêndio, tenho ainda mais com o interior daquela casa.

E é por isso que não tenho namorado. Quem aguentaria viver comigo se acordo gritando na maioria das noites? Com certeza, nenhum dos namorados que tive até hoje.

Estaciono nos fundos, parando atrás de um Ford Pinto caindo aos pedaços. Salto da caminhonete e vou até a entrada do porão, que fica três degraus abaixo do nível da rua. Penso em tirar as luvas de couro que uso para dirigir, mas, depois de hesitar por um instante, fico com elas e bato à porta.

Ninguém responde.

Bato de novo e espero alguns minutos, mas acabo enfiando a mão no bolso para pegar a chave. Destranco a porta e a empurro para entrar.

A casa está desarrumada, mas nada fora do comum. No ar, um cheiro de cigarro mascarado por uma camada de aromatizador. Vendo pelo lado bom, não sinto o odor característico de um corpo em decomposição.

— Sra. Kettering? — chamo. — Jolene?

Ninguém responde. Não é um bom sinal.

Cruzo a sala, desviando de umas caixas de papelão empilhadas perto da cozinha. Sinto um cheiro de coisa podre e, por um instante, me vem um frio na barriga. Será que ela morreu? É um odor familiar, de uma forma que um corpo em decomposição não seria. O cheiro é de comida estragada, apodrecendo na cozinha, e não de um ser humano.

E, quando entro no espaço, lá está ela.

Jolene Kettering é uma mulher robusta, perto dos 40 anos, de cabelo loiro descolorido na altura dos ombros e um maxilar quadrado. Tem olhos castanho-escuros e uma pequena pinta abaixo da boca, que reconheço daqueles desenhos horripilantes no caderno de Nell. Ao vivo, não somos tão parecidas assim, mas é compreensível que rabiscos infantis possam causar essa confusão. O mais importante, porém, é que Jolene Kettering está bem viva.

Quero dizer, "bem viva" talvez seja um eufemismo. Mas ela está viva, e fico feliz com isso.

Ela está num canto da cozinha e tem uma mancha de sangue vermelho-escura na parte da frente da regata cor-de-rosa com glitter que está usando e que parece a roupa de uma garota vinte anos mais nova. Sua pele está pálida e suada; a respiração, curta, mas ela está sentada. Jolene mal consegue abrir os olhos e, quando entro no cômodo, ela olha para mim.

— Você é paramédica? — pergunta, com a voz rouca.

Não sei como ela me confundiu com uma paramédica, considerando que estou usando um casaco enorme e um gorro. Mas ela não está raciocinando direito. É provável que esteja meio inconsciente no chão da cozinha desde ontem. Se ninguém tivesse vindo vê-la, estaria morta em um ou dois dias.

— Sim, sou paramédica — respondo.

— Até que enfim! Estou gritando feito louca desde ontem.

Pigarreio.

— A senhora está bem?

— O que você acha? — rebate ela.

Meu olhar desce para a mancha de sangue na regata. Boa parte está seca, mas ainda há um brilho de sangue fresco. Ela continua sangrando.

— O que aconteceu? — pergunto.

Ela hesita, parece não querer incriminar o namorado.

— Não é da sua conta.

Duvido que ela vá contar a verdade sobre o que Jax fez com ela. Nell estava com medo de que a mãe contasse para a polícia que tinha sido ela quem a esfaqueou, mas duvido que fizesse isso. Apesar de minha primeira preocupação ser sempre com a criança, reconheço que muitos pais passam por maus bocados também. É óbvio que a vida de Jolene não é fácil e que ela não tem ninguém para ajudá-la.

— A senhora tem filhos? — pergunto, na esperança de fazê-la falar de Nell.

Ela me fuzila com o olhar.

— Isso também não é da sua conta.

Sinto uma raiva repentina. Ela não se importa que a filha de 12 anos tenha desaparecido? Nem *um pouco*?

— Só preciso garantir o bem-estar de qualquer criança que esteja nas dependências da casa — esclareço.

Dou a ela mais uma chance para provar que ama a filha.

— Tenho, sim — diz Jolene. — Mas ela é uma *peste*. Nunca aprende, por mais que eu tente ensinar. Ela que se vire. Aquela peste. Não vale nada.

Não vale nada. Quantas vezes ouvi minha mãe falar assim de mim?

Jolene tenta se levantar, mas solta um gemido de dor. Fico imaginando há quanto tempo ela está nesse estado.

— Por que você está me fazendo todas essas perguntas? Cadê a maca? Preciso ir para o hospital.

Passo por Jolene e vou até a mesa no centro da cozinha. A bolsa dela está ali, aberta. Reviro a bolsa enquanto ela olha para mim, desconfiada.

— Por que você está mexendo na minha bolsa? — rosna. — Vamos para o hospital… agora.

Por fim, encontro o que estava procurando: um maço de cigarros amassado. Fico feliz de ver que ainda tem mais da metade. Coloco um entre os lábios, guardo o maço no meu bolso e pego o isqueiro dela. Queria ainda ter o isqueiro que Anton me deu. É a única coisa que lamento ter perdido naquele incêndio.

— Ei — diz ela. — O que você vai fazer com isso?

— Calma — respondo. — Só vou dar uma tragada.

Jolene observa enquanto acendo o cigarro, a respiração irregular. Ela não entende por que estou fumando um cigarro, mas não tem forças para gritar comigo. A fumaça enche meus pulmões e preciso me controlar para não tossir. É a primeira vez que fumo, e é tão asqueroso quanto sempre imaginei. Eu me agacho ao lado de Jolene, dou outra tragada e solto a fumaça direto no rosto dela.

— Ei — protesta ela. — Dá para apagar isso?

Ergo uma sobrancelha.

— Por quê?

— Porque eu estou *ferida*.

— E daí?

Ela me lança um olhar esquisito.

— Eu disse para você *apagar*. Ou vou fazer uma denúncia.

— Claro — digo. — Sem problema.

Seguro o braço dela e pressiono a ponta acesa do cigarro contra a carne macia do antebraço. Ela grita de dor e tenta puxar o braço, mas mesmo se ela não estivesse fraca por causa da perda de sangue, eu ainda seria mais forte. Não largo até a brasa se apagar.

— Por que você fez isso? — berra ela, segurando o braço queimado. — Doeu pra caramba!

Ah, eu sei muito bem o quanto uma queimadura de cigarro dói.

Ela tenta se levantar de novo, mas com o ferimento feito pelo canivete e o braço queimado, não sai do lugar.

— Você não vai me levar para o hospital? Vou denunciar você para o seu chefe!

Quase rio do absurdo do que ela acabou de dizer.

— Eu não sou paramédica, Jolene.

— Então… — Ela me examina com o olhar e, pela primeira vez, um lampejo de medo atravessa seu rosto pálido. — O que você está fazendo aqui?

Olho para a bancada da cozinha. Há um conjunto de facas ali, todas afiadas. Mas, vendo aquela mulher ferida se contorcendo no chão de linóleo, acho que não vou precisar delas.

Só o maço de cigarros já vai resolver o problema.

— Sabe... — digo. — Vi hematomas no braço da sua filha. Quer me contar como foi que aconteceu?

Ela estreita os olhos.

— Como é que você conhece a Nell?

Encaro Jolene até que ela desvie o olhar.

— Responda à pergunta, Jolene.

— Sei lá — resmunga ela, por fim. — Aquela garota vive me atazanando e parece que alguém finalmente resolveu dar uma lição nela.

Tiro o maço de cigarros do bolso e pego mais um. Acendo usando o isqueiro, exatamente como vi minha mãe fazer um milhão de vezes quando eu era criança. É difícil acender com as luvas de couro, mas nem passa pela minha cabeça tirá-las. Assim que o cigarro acende, eu o tiro dos lábios para evitar que mais fumaça entre nos meus pulmões.

— A gente vai fazer uma brincadeira, Jolene — digo. — Vou te fazer algumas perguntas e, cada vez que você mentir, vou acender outro cigarro. — Faço uma pausa. — Mas, antes de acender o próximo, vou ter de apagar o anterior.

Jolene arregala os olhos e se debate no chão.

— Você é uma psicopata! Qual é o seu problema?

— Sabe — digo —, quando uma criança aparece com queimaduras de cigarro como as da Nell, o culpado quase sempre é um adulto da família.

Mais gotas de suor se formam na testa já suada de Jolene.

— Por que você está me fazendo todas essas perguntas sobre a Nell? Do que você está *me* acusando? *Eu* fui esfaqueada!

— Última chance, Jolene. — Seguro o cigarro com o polegar e o indicador. — Quem fez aquelas queimaduras de cigarro na Nell?

— Não sei! — rosna ela para mim. — Ela é uma idiota. Deve ter feito isso sozinha.

Sorrio.

— Resposta errada, Jolene.

Pressiono o cigarro na pele delicada no dorso da mão dela. Jolene grita como se… bom, como se estivesse sendo queimada. Seguro o cigarro, pressionando-o ali o máximo que consigo e, quando o afasto, a pele dela está vermelha e em carne viva.

— Você é maluca! — diz ela.

— Sou, sim — retruco. — Mas pelo menos não machuco crianças indefesas.

Uma lágrima escorre do olho esquerdo de Jolene. Sei exatamente o que ela está sentindo agora — uma dor lancinante. Já queimei os dois braços e ela não sabe para qual deles deve dar mais atenção. E isso sem contar o corte na barriga.

Pego mais um cigarro do maço. Acendo.

— Não — balbucia ela. — Por favor, não.

A mulher tenta me afastar com um tapa, mas está tão fraca quanto um gatinho recém-nascido. Pelo menos não está cega como um filhote. Embora eu ainda tenha cigarros suficientes para tornar isso verdade.

— Jolene — digo baixinho —, foi você que queimou a Nell com cigarro? — Ela abre a boca, mas, antes que consiga dizer algo, acrescento: — Esse próximo eu vou apagar na sua *cara*. É melhor não mentir.

Consigo ouvir a mulher engolir em seco.

— Tá bom. — A voz dela treme quando sussurra. — Queimei a Nell uma ou duas vezes. Mas pode acreditar que ela mereceu. Você não sabe como aquela menina é. Nunca obedece. Essas pestes… têm que levar umas para aprender.

Fico olhando para ela com o cigarro aceso entre os dedos. Era o que sabia que ia ouvir, mas queria que Jolene tivesse dito qualquer outra coisa. Queria que tivesse dito que amava a filha e não que ela era uma peste.

Se ela tivesse dito isso, talvez eu tivesse largado o cigarro.

— Por que ainda está com isso na mão? — ofega ela. — Eu te falei a verdade! Você prometeu que ia parar se eu contasse a verdade!

Olho para Jolene encolhida no chão da cozinha. Nunca achei que pudesse odiar alguém tanto quanto odiei minha mãe, mas aqui estamos.

— Não — digo —, nunca prometi nada.

CAPÍTULO 58

Pego o carro e volto direto para a casa de Lee.

Jolene não vai contar para ninguém sobre nossa pequena aventura de hoje. Nem vai compartilhar nada com mais ninguém, muito menos as pontas acesas dos seus cigarros. De qualquer forma, aqueles cigarros já eram. E, no fim das contas, aquelas facas na bancada da cozinha até que foram úteis.

O que posso dizer? Gosto de ver abusadores de crianças terem o destino que merecem.

Passei a primeira metade do caminho de volta checando o retrovisor, esperando ver luzes de viaturas da polícia. Depois que cruzei a fronteira para New Hampshire, relaxei um pouco. Ninguém estava me seguindo. Ninguém vinha atrás de mim.

Mais uma vez, matei alguém e saí impune.

Passei a segunda metade do trajeto pensando no que dizer para Nell. Preciso ser muito cuidadosa. Ela amava a mãe e talvez ainda não tenha entendido que vai ficar melhor sem ela. Fiz um favor enorme para essa menina, mas ela pode não entender desse jeito.

Ainda penso nisso quando bato à porta de Lee. Ele leva um minuto para abrir e parece cansado, mas pelo menos trocou o pijama por jeans e moletom.

— E aí? — diz ele.

— Ela morreu — digo, sem pensar.

Ele fecha a cara.

— Nossa.

— Eu… sinto muito.

— Meu Deus. — Ele passa a mão pelo cabelo. — O que a polícia falou?

— Que a morte não tem nada a ver com a Nell.

Parei num posto de gasolina a uns dez quilômetros daqui, que tem um dos últimos telefones públicos da região, e fiz uma ligação anônima para a polícia. Não sei se eles já acharam o corpo, mas tenho certeza de que Nell não vai ser culpada. Afinal, ela tem um álibi: fugiu de casa e passou a noite toda na minha cabana.

E quem acreditaria que uma menina tão novinha mataria a própria mãe?

Ele olha para trás, na direção de Nell, que parece dormir como uma pedra no sofá da sala.

— Precisamos contar para ela. Mas… acho que ela precisa dormir…

— Deixa ela dormir. Esse é o tipo de coisa que dá para esperar.

— Tá bom. Eu só… não sei como…

— Quer que eu conte para ela?

Ele balança a cabeça.

— Não. Como tio, sou a única família que ela tem. Eu tenho que contar.

Respeito Lee por ter assumido a responsabilidade, mesmo conhecendo pouco a menina. Mas ele parece apavorado.

Mais assustado com isso do que com a tempestade. Curioso o que uma garota de 12 anos pode fazer com alguém.

— Faz o seguinte — digo. — Primeiro, diz que ela não está encrencada. E que ela pode morar com você pelo tempo que quiser.

— Mas ela *pode* morar comigo pelo tempo que quiser. — Ele fica um pouco corado. — E acho que a minha casa vai ser melhor do que a casa onde ela morava. Você viu os braços dela? Juro por Deus, Casey, se eu encontrasse essa mulher, eu...

Fico feliz que ele tenha percebido as marcas. Ele sabe o que aconteceu e talvez possa ajudar Nell a superar essa história.

— Isso tudo é passado. — Eu me lembro de como me senti, mais de vinte anos atrás, quando minha mãe morreu e fui levada para a casa do meu pai. — Agora, você só precisa mostrar para Nell que está mesmo disposto a cuidar dela, não importa o que aconteça.

— Vou mostrar. — Ele faz que sim com a cabeça, sério. — Obrigado, Casey.

— Boa sorte, Lee.

Ele fecha a porta e volta para perto de Nell. Espero que ele a deixe dormir mais um pouco. Porque, quando Lee a acordar para contar que a mãe morreu, será o fim de sua infância.

CAPÍTULO 59

A luz volta no início da noite.

O momento é perfeito, porque o sol tinha acabado de se pôr e eu já estava me preparando para acender mais velas. Mas, de repente, o brilho artificial das lâmpadas toma conta do ambiente. *Haja luz*.

Era o que meu pai dizia de brincadeira sempre que acendia a luz em um quarto escuro. *Haja luz!*

Sinto sua falta, pai.

Fico feliz por ter passado aqueles anos com ele depois da morte da minha mãe. Um ano depois de me mudar, adotei o sobrenome dele. Legalmente, sou Elizabeth Casey Carter, mas quase não uso meu primeiro nome. Faz anos que ninguém me chama de Elizabeth ou Ella. A maioria das pessoas nem sabe que esse é meu primeiro nome.

Agora que o fogão voltou a funcionar, preparo o jantar. Nada sofisticado. Só esquento feijão e hambúrguer enlatado que acho na despensa. Não me julgue, mas não é tão ruim quanto eu imaginava. Um pouco salgado, mas dá para comer.

Quando estou terminando de jantar, alguém bate à porta da cabana.

Meu primeiro pensamento é que deve ser a polícia. Alguém viu minha caminhonete e anotou a placa quando eu estava na frente da casa de Jolene. Ou quem sabe alguém tenha me visto usando o telefone no posto de gasolina. Ou talvez tenha uma câmera escondida em algum lugar.

Se for a polícia, não sei o que vou dizer. Não tenho um álibi. Lee e Nell me viram sair e fiquei fora por muito tempo. Tenho certeza de que a perícia vai descobrir o horário da morte com precisão. Na verdade, o sangue fresco vai entregar tudo — nem vão precisar analisar nada.

Meu coração dispara enquanto vou até a porta da cabana. Mas, quando olho pela janela, não vejo luzes piscando. Se for a polícia, eles não vieram me prender.

Escancaro a porta e relaxo ao ver o corpo magro de Rudy. No fim das contas, não é a polícia, é só o proprietário da cabana. Ele está usando uma capa de chuva e o velho boné está enterrado na cabeça de um jeito que mal dá para ver seus olhos.

O que ele está fazendo aqui?

— Oi, Casey — diz Rudy, com sua voz rouca. — Posso entrar?

Dou um passo para trás, o corpo todo em alerta. Não sei como me sinto acerca de visitas surpresa, ainda mais quando acabei de deixar um cadáver para a polícia encontrar. E a última vez que falei com Rudy foi, no mínimo, tensa. Talvez ele queira se vingar.

Mas a cabana é dele, e o telhado precisa ser consertado. Então eu o deixo entrar.

Percebo que Rudy está mancando com a perna esquerda. Uma vez, ele comentou que tinha um problema no joelho.

Se ele tentar alguma coisa, é bem ali que eu vou. Acabo com a briga logo de cara.

— Então — diz ele —, como foi durante a tempestade?

— Você veio até aqui para me perguntar isso?

O olhar dele vai até o telefone em cima da mesa da sala.

— Tive que vir. O telefone ainda não voltou a funcionar.

É verdade. Ainda não tenho como me comunicar com o mundo lá fora, e Rudy sabe disso. Eu me sinto desconfortável.

— Parece que o telhado aguentou — observa ele.

— Mas não foi graças a você.

Ele coça a orelha, com uma expressão de arrependimento.

— Casey, me desculpa. Eu só estava dando em cima de você, como fazia quando era mais novo, e não quis te deixar desconfortável. Eu mereci a surra que você me deu.

Essa era a última coisa que eu esperava ouvir de Rudy. Fico me perguntando se ele chegou a essa conclusão sozinho ou se alguém conversou com ele.

— Tudo bem, eu te desculpo.

— Juro por Deus — diz ele —, fiquei preocupado com você a noite inteira. Eu devia ter insistido para você ficar num hotel desde o começo.

Analiso sua expressão. Parece que fala sério — ele realmente estava preocupado. Permito que meu corpo fique menos tenso, embora seja difícil. Não vou conseguir relaxar tão cedo.

— Bom, sobrevivi — digo. — E você tinha razão, o telhado aguentou.

Rudy abre um sorriso amarelo. Não tem um dente alinhado naquela boca, mas é um sorriso estranhamente simpático, quando ele não está olhando para mim como se eu fosse um pedaço de carne.

— Vou consertar amanhã. Antes que venha outra tempestade. E vou chamar alguém para dar um jeito naquela árvore também.

— Na verdade, Lee disse que quer consertar o telhado. — Embora eu me pergunte se ele vai ter tempo, agora que vai ficar responsável pela sobrinha.

Ele dá uma gargalhada, jogando a cabeça para trás.

— Rapaz, ele está mesmo apaixonado. Por que vocês não vieram morar juntos logo de cara? Sei que você quer o seu espaço, mas ia economizar uma grana.

Balanço a cabeça.

— Não tem nada a ver. A gente mal se conhece. Lee só estava sendo gentil.

— Do que você está falando, Casey? — Rudy emenda a risada com uma tosse seca. Ainda bem que nunca fumei. — Ele já sabia tudo sobre você quando se mudou para cá.

O *quê?*

— O que você quer dizer com isso? — pergunto, devagar.

— Ele me fez várias perguntas sobre você. Falou o seu nome. Lembro que ele disse: "Elizabeth Casey, a mulher da outra cabana."

Sinto um embrulho no estômago. Não era isso que eu queria ouvir. Como Lee me conhecia antes de se mudar para cá? E por que ele me chamou de Elizabeth Casey se esse já não é mais meu nome? Sempre achei meio estranho o interesse dele por mim, mas Lee ganhou muitos pontos comigo hoje e eu me convenci de que estava sendo boba.

— O que ele perguntou? — questiono, com a voz rouca.

— Não me lembro de muita coisa — responde Rudy. — Mas lembro que ele perguntou se você estava aqui sozinha.

Ai, meu Deus.

— Enfim — continua ele —, se Lee vai consertar o seu telhado, então…

— Não — exclamo. — Lee não vai consertar o meu telhado. Preciso que você faça isso.

Rudy não parece muito animado com essa virada, mas concorda rápido, afinal, esse é o trabalho dele. Para falar a verdade, Lee faria um serviço bem melhor do que Rudy no meu telhado. Mas, de repente, não tenho vontade nenhuma de deixar Lee pôr os pés na minha casa de novo — nem mesmo no telhado.

CAPÍTULO 60

Depois que Rudy vai embora, mal consigo manter meus olhos abertos. Não dormi nada na noite passada e, na noite anterior, tive aqueles pesadelos em que estou sendo queimada viva. Se não dormir logo, vou ficar doente. Mas, bem quando estou indo para o meu quarto, alguém bate à porta da cabana.

É claro que a primeira coisa que me vem à cabeça é que a polícia está atrás de mim. Quanto tempo vai demorar até meu coração parar de disparar toda vez que alguém bate à porta? Mas, quando a abro, encontro alguém ainda pior do que a polícia.

Lee.

— Oi — digo.

— Oi. — Ele coloca a mão no gorro preto e parece que vai tirá-lo, mas espera minha permissão. — Posso entrar?

Não me mexo.

— Talvez a gente deva conversar aqui mesmo — digo.

A voz dele é quase fria.

— Por mim, tudo bem.

A expressão dele é estranha e impassível, não dá para decifrar. Depois do que Rudy me contou sobre ele, tudo isso me deixa desconfortável. Por que ele fez todas aquelas perguntas sobre mim? Como sabia quem eu era antes de se mudar para cá?

Ele não me parece familiar. Pelo menos, acho que não…

— A Nell está bem? — pergunto, por fim. — Você contou para ela?

— Contei.

— Como ela reagiu?

— Com muitas lágrimas. Mas parece estar bem agora. Tenho certeza de que vai precisar de muita terapia. Mas vamos superar isso.

— Tenho certeza de que vão.

— É…

Ele ainda tem aquela expressão estranha. Não sei o que ele está pensando, e isso me deixa nervosa.

— Está tudo bem, Lee?

— Na verdade, não…

Sinto meu estômago revirar e fico muito feliz de não o ter deixado entrar. Muito rápido, analiso Lee de cima a baixo, imaginando o que eu poderia fazer se ele me atacasse. Ele é muito maior que Rudy, e tenho a sensação de que estaria preparado para qualquer movimento que aprendi na aula de defesa pessoal.

— O que aconteceu? — consigo perguntar.

— É o seguinte. — Ele inclina a cabeça para o lado. — A luz voltou, como você deve ter percebido. E Nell e eu estávamos assistindo à TV. E passou uma notícia sobre a mãe dela ter sido encontrada.

— Ah… — Como se eu precisasse de mais um motivo para odiar televisão. — Nossa, deve ter sido difícil.

— Sim… — Ele franze a testa. — Mas, no jornal, eles disseram que Jolene Kettering foi morta hoje. *Hoje*. Não na noite passada. Nem ontem. Mas *hoje*.

— Hum — digo, como se achasse isso estranho. — Bom... talvez ela tenha sido ferida ontem, mas só morreu hoje?

— Você acha?

Eu e Lee nos encaramos. Quando nossos olhos se encontram, sinto um frio na barriga.

Ele sabe. Meu Deus, ele sabe. Ele sabe o que eu fiz. Ele sabe *tudo*.

Mas mesmo que ele ameace me denunciar, o que posso fazer? Talvez eu tenha colocado fogo na casa com a minha mãe lá dentro e feito Jolene sentir a mesma dor que ela causou, mas eu não faria nada para machucar Lee. Nunca faria isso. Nell precisa dele.

Será que ele vai me entregar para a polícia? Não faço ideia. Não conheço Lee, mesmo que ele, aparentemente, me conheça.

— Não sei o que você pensa que aconteceu — digo finalmente. — Sei que fiquei fora um tempo hoje, mas eu estava na delegacia.

Ele me encara e sabe muito bem como é fácil acabar com essa mentira. Descobrir que nunca estive na delegacia. Que não tenho álibi.

— Você não foi à delegacia, Casey — diz ele. — Eu *sei* que você não foi.

Qualquer esperança que eu tinha de não saber o que se passa com Lee desaparece. Ele sabe o que está fazendo. Mantenho a voz calma.

— O que você quer dizer?

— Bom — diz ele, a voz lenta e incisiva —, você passou a tarde inteira na minha cabana, comigo e com a Nell, então não tem como você ter passado na delegacia. Ou em qualquer outro lugar. Como você poderia estar em dois lugares ao mesmo tempo?

O *quê?*

Essa era a última coisa que eu esperava ouvir. Fico olhando para ele.

— Lee…

— Nell e eu passamos a tarde inteira com você — diz ele, desta vez com mais firmeza. — Isso está claro para nós dois. Você nunca saiu do nosso campo de visão, a não ser para ir ao banheiro. Então, como eu disse, você nunca foi à casa da Jolene. E, se qualquer policial perguntar alguma coisa, é isso que vou responder.

— Obrigada — digo delicadamente.

— Estou do seu lado, Casey — diz ele. — Espero que você saiba disso.

— Eu… agradeço.

— Além disso — continua ele —, essa é só minha opinião, mas qualquer um capaz de fazer o que aquela mulher fez com a Nell não merece viver.

Quando fala isso, ele olha para os meus braços. Em algum momento, ele deve ter visto as minhas queimaduras. Vou carregá-las para sempre, uma lembrança daquela mulher horrível. Fico feliz que ele não tenha dito as palavras em voz alta. É a última coisa de que quero falar.

— Enfim — diz ele —, melhor eu ir agora. Não quero deixar a Nell sozinha por muito tempo.

— Você vai cuidar muito bem dela — digo. — E, se precisar de ajuda, estarei aqui. Qualquer coisa relacionada a sutiãs ou menstruação, pode contar comigo.

Ele sorri, e é a primeira vez que eu o vejo fazer isso hoje.

— Obrigado. Acredite, vou precisar de toda ajuda que puder. O que eu sei sobre criar uma adolescente?

— Bom, a primeira coisa que você precisa saber é que vai ser terrível — digo —, mas também vai ser ótimo. E vou estar aqui o tempo todo para ajudar. Você vai ficar de saco cheio de mim.

— Não acho que isso seja possível, Ella.

Sorrio para ele. Por um segundo, me permito sentir uma onda de felicidade, que dura exatos dois segundos até que me dou conta de algo muito perturbador.

Ele me chamou de Ella.

Um sorriso nunca desapareceu tão rápido dos meus lábios.

— Você me chamou de Ella — digo, quase cuspindo as palavras. — Por quê?

Lee arregala os olhos azuis.

— Desculpa — diz ele, rápido. — Mas… esse é o seu nome, não? Eu… vi numa carta na mesa da sua cozinha.

— Na verdade, meu primeiro nome é *Elizabeth*. — Não tem como o nome Ella aparecer na minha correspondência. Ninguém me chama assim há anos.

— Bom, desculpa. — Lee abaixa a cabeça. — Acho que eu só…

Ele não completa a frase, o que é melhor, porque não consigo imaginar que desculpa esfarrapada ele poderia inventar.

Olho para ele, desconfiada.

— A gente se *conhece*?

— Claro. Você é minha vizinha mais próxima.

— Não. A gente se conhecia antes de você se mudar para cá?

Ele balança a cabeça sem hesitar.

— Não que eu saiba.

Cruzo os braços.

— Rudy me disse que, quando você falou com ele pela primeira vez, você perguntou de mim. E que já sabia o *meu nome*.

— Ele disse isso? — Lee nem pisca. — Casey, é óbvio que ele se confundiu.

— Será?

— Claro. Não é a primeira vez que o Rudy se confunde. Ele não te deixou numa cabana com um telhado prestes a cair e uma árvore que poderia ter te matado no meio de uma tempestade daquelas?

Lee ficou surpreso por um momento quando o confrontei sobre meu primeiro nome, mas recuperou a compostura e agora mantém sua versão.

Analiso a expressão no rosto dele — os olhos azuis cristalinos, a barba que esconde a metade inferior do rosto, o cabelo castanho bagunçado. Por um instante, sinto que a gente se conhece, mas, antes que possa confirmar essa sensação, ela desaparece.

Não, eu não o conheço. E, se ele me conhece de alguma forma, eu não tenho ideia de como.

— Enfim — diz ele —, vou lá. Quem sabe a gente se vê amanhã?

— É — digo. — A gente se vê, prometo. Quero ver como vocês dois estão.

Lee segue para sua casa. Ele se vira e acena para mim, eu aceno de volta, então ele desaparece na clareira da floresta que liga nossas cabanas.

Ainda não confio nele. Mas tudo bem, porque não confio em ninguém.

EPÍLOGO

SEIS MESES DEPOIS

CASEY

Estou ensinando Nell a jogar pôquer.

Ela é assustadoramente boa nisso. A garota consegue olhar nos meus olhos e mentir até não poder mais. Acho que ela não tem nenhuma carta boa na mão, mas enquanto dá uma garfada nos ovos mexidos e aumenta a aposta em duas fichas, percebo que não tenho tanta certeza assim.

— E então? — Ela sorri para mim do outro lado da mesa, na cozinha de Lee. — Vai pagar para ver?

Penso por um momento e nego com a cabeça.

— Ficou caro demais para mim.

O rosto de Nell se ilumina e ela pega tudo que está na mesa. Tenho que admitir que, mesmo que eu odeie perder, adoro ver essa menina ganhar. Só fico me perguntando se ela realmente tinha algo melhor que dois pares. Acho que nunca vou saber — ela se recusa a mostrar a mão quando desisto.

Lee aparece na cozinha, usando uma calça jeans velha e outra camisa xadrez. Ele sorri para a gente.

— Que beleza, Casey, era tudo que eu queria ver... Você está ensinando minha sobrinha a apostar, na mesa do café da manhã. Que maravilha.

Depois que o corpo de Jolene Kettering foi encontrado, nenhum outro parente próximo apareceu e Lee assumiu a tutela legal de Nell. Ela está morando com ele desde aquela noite fatídica da tempestade, e tudo indica que ela está se recuperando, já ganhou seis quilos e não parece mais um esqueleto. Enfim ela encontrou um adulto em quem pode confiar e, apesar de ainda ter muito o que superar, está no caminho certo.

Sei como é.

A morte de Jolene não deu em nada para mim nem para Nell. Fiquei na expectativa de a polícia aparecer na minha porta, sem saber se meu álibi seria bom o bastante. Mas o namorado de Jolene tinha uma extensa ficha criminal e foi burro o bastante de manter guardada a camisa com vestígios de sangue. Jax pode não ter terminado o serviço, mas depois de esfaquear a namorada e largá-la para morrer, ele merecia ser preso.

Quanto a mim, estou cumprindo minha parte do acordo e sempre vou à cabana de Lee para ajudar. Conversamos a respeito e decidimos que Nell seria educada em casa até o fim do ano letivo, então assumi essa tarefa. Ela é uma garota incrivelmente esperta e adorei voltar a ensinar. Mas, no ano que vem, Lee planeja voltar para a cidade para que Nell vá para a escola.

— Enfim — Lee confere seu relógio. — Melhor eu ir, mas vou deixar vocês duas com suas aulas superdivertidas.

— Afe! — resmunga Nell, embora ela adore as aulas. Só gosta de bancar a difícil.

Ele pega uma torrada na pilha que deixei no centro da mesa. Eu costumava fazer um café da manhã completo, mas ele sempre recusava, então só deixo torradas à mão.

— O que vocês acham de comer uma pizza hoje à noite?

— Que horas? — pergunta Nell.

— Não muito tarde.

Ela faz beicinho.

— Você sempre chega tarde na sexta-feira. Por que você sempre *demora* tanto?

As orelhas de Lee ficam um pouquinho vermelhas por um instante, e só percebo isso porque estou prestando atenção nele.

— Ei, eu tenho um trabalho. Alguém tem que pagar as contas por aqui.

Mas ela tem razão. Toda sexta-feira ele chega tarde, dá de ombros e diz que estava trabalhando. Mas, sempre que ligo para ele, cai direto na caixa de mensagens. Antes, achava que ele estava saindo com uma garota, mas já não acho que seja isso. Não sei o que ele faz, mas aprendi a aceitar que há coisas na vida de Lee que ele não está pronto para compartilhar comigo.

Nell pega as anotações de que precisa para o dia e vou com Lee até a porta, como faço todas as manhãs. Mesmo morando na minha cabana, passo muito tempo aqui. Não durmo com eles, mas, fora isso, fico aqui o dia inteiro, sete dias por semana.

Quando chegamos à porta, Lee sorri para mim. Passei a camisa dele e hoje ele está muito bonito. Tenho pensado nisso cada vez mais. Sempre achei Lee atraente, mas, nos últimos tempos, sinto um negócio toda vez que olho para ele. Penso nele o tempo todo e, quando demora para chegar, sinto sua falta.

Sim, tecnicamente, estou aqui para ajudar Nell. Mas é Lee que não sai da minha cabeça. Começo a me perguntar se não estive me privando de relacionamentos por tempo demais. Sim, estou ciente de que não sei tudo sobre ele, mas sei que ele é um homem bom.

Meu pai teria gostado dele.

— Então, até a noite — diz ele, enrolando para ir embora. — Vou trazer a pizza.

— Tá bom — digo.

Ele quer me beijar. Consigo ver em seus olhos. Faz muito tempo que não namoro, mas aquele olhar é inconfundível. Ele fica parado ali por um instante e percebo que está pensando nisso. Respiro fundo e espero que ele pressione seus lábios contra os meus e concretize nosso relacionamento. Eu estava com medo disso, mas agora vejo que uma vida com Nell e Lee é tudo o que sempre quis.

Mas ele não me beija. Em vez disso, estende a mão e aperta o meu braço. Depois sorri, meio sem jeito.

— Tchau, Casey. Até mais.

Eu o vejo entrar na caminhonete. Não consigo saber qual é a de Lee Traynor. Ele é um homem bom — já provou isso várias vezes —, mas também é um mistério. Para onde ele vai toda sexta-feira? Por que não me beija quando sei que quer me beijar?

Mas, pelo menos, ele nunca mais me chamou de Ella.

Quando volto para a mesa da cozinha, Nell já está com o livro de matemática aberto. É um livro grosso, que felizmente tem as respostas no final, porque meu conhecimento de matemática do sétimo ano está, admito, meio enferrujado. Nell provavelmente é melhor em resolver os problemas do que eu.

— Então — digo e me sento ao lado dela —, pronta para começar?

Ela concorda com entusiasmo.

— Fiz todos os exercícios ontem à noite e todas as respostas estavam certas.

— Que ótimo! — Ela realmente é melhor do que eu nisso. — Então vamos continuar de onde você parou.

Nell usa algo para marcar a página no livro, mas percebo que não é um marcador normal — ela usa uma fotografia.

— O que é isso? — pergunto.

— Ah, é uma foto do meu pai que o tio Lee me deu. — Ela pega a foto e olha para a imagem com uma afeição evidente. — Ele me fez prometer que deixaria todas as fotos no meu quarto para não perder nenhuma. Melhor eu guardar.

Eu me dou conta de que, nos últimos seis meses, Nell nunca tinha me mostrado nenhuma foto do pai. Obviamente aquilo significa muito para ela. A matemática pode esperar.

— Quer me mostrar a foto, Nell? — pergunto.

Ela sorri, tímida.

— É muito antiga. De quando ele tinha a minha idade.

Sorrio para ela também.

— Fiquei curiosa.

Ela desliza a foto pela mesa até mim, delicadamente, como se fosse uma obra de arte frágil que pode estragar com o menor descuido. Pego a foto, meio desbotada, e vejo um menino encarando a câmera.

Ai, meu Deus. Não acredito.

Mas tudo faz sentido de um jeito terrível.

Encaro a foto, atordoada. Nell olha para mim, esperando que eu fale alguma coisa, mas sinto um nó na garganta. Não acredito no que estou vendo. Depois de todos esses anos…

Meus dedos procuram a corrente de prata no meu pescoço. Ainda mantenho um clipe de papel pendurado no colar, sempre escondido dentro da camiseta por segurança. Assim, terei sempre uma maneira de escapar de uma situação ruim. E sempre vou me lembrar *dele*.

— Casey — diz Nell, ansiosa —, por que você está chorando?

Como posso explicar para ela? Como conto para essa garota que o pai dela foi meu primeiro amigo? Que, quando menino, eu o amei do meu jeito, um amor que nunca mais senti por ninguém. Que sinto falta dele todos os dias desde que foi preso pela polícia.

E agora, de alguma forma, ele está morto.

LEE

É dia de visita na prisão.

Já sei como as coisas funcionam. Passo pelo detector de metais, mas o guarda não me dá o discurso usual que a maioria dos visitantes recebe, porque todos me reconhecem. Eles sabem meu nome. Há quase treze anos venho até aqui toda semana. Não tenho como não vir.

Espero sentado atrás da divisória de vidro. Às vezes, fazem com que eu espere por meia hora por ele, e normalmente não me importo. De maneira geral, não tenho muito o que fazer, mas hoje, sim. Dirigi duas horas para chegar até aqui e vou levar mais duas horas para voltar. É tempo demais para Nell ficar sozinha, e estou ansioso para voltar o mais rápido possível. Ainda acho estranho ser responsável por alguém que não seja eu mesmo. Estranho, mas bom.

Então fico feliz por esperar só cinco minutos até um guarda trazer meu irmão mais velho para se sentar na cadeira à minha frente, do outro lado do vidro. Como sempre, ele está usando um macacão bege e, há cinco anos, só anda com a cabeça raspada. Mas fico feliz de ver que não há nenhum corte ou hematoma no rosto dele. Odeio quando isso acontece.

Ele pega o telefone do seu lado do vidro, eu pego o meu.

— Oi, Brad — diz ele, que é a única pessoa no mundo que ainda me chama assim. Depois do ensino médio, Bradley virou simplesmente Lee. Assim como Casey, eu quis deixar minha vida antiga para trás e mudei de nome.

— Oi, Anton — respondo.

Anton tem uma regra: se alguém perguntar por ele, devo dizer que morreu. Ele não quer que ninguém saiba que está passando a vida na cadeia — ele insiste nisso.

Um dia depois de Nell chegar, fui até meu carro para tentar falar com meu irmão pelo celular sem que ela ouvisse a conversa. Implorei para que ele me deixasse contar para Nell que o pai dela ainda está vivo. Doeu muito contar aquela mentira, mas essa decisão é um direito de Anton. Ele não tem controle de quase nada de sua vida hoje em dia, então deixo que controle ao menos isso. Ele me disse que não queria que Nell soubesse que o pai está preso, então não vou contar a verdade para ela até que ele deixe. Pode ser que nunca aconteça. Afinal, ele vai passar o resto da vida na cadeia.

Devo isso a ele. Devo muito ao meu irmão mais velho.

Mas o fato de ele ainda estar vivo facilitou o processo para que eu conseguisse a guarda de Nell. Levei os papéis e Anton os assinou. Prometi que cuidaria bem de sua filha.

— Como ela está? — pergunta ele.

— Está ótima — digo. — É uma boa menina.

Ele esboça um sorriso. Anton quase não sorri hoje em dia.

— Você trouxe uma foto?

Uma vez por mês, levo uma foto nova de Nell para Anton. A que trouxe hoje foi tirada quando estávamos jogando Scrabble — eu, Nell e Casey. Tenho muitas fotos com Casey, mas hoje trouxe uma que tem só a Nell.

O guarda me autorizou a dar a foto e, agora, eu a coloco na bandeja e passo para o outro lado do vidro. Anton pega a foto e, como sempre, fica um minuto inteiro observando a imagem.

— Ela se parece muito comigo.

— Sim, eu também vejo isso. — Quando criança, Anton odiava o cabelo ruivo que tinha. Assim que pôde, começou a descolorir e pintar de várias cores. — Menos os olhos.

A genética é engraçada. Meus pais e Anton têm olhos castanhos, mas os meus são azuis. Os de Nell também.

— Queria poder ver minha filha. — Ele fecha os olhos com força. — Queria poder estar com ela, Brad. Queria...

Anton está na prisão há quase treze anos. Eu tinha 17 quando ele foi condenado — faltava um ano para poder sair de casa e morar sozinho. Queria ter aceitado o convite de Anton para morarmos juntos com ele antes de tudo dar errado, mas não aceitei, porque queria terminar o ensino médio. Até que um dia nosso pai chegou bêbado em casa e me espancou.

Não foi ruim a ponto de eu ter de ir para o hospital, mas ele quebrou dois dentes meus, deixou um olho bem inchado e fiquei com vários hematomas nas costelas por causa dos chutes. Nunca fui ao médico para fazer exames, mas tenho quase certeza de que ele quebrou meu nariz, porque ele está torto desde aquele dia. Por isso, assim que completei 18 anos, mudei meu sobrenome. Eu não queria ter nada a ver com aquele homem.

No dia seguinte, quando Anton descobriu o que nosso pai tinha feito comigo, perdeu o controle. Foi até o bar onde nosso pai estava bebendo e o espancou até a morte, usando só as mãos. Anton treinava pesado havia anos e sempre dizia que um dia estaria pronto para encarar nosso pai. Ele estava pronto — pronto até demais. Ele foi condenado por homicídio doloso.

A vida inteira, meu irmão mais velho foi meu melhor amigo. Ele me ensinou tudo. Ele me protegia do nosso pai sempre que podia. Brincava comigo quando ninguém mais queria me dar atenção. E me ensinou a fazer a barba. Mas gostaria que ele não tivesse feito algo para passar o resto da vida na cadeia. Aposto que ele também pensa assim.

— Vou cuidar dela para você — digo. — Prometo.

Ele faz que sim com a cabeça, satisfeito.

— E está tudo bem com a Ella?

Há alguns meses, aluguei uma cabana perto da de Elizabeth Casey Carter, que para mim virou Casey. Fiz isso porque Anton leu uma notícia sobre Ella ter arrebentado o carro de um policial com um taco de beisebol. Ele me ligou no dia seguinte.

Brad, você tem que cuidar da Ella Casey. Ela é uma pessoa muito importante para mim. Por favor, não deixe nada de ruim acontecer com ela.

Eu me lembrava de Casey de quando ela ia à nossa casa e eu tinha só 8 anos. Ela foi, de fato, minha primeira paixão, antes mesmo de eu saber o que isso significava. Casey e Anton trocaram cartas por muito tempo, enquanto ele estava em um centro de detenção por causa do que fez com aquela garota quando ele tinha 13 anos. Os dois perderam contato, em parte por causa dele. Anton achava que Casey ficaria melhor sem ele. Mas meu irmão ainda pensa nela. E, quando ele me pediu que cuidasse dela, levei essa responsabilidade a sério.

Mas agora as coisas mudaram.

Estou apaixonado por Casey. Penso nela o tempo todo. Nunca conheci ninguém como ela, e o desejo de agarrá-la e beijar sua boca é quase insuportável às vezes. Nunca pensei em ter alguém, mas, quando olho para Casey, imagino meu futuro com ela. Estou perdendo o sono por causa disso.

Mas não posso beijá-la — não ainda. Não posso dar em cima dela sem a bênção do meu irmão. Porque, mesmo que eu a ame, ele a amou primeiro. Mas acho que ele vai me dizer que tudo bem. Ele quer que eu seja feliz e, com certeza, quer que Ella seja feliz. Às vezes, acho que foi por isso que ele me pediu que cuidasse de Casey, porque sabia que acabaríamos juntos e que eu seria bom para ela, como ela merece.

E, quando ele me der sua bênção, a primeira coisa que vou fazer vai ser beijar os lábios de Casey. Vou me casar com ela, se ela quiser.

— Brad? — Anton me olha de um jeito estranho. — O que aconteceu? Está tudo bem com a Ella?

— Sim, está tudo bem — respondo. — Na verdade, tudo ótimo.

Não posso perguntar para ele. Não hoje. Já está sendo difícil para ele lidar com o fato de que nunca vai ver a filha. Não posso ficar com Ella agora. Não seria justo.

Além disso, uma parte de mim tem medo de que ele diga não. Que ele me peça que não fique com Casey. E, se ele disser isso, vou respeitar seu desejo. Se ele pedir que eu não encoste nela, é o que vou fazer. Ele é meu irmão e eu faria qualquer coisa por ele.

Não tem nada mais importante do que a família.

AGRADECIMENTOS

Agradeço à minha mãe por ser sempre a minha primeira leitora e também a mais entusiasmada! Como sempre, sou muito grata à minha agente, Christina Hogrebe, e à equipe da agência JRA por todos os comentários e pelo apoio sem fim. Agradeço a Jenna Jankowski pelos comentários e pelas sugestões perspicazes, e também a todos que trabalham nos bastidores da Sourcebooks. Agradeço a Mandy Chahal por seu incrível trabalho de marketing.

Obrigada às minhas leitoras de versões beta deste livro: Jenna, Rebecca, Maura, Beth e Karen. Seus comentários me ajudaram muito! E obrigada a Val pela ajuda na revisão.

Obrigada ao meu pai por ter me dado um modelo de como um bom pai deve ser.

E, como sempre, sou muito grata aos meus leitores, tanto aos que me leem on-line quanto àqueles que nem sequer têm um computador. Muito obrigada pelo apoio!

Este livro foi composto na tipografia Berling LT Std,
em corpo 11,5/15,3, e impresso em
papel off-white no Sistema Cameron da
Divisão Gráfica da Distribuidora Record.